Das Fischernetz

Ulrike Busch

Das Buch

Aufregung in Jannas Lesecafé: In einer Stunde wird Frederika von Rosien ihren neuen Roman vorstellen. Die berühmte Autorin hat nicht nur Fans. Ihre Gegner behaupten, sie legt geschickt ihre Netze aus, fischt Menschen und saugt sie aus. Die leeren Hüllen wirft sie wieder über Bord.

Der Andrang an diesem Abend bei Janna ist groß. Nur einer der Plätze im Zuschauerraum bleibt frei. Die Autorin selbst hatte ihn für einen alten Studienfreund reserviert.

Am Morgen nach der Lesung wird Molly Bleck zu einem rätselhaften Mordfall gerufen. Das Opfer ist der Gast, der nicht erschienen war. Hatte er sich in Frederikas Netz verfangen?

Die Autorin

Drei Herzenswünsche hat die gute Fee der gebürtigen Ruhrpottpflanze Ulrike Busch erfüllt: Erstens, in Norddeutschland zu leben, und zweitens, als Autorin von Büchern tätig zu sein, die drittens an Nord- oder Ostsee spielen.

Seit 1986 wohnt die ehemalige selbstständige Texterin in Hamburg. „Dreimal hinfallen, und ich bin an meinen Sehnsuchtsorten: Amrum, Sylt, St. Peter-Ording, Travemünde, Niendorf, Timmendorfer Strand. Überall da, wo es viel Meer, Wind und Wetter und eine salzige Brise gibt."

Bereits ihr erster Krimi, der 2015 erschienene Bestseller „Der Pfauenfedernmord", etablierte sich als Longseller. Seitdem arbeitet die hauptberufliche Autorin ständig an neuen Bänden ihrer erfolgreichen Krimi-Reihen.

Das Fischernetz

Ulrike Busch

Umschlaggestaltung:
Jan Klaas Mahler
Mahler Kommunikationsdesign
www.mahler-design.de

Umschlagmotiv:
iStock # 841534306, © nicky39
iStock # 467207355, © gorsh13

Herstellung und Verlag:
BoD – Books on Demand, Norderstedt

ISBN: 978-3-7557-1096-7

Das Stammpersonal

Molly Bleck
Kriminalhauptkommissarin. Mitte vierzig, verheiratet, keine Kinder.
Nach vielen Jahren bei der Kripo in Hamburg ist sie heute Leiterin der Soko Mysterious mit Sitz in Timmendorfer Strand an der schleswig-holsteinischen Ostseeküste. Mit ihrem kleinen Team klärt sie Mordfälle und Entführungen, sucht nach verschollenen Personen und übernimmt Cold Cases – alte, ungelöste Fälle.

Janna Tönissen
Beste Freundin von Molly Bleck. Mitte fünfzig, früh verwitwet.
Janna war in Hamburg Mollys Nachbarin. Nach dem Tod ihres Mannes zog sie an die Ostsee. Im Zentrum von Timmendorfer Strand betreibt sie seitdem eine Buchhandlung mit angeschlossenem Lesecafé.

Malte Graf
Kriminalhauptkommissar, Mitte vierzig, ledig und nach eigener Einschätzung kinderlos. Geboren und bis heute wohnhaft in Travemünde.
Als Kind träumte er davon, Tierarzt oder Flugzeugpilot zu werden. Am Ende blieb die Wahl zwischen Cowboy und Kriminalpolizist. Die Entscheidung fiel zugunsten des sicheren, wenn auch kniffligen Beamtenjobs aus.

Benjamin Fink

Kriminalkommissar aus Schleswig-Holstein. Ledig, lebhaft und ein eifriger Rechercheur.

Der an Lebensjahren und an Zugehörigkeit jüngste Mitarbeiter im Team von Molly Bleck und Malte Graf ist stets hoch motiviert bei der Sache.

Willem Wichmann

Als Kriminaldirektor des Landeskriminalamts Kiel zuständig für den Bereich Lübeck-Travemünde.

Wichmann ist der Chef von Molly Bleck und Malte Graf. Der Spitzname Willy Wichtig, den Malte Graf ihm zu Beginn der Zusammenarbeit verlieh, wird seinem Charakter nicht gerecht. Molly schätzt Willem Wichmann als väterlichen, sachorientierten Teamplayer mit Führungsqualitäten.

Maren Eggertsen

Leiterin der Kriminaltechnik. Eine umsichtige Frau, der Genauigkeit ebenso wichtig ist wie der kollegiale Umgang miteinander.

1

Hamburg an einem Samstagnachmittag im Oktober

Niemand durfte wissen, wohin er heute fuhr. Auf Claus konnte er sich verlassen, aber Patrizia? Ihr Misstrauen war grenzenlos. Nun – nicht ganz ohne Grund.

Zum wiederholten Mal fragte Hubertus sich, ob es Absicht gewesen war, dass Frederika die Einladung an ihn selbst und seine Frau Gemahlin adressiert, im Anschreiben aber nur ihn allein angesprochen hatte.

Noch einmal verglich er die Handschriften miteinander. Die Buchstaben auf dem Kuvert stammten eindeutig von einer anderen Hand als die des Namenszugs unter der maschinengeschriebenen Einladung zur Lesung.

Sicherlich hatte eine Sekretärin die Umschläge adressiert, stilvoll mit Tinte und Feder, wie es sich für das Büro einer angesehenen Schriftstellerin gehörte. Dabei war der Mitarbeiterin wohl ein Missgeschick unterlaufen. So was kam vor.

Seit Erhalt des Schreibens hatte er mehrere Telefonate mit Frederika geführt. Schnell war ihm klargeworden, warum seiner Freundin aus längst vergangenen Studienzeiten an einem Treffen mit ihm gelegen war.

Naiv, wer glaubte, dass es rein berufliche Motive waren. Auch Patrizia hatte ihm diese Begründung trotz aller Beteuerungen nicht abgenommen. Die Versuchung prickelte. Treffen, testen und schweigen hieß die Devise. Wozu Patrizia zu diesem frühen Zeitpunkt in Aufruhr versetzen?

Er faltete das Kuvert zusammen und schob es in die Seitentasche seines Trolleys, der quer auf dem Stuhl lag. Ein letzter Blick auf das, was er eingepackt hatte: Hemd und Pulli. Wäsche zum Wechseln. Ein Schlafanzug. Die Kulturtasche mit Rasierzeug, Gesichtscreme, Deo und Aftershave. Er schloss den Rollenkoffer und hob ihn auf den Boden.

Das Hotelzimmer war auf den Namen von Claus reserviert. Wie gut, ihn zum Freund zu haben.

Patrizia stand plötzlich im Schlafzimmer. Hubertus hatte sie nicht kommen hören. Sie durfte nicht merken, dass er unsicher wurde. Schnell lief er an ihr vorbei.

»Wo willst du hin?«, rief sie ihm nach.

»Ins Bad.«

Nach einem Moment des Wartens betätigte er die Toilettenspülung und wusch sich die Hände. Er klatschte sich kaltes Wasser ins Gesicht und trocknete sich ab. Noch dreimal durchatmen, dann wieder zurück.

Patrizia hatte auf ihn gewartet. Sie saß auf der Bettkante, die Arme verschränkt, die Beine übereinandergeschlagen. Der Fuß wippte auf und ab.

»Du bist ganz sicher, dass du zu Claus und nicht nach Timmendorfer Strand fährst?«, fragte sie spitz.

Hubertus legte den Trolley auf den Boden. Er zog den Reißverschluss noch einmal auf und gab vor, zu prüfen, ob alles, was er benötigte, eingepackt war.

Er tat, als hätte er den Hintergrund von Patrizias Frage nicht begriffen. Verwundert blickte er auf, während er den Rollenkoffer endgültig verschloss. »Was sollte ich denn in Timmendorf?«

»Die Einladung von Frederika?«, gab Patrizia ebenso verwundert zurück. »Schon vergessen?«

»Ach, das meinst du.«

Schwerfällig richtete Hubertus Philipp Thalmann sich zu voller Größe auf. Er versank in einem Augenpaar, das Gift und Galle spuckte.

»Genau das meine ich.«

»Ich bitte dich, Mausi, fang nicht schon wieder damit an. Die Geschichte ist eine Ewigkeit her, und vergiss nicht: Auch du hast die eine oder andere Liebschaft vor mir gehabt. Wir sind doch beide nicht jungfräulich in die Ehe gestolpert.«

»Das nicht, aber keiner meiner früheren Freunde war so besessen von mir wie deine Frederika von dir.«

»Meine Frederika!« Hubertus schüttelte unwillig den Kopf. Es nützte nichts, er musste Patrizia beruhigen. Er ging auf sie zu und breitete die Arme aus. »Komm her und lass dich drücken.«

Mechanisch stand sie auf und ließ sich von seinen Armen umfangen. Sie blieb steif wie ein Laternenpfahl, an dem ein Betrunkener sich festhalten wollte.

Er legte seine großen, warmen Hände auf ihre Schultern und massierte sie leicht. »Ich mach das auch für dich, dieses Strategiewochenende mit Claus. Du willst doch selbst, dass ich politisch eine größere Rolle übernehme und dann viel mehr gestalten kann als bisher.« Er gab ihr einen Kuss auf die Nasenspitze. »Gib's zu, mein Hase: Ein kleines bisschen Alphatier bist auch du.«

Sie schob ihn sanft von sich weg. »Eben deshalb will ich dich nicht an diese Schnulzenschreiberin verlieren, die sich jedem an den Hals wirft, von dem sie sich eine weitere Reportage in einem Klatschmagazin verspricht.«

Noch einmal machte Hubertus den Versuch, seine Frau an sich zu drücken. »Bei ihr gehören Klatsch und

Tratsch zum Geschäft, bei mir nicht. Und du weißt genau, dass ich mir bei meinen beruflichen Plänen einen Fehltritt, auch einen privaten, nicht leisten kann.«

»Soll mich das etwa beruhigen?«

Patrizia wirkte seltsam entschlossen. Sie verunsicherte Hubertus. In diesem Moment ahnte er, dass sie im Ernstfall zu allem, wirklich zu allem bereit sein würde.

Nicht, weil sie ihn um jeden Preis halten, sondern weil sie ihn um keinen Preis verlieren wollte. Wenn es dennoch sein musste, sagte ihr eiskalter Blick, dann an den Tod – nicht aber an Frederika von Rosien.

Dabei war ihre Sorge unbegründet. Oder nicht?

Er löste sich von Patrizia und streckte die Hand nach dem Griff des Trolleys aus. »Ich muss los. Wir wollen noch am Abend die ersten Überlegungen anstellen, um darauf aufbauend die passende Strategie zu entwickeln.«

Patrizia trat zur Seite und ließ ihn vorbeiziehen. Ihre Blicke wie Pfeile im Rücken, marschierte er die Treppe hinab. Er nahm die wattierte Jacke von der Garderobe. Auf dem Dorf, in dem Claus lebte, war es um diese Jahreszeit am Abend frischer als in der Stadt.

An der Ostsee ebenso.

»Bekomme ich keinen Kuss zum Abschied?«, rief er nach oben.

Patrizia stand am Treppenabsatz. Aufreizend langsam mühte sie sich Stufe für Stufe hinab. Sie stellte sich vor ihn hin und ließ sich küssen.

Er strich ihr zärtlich über die Wange. »Bis morgen Abend, mein Schatz.«

»Bis morgen Abend.« Ihre Worte hatten die Melodie einer Frage. Lautlos schloss Patrizia die Tür hinter ihm.

Hubertus ging zur Garage.

Seine Frau beobachtete ihn aus dem Küchenfenster.

Er warf ihr noch einen Kuss zu, öffnete das Garagentor mit der Fernbedienung und atmete auf, als er Patrizias Blicken entronnen war. Beschwingt hob er den Trolley in den Kofferraum, schloss die Klappe und ließ sich auf den Fahrersitz fallen.

Der Wagen rollte rückwärts auf die Straße. Hubertus wendete, wechselte den Gang und gab Gas.

Jetzt fing das Abenteuer an.

Er schlängelte sich durch Blankenese, nahm die Bundesstraße und fuhr auf die A7.

Claus lebte in Grünendeich, südlich der Elbe. Es war eine Himmelfahrt von den Elbvororten bis dahin. Oft hatte er den weiten Bogen verflucht, den er zu seinem besten Kumpel zurücklegen musste, weil die wenigen Elbquerungen, die es gab, an der falschen Stelle lagen. Doch heute spielte ihm die Tour in die Hände.

An der ersten Ausfahrt nach dem Elbtunnel fuhr er von der Autobahn herunter und bog in Richtung Westen ab. Er nahm die Schleichwege den Elbdeich entlang, über Finkenwerder, Cranz und Borstel.

Claus hatte ihm einen Tipp gegeben: Bei Finkenwerder war seit zwei Tagen einer der neuen Blitzer-Anhänger stationiert. Er hatte Hubertus genau beschrieben, auf welcher Höhe die Anlage stand.

Kurz bevor er die Stelle erreichte, trat Hubertus aufs Gaspedal. Die Tachonadel zuckte wie ein drohender Finger und sprang deutlich über den erlaubten Wert.

So fuhr er in sein Alibi hinein.

Es gelang Hubertus, so lange todernst dreinzublicken, bis das staatlich sanktionierte Foto aufgenommen war. Dann schlug er vor Freude aufs Lenkrad. Geschafft!

Der Wagen war auf den Namen von Patrizia gemeldet. In wenigen Wochen würde sie den Bußgeldbescheid mit Datum, Uhrzeit, der Ortsangabe und seinem Konterfei erhalten. Bis dahin würde er ihr jedes Mal, wenn sie ihn mit ihrem Misstrauen konfrontierte, beteuern: Ich bin geblitzt worden, auf dem Weg nach Grünendeich. Da wohnt nicht Frederika, da wohnt Claus.

Glückselig über den Blitz-Erfolg, nutzte Hubertus die nächste Gelegenheit, um zu wenden. Er begab sich auf den Weg zur A1, die ihn an die Ostsee führen würde.

Der Umweg hatte ihn Zeit gekostet. Aber er war früh genug von zu Hause losgefahren, um trotz des Schlenkers rechtzeitig in Timmendorfer Strand anzukommen. Zu gern würde er noch vor Beginn der Lesung einige Worte mit Frederika wechseln.

Auf dem Weg an die See galt es nun, aufzupassen wie ein Luchs, um nicht ein Geschwindigkeitsgebot zu übersehen. Nichts wäre tödlicher für seine Ehe als ein zweiter Bußgeldbescheid auf der falschen Autobahn oder an einem Ort, der offiziell nicht auf seinem Weg lag.

Es war still im Wagen. Hubertus fühlte sich ein wenig verloren. Er wollte am Ziel eintreffen, bevor es dämmerte, und er musste sich auf die Strecke konzentrieren. Das Navi durfte er nicht einschalten. Patrizia würde nach seiner Rückkehr mit Sicherheit heimlich nachsehen, welche Orte er zuletzt angesteuert hatte.

Er war bereits ein Stück weit die A1 gefahren, als der Anruf eintraf, den er nicht erhalten wollte.

Verärgert nahm er das Gespräch entgegen.

»Claus, was soll das? Ich hab doch gesagt, kein Anruf während der Fahrt. Um diese Zeit bin ich offiziell längst bei dir.«

»Irrtum«, dröhnte die sonore Stimme seines besten Freundes durch das Wageninnere. »Offiziell gehe ich davon aus, dass du die B73 genommen hast. Da hat es vorhin einen Unfall gegeben. Kilometerlanger Stau. Ich muss mich doch vergewissern, ob bei dir alles okay ist und mit wie viel Verspätung du bei mir eintreffen wirst.«

»Wenn es so ist ...«

Claus dachte wirklich an alles.

»Mir scheint«, sinnierte Claus, »als hätte Frederika dir verziehen, dass du dich gegen sie und für Patrizia entschieden hast. Was meinst du, was verspricht sie sich jetzt von dir? Sollst du ihr neue Türen für ihre Karriere öffnen? Ich gehe jede Wette ein, sie hofft, dass du deine Kontakte für sie nutzt – auch den zum alten Claus –, damit sie ihre Romane verfilmen lassen kann.«

Hubertus seufzte. Seinem Freund war anscheinend danach zumute, den Smalltalk zu betreiben, den sie bei einer Flasche Wein geführt hätten, wenn er heute tatsächlich zu ihm gefahren wäre.

»Spätestens morgen werde ich schlauer sein.«

Er lehnte sich auf dem Komfortsitz der Limousine zurück und schmunzelte in sich hinein.

In der Kulturszene hatte er einen Namen, der weit über die Grenzen Hamburgs hinausging. Nicht auszuschließen, dass die Marketingabteilung des Verlags Frederika auf die Idee gebracht hatte, ihn einzuladen. Möglich, dass Frederika daraufhin auf die Idee gekommen war, das Nützliche mit dem Angenehmen zu verbinden.

Sie war von Natur aus nicht die Frau, die eine Niederlage verschmerzte. Nachtragend war sie wie ein Elefant. Und wenn sie etwas wollte, dann wollte sie es. Dann setzte sie ihre ganze Kraft daran, es zu erreichen.

»Wenn du ehrlich bist«, fuhr Claus fort, »die Politik war nie das Geschäft deiner Träume. Dir fehlen die Ellenbogen dafür. Du hast den Weg nur eingeschlagen, weil Patrizia es so wollte.«

»Ich reiß mich nicht um einen Posten im Senat«, gab Hubertus zu. »Wenn sich durch Frederika eine andere, eine bessere Perspektive ergibt, ziehe ich die vor.«

Claus senkte die Stimme, als wären potenzielle Zuhörer in der Nähe. »Hast du es eigentlich nie bereut, dich für Patrizia entschieden zu haben? Frederika ist eine schillernde Persönlichkeit geworden. Denkst du nie darüber nach, wie viel anders dein Leben verlaufen wäre, wenn die Wahl auf sie gefallen wäre statt auf Pat?«

»Bei Patrizia weiß ich, was ich habe«, entgegnete Hubertus leicht gereizt. »Sie ist eine echte Hanseatin.«

»Mit der du ein Leben in Wohlstand und Langeweile führst.« Claus lachte sein joviales Lachen.

Die Worte seines alten Studienfreundes taten Hubertus weh. Wohl deshalb, weil so viel Wahres daran war.

Seit seiner Trennung von Frederika war viel Zeit vergangen. Doch noch immer hatte er den Geruch ihrer Haut in der Nase, wenn er nur irgendwo ihren Namen las. Noch immer erzeugte die Leidenschaft, mit der sie ihn geliebt hatte, Purzelbäume in seinem Kopf und ein prickelndes Kribbeln im Bauch. Und noch immer spürte er die verbrannte Haut an den Stellen, an denen ihre Lippen ihn berührt hatten.

»Ich bereue nichts«, erwiderte er tapfer.

»Frederika ist und bleibt ein Fall für sich«, mahnte Claus. »Sie wäre dein Verderben geworden. An ihrer Seite bist du nicht Partner, du bist Trittleiter. Bis du deinen Zweck erfüllt hast. Dann geht's auf den Recyclinghof.«

Hubertus nahm alle Geduld zusammen. »Ich denke, ich weiß, wie ich mich ihr gegenüber zu verhalten habe.«

Er bemühte sich, Standfestigkeit in seine Stimme zu legen. Doch er musste sich eingestehen: Die Vorfreude auf Frederika loderte in ihm. Sie brannte wie ein ausgetrockneter Sommerwald, in dem ein Raucher achtlos seine glimmende Kippe weggeworfen hatte.

Und ganz weit hinten in seinem Hirn tauchte die Frage auf: Starb die Hoffnung nicht zuletzt?

Das Kribbeln von damals belebte sich wieder.

Was auch immer geschehen würde, eines war gewiss: Er musste sich davor hüten, einen Fehler zu begehen. Einer der beiden Wege musste gelingen: entweder der Neuanfang mit Frederika oder, als schlechtere Alternative, die Wahl zum Kultursenator von Hamburg.

»Wo bist du jetzt?«, fragte Claus.

»Kurz vor Ratekau. In ein paar Minuten bin ich da.«

»Und du bist sicher, dass du das Richtige tust? Noch wäre Zeit, zu wenden und den Abend mit deinem alten Kumpel in Grünendeich zu verbringen. Auf den ist wenigstens immer Verlass.«

»Claus, ich bin erwachsen.«

Hubertus drückte den rechten Fuß durch und zog im selben Augenblick den Wagen auf die linke Fahrspur. In einem riskanten Überholmanöver raste er an einem BMW vorbei. Eine Sekunde später riss er das Lenkrad nach rechts, um nicht auf einen GTI aufzufahren, dessen Fahrer auf der Überholspur einzuschlafen schien.

Manchmal ging Claus ihm auf die Nerven.

»Du weißt«, sagte Claus mit strenger Stimme, »dass eine Frederika von Rosien mit niemandem Kontakt aufnimmt, ohne ganz konkrete Hintergedanken zu haben.«

»Lass das mal meine Sorge sein.«

»Lass dich bloß nicht leichtfertig für eins ihrer Projekte vor den Karren spannen. Und pass auf, dass du am Ende nicht draufzahlst, beruflich wie persönlich.«

»Du, Claus, lass uns Schluss machen. Wir reden ein anderes Mal weiter darüber. Ich muss aufpassen, dass ich heute nicht noch mal geblitzt werde.«

»Okay, alter Junge. Dann weiterhin gute Fahrt. Und lass von dir hören, sobald du wieder zu Hause bist. Ich platze vor Neugier, wie der Abend verlaufen ist.«

»Mach ich, bis bald. Und geh bloß heute Abend nicht aus. Du hängst mit mir in deinem Arbeitszimmer fest.«

Hubertus beendete das Gespräch. Bei Ratekau verließ er die Autobahn und fuhr in Richtung Hemmelsdorf.

Langsam wurden seine Hände feucht, sein Mund war pulvertrocken und die Lippen fühlten sich spröde an.

Die letzten Kilometer lagen vor ihm. Zum Glück war heute nicht viel Verkehr. Vor ihm kroch ein alter Käfer daher, und ein geparkter Wagen stand auf dem Rasen, der den Radweg von der Straße trennte.

Warum stand der da? Hatte jemand eine Panne?

Auf einmal trat ein gutes Stück vor ihm eine Frau aus dem Knick, der das Feld von dem Radweg und der Straße trennte. Der Käfer tuckerte an ihr vorbei, ohne dass auch nur einmal die Bremslichter aufgeleuchtet hätten.

Die Frau winkte heftig, und Hubertus tat, was sich für einen Gentleman gehörte. Er bremste scharf. Bei laufendem Motor hielt er in Höhe der Frau an und ließ das Fenster auf der Beifahrerseite herunter.

»Ist das Ihr Wagen, der dahinten steht?« Er wies mit dem Daumen auf die Strecke hinter ihm. »Haben Sie ein Problem? Brauchen Sie Hilfe?«

»Da vorne auf dem Feld liegt ein Mädchen«, rief die Fremde ihm zu. »Kommen Sie schnell, helfen Sie mir.«

Bevor er fragen konnte, was passiert war, hatte sie sich von ihm entfernt.

Er schaltete das Warnblinklicht ein und verließ den Wagen. Vorsichtig arbeitete er sich durch den Knick, er schob die Zweige der Bäume und Sträucher auseinander, um der Frau zu folgen.

Er geriet ins Schwitzen. Die Böschung führte steil hinab, und die Sohlen seiner Schuhe hatten kein Profil. Er stellte sich seitlich zum Abhang hin, ging leicht in die Knie und tapste Schritt für Schritt hinab.

Nun würde er doch zu spät zu Frederika kommen.

Unten angelangt, blieb er stehen und sah sich um.

Ein Stück weiter hinten lag tatsächlich eine Person. Die Frau, die ihn gestoppt hatte, stand bei ihr. Doch sie sah nicht den Menschen an, der am Boden lag. Sie sah zu Hubertus hinüber und winkte ihn energisch heran.

Pflichtbewusst ging er auf sie zu.

Mit einem Mal erschien ihm die Situation absurd.

Aus welchem Grund sollte die Person, die ohnmächtig am Boden lag, auf dieses Feld gegangen sein? Was hatte sie das Bewusstsein verlieren lassen? Wie und warum wollte die andere Frau sie hier, außer Sichtweite der Straße, gefunden haben? Und wem gehörte der Wagen, der am Straßenrand abgestellt war?

Er näherte sich den beiden. Mit jedem Schritt wurde er zögerlicher.

Plötzlich, wie eine Marionette, die an Strippen hochgezogen wurde, wie ein Geist, der auferstand, erhob sich die vermeintlich ohnmächtige junge Frau. Sie hielt Pfeil und Bogen in den Händen und zielte auf ihn.

Er war in eine Falle getappt.

Wie in Zeitlupe nahm der Pfeil Kurs auf sein Herz.

Vor Schreck und Verblüffung unfähig, sich zu bewegen, sah Hubertus den Tod auf sich zufliegen.

Sein letzter Gedanke war: ›Patrizia!‹

Und das Letzte, was er zu hören glaubte, war die Stimme seiner Frau:

›Hubertus, du hast es nicht anders verdient.‹

2

Der Tisch im Blauen Salon war überhäuft mit Blättern. Gemeinsam mit ihrer PR-Managerin ging Frederika in ihrer Villa die Textpassagen aus ihrem neuesten Roman durch, die sie nachher auf der Lesung vortragen wollte.

Cora guckte auf ihr Handy und stellte die Teetasse ab. Schon wieder war eine SMS bei ihr eingegangen. Während sie sie las, sprach sie mit Frederika. »War es nicht ein Fehler, Hubertus einzuladen?« Sie tippte eine kurze Antwort ein und legte das Telefon weg.

Frederika sah von ihren Notizen auf. »Ein Fehler?«

Ihr Blick verweilte an ihrem eigenen Bildnis in dem goldgerahmten Spiegel, der an der Wand zwischen den beiden Fenstern hing. Nach einigen Sekunden glitt er weiter zur Strandpromenade und über die See bis zum Horizont, an dem sich eine der weißen Skandinavien-Fähren auf die Mündung der Trave zuschob.

Ein frischer Ostwind sorgte dafür, dass die See hohe Wellen schlug und die Gischt so schäumte, dass selbst Naturmuffel ins Schwärmen gerieten. In der untergehenden Sonne glitzerten die Wogen in einem märchenhaft anmutenden, changierenden Orange-Grün.

In Timmendorfer Strand drängten sich die Menschen auf der Strandpromenade. Das hatte Janna Tönissen, die Betreiberin des Lesecafés, vorhin am Telefon berichtet. Und ausnahmslos alle, die Frederika im Vorweg angeschrieben hatte, hatten Plätze für die Lesung reserviert.

Auch Hubertus. Er würde ohne Patrizia kommen.

Und er war immer noch genauso naiv wie vor dreißig Jahren. Manche Menschen lernten nie dazu.

»Sag, war die Einladung nicht ein Fehler?«, hakte Cora noch einmal nach.

Endlich reagierte Frederika auf die Frage. Ihre Antwort war ein nachlässiges Schulterzucken.

»Würdest du es nicht wenigstens ein bisschen leichtsinnig nennen?«, insistierte Cora.

»Leichtsinnig?« Frederika schüttelte ihre wellige brünette Mähne. Sie genoss dieses Gefühl, wenn das weiche Haar ihr über den Rücken strich. »Ich nenne es mutig.«

Cora stand auf, stellte sich ans Fenster und atmete schwer. Ruckartig drehte sie sich um. »Du weißt, dass er immer noch verheiratet ist, glücklich verheiratet, wie die Presse schreibt. Mit der Frau, die ihn dir weggenommen hat und die auch heute noch vor Eifersucht kocht.«

»Du weißt, die Medien berichten viel, wenn der Tag lang ist. Sie brauchen immer neue Geschichten. Mal die Homestory vom angeblich glücklich verheirateten Politiker, mal die Sensationsgeschichte von der skandalträchtigen Autorin. Und außerdem: Was bedeutet ein Trauschein? Das ist nicht mehr als ein Stück Papier.«

Coras Augen wurden schmal. »Fine hat das Schreiben an beide adressiert, an Hubertus und Patrizia Thalmann. Im Anschreiben angesprochen hast du aber nur ihn.«

»Na und?« Frederika sah sie fragend an. »Es hätte der guten Patrizia freigestanden, Hubertus zu begleiten. Er wird wissen, warum er nur eine Karte haben wollte.«

»War diese Aktion nicht ziemlich riskant?« Unruhig lief Cora im Raum herum. »Ich bin die, die deine Pressemeldungen schreibt. Ich bin diejenige, die du dafür verantwortlich machst, wenn dein Marktwert aufgrund von Negativberichten sinkt. Und was machst du? Du zeigst dich von einer Seite, die dir nicht unbedingt Sympathien einbringen wird, wenn dein Plan gelingt.«

»Ach!« Frederika lachte. »Was ist denn mein Plan?«

Cora setzte sich wieder hin. »Tu nicht so. Ich kenne dich lange genug. Du verzeihst nichts. Niemals. Wenn jemand es gewagt hat, sich einem anderen Stern zuzuwenden und sich nicht mehr um dich zu drehen, arbeitest du knallhart daran, das Schicksal zu korrigieren.«

Frederika griff nach der silbernen Kanne und bot Cora Tee an. Ihre Freundin und Mitarbeiterin lehnte ab, sodass Frederika nur sich selbst etwas einschenkte.

»Nimm nicht immer alles so ernst, Cora. Das Leben ist ein Spiel. Ich probiere Situationen aus und teste, ob und wie sie funktionieren. Wenn ich das nicht schon immer so gehandhabt hätte, hätte ich niemals die Romane schreiben können, die ich geschrieben habe. Vermutlich hätte ich mein Leben als zweitklassige Sekretärin in irgendeinem Betrieb verbracht. Ich wäre versauert, weil ich den ganzen Tag hätte tippen müssen, was man mir diktiert.« Sie stellte die Kanne ab und lächelte. »Man muss auch mal außergewöhnliche, mutige Wege gehen.«

Cora nickte langsam, lehnte sich zurück und hämmerte mit den Fingerkuppen auf die Tischplatte. »Darf ich raten? Du arbeitest an einem Knaller für Band zwei deiner Autobiografie. Hast du ihn deshalb eingeladen?«

Frederika grinste verschmitzt. »Wer weiß?«

Noch immer nickte Cora. »Frederika von Rosien, die grandiose Literatin, an der Seite ihres Lebensgefährten, des neu gewählten Kultursenators von Hamburg. Ist das die Bildunterschrift, die du dir wünschst?«

»Ach, Cora, manchmal bist du fantasielos.«

»Wieso fantasielos? Das ist doch der Gedanke, der naheliegt.«

»Eben deshalb sage ich: Du hast keine Fantasie.«

Coras Miene verdüsterte sich noch mehr.

»Du willst, dass seine Ehe zerbricht, dass die Presse einen Skandal um ihn wittert und dass er folglich den Posten des Kultursenators nicht bekommt. Dann könnte er sich ganz auf dich konzentrieren.«

Frederika riss zwei Bögen Papier von ihrem Block. Sie überflog die Stichworte, die sie sich zu den Themen notiert hatte, über die sie heute Abend zwischen den Textpassagen aus ihrem Roman sprechen wollte.

»Das wäre eine interessante Variante«, sagte sie, ohne Cora eines Blickes zu würdigen. Sie stand auf und legte die Unterlagen in die Mappe, die sie für die Lesung vorbereitet hatte. »Und wer weiß, am Ende bekomme ich ihn tatsächlich zurück. Das wird dann die Vorlage für meinen ersten Liebesroman.«

Cora schob ihre leere Teetasse so heftig von sich fort, dass das Geschirr klapperte. »Du willst das Genre wechseln? Was sagen der Verlag und deine Lektorin dazu?«

Frederika wandte sich zu ihr um. »Interessiert mich das? Du weißt, ich bin immer meinen Weg gegangen. So habe ich die ersten fünf Jahrzehnte meines Lebens verbracht, und die nächsten werde ich nicht anders gestalten. Ich bleibe mir treu bis an mein Ende.«

Cora zog die Mundwinkel so weit nach unten, wie Frederika es noch nie an ihr gesehen hatte. »Du klingst, als würdest du dabei sogar über Leichen gehen.«

»Das wäre doch mal eine Option.«

»Denkst du eigentlich auch mal an mich?«

»Cora, bitte.« Frederika hob den Blick zum Himmel. Dann sah sie auf die Uhr. »Nun lass uns nicht streiten. Die Zeit schreitet voran, und du kennst mein Lampenfieber. Wir sollten uns bald auf den Weg nach Timmendorf machen. Und stell doch mal dein Handy lautlos. Dieses ewige Gepiepse macht mich nervös.«

Cora lachte hart. »Dass dein Lampenfieber gerade ins Unermessliche steigt, glaube ich aufs Wort. Du hast dir ein ehrgeiziges Ziel gesetzt. Deine Lesung soll eine glänzende Vorstellung werden, die Hubertus sagt: ›Sieh her, mich hättest du haben können. Und wenn du mich immer noch willst – du brauchst nur zuzugreifen. Verlass Patrizia und komm zu mir.‹ Wenn er dich erhört, saugst du ihn aus, und wenn er alles gegeben hat, wirfst du ihn einfach wieder weg. So, wie du es immer machst.«

Verärgert warf Frederika ihre Mappe auf den Tisch. »Glaubst du das wirklich?« Sie tippte sich heftig gegen die Brust. »Glaubst du, ich, Frederika von Rosien, werfe mich einem kleinkarierten, gutbürgerlichen Hamburger Möchtegernpolitiker an den Hals, der sich mit irgendeiner Tusnelda zufriedengibt?« Mit energischen Schritten lief sie aus dem Raum. »Ich ziehe mich jetzt um und mache mich zurecht. Dann fahren wir nach Timmendorf.«

Cora rannte hinter ihr her. »Du belügst dich selbst, Frederika. Wenn du nichts von Hubertus willst, wenn du keine Hintergedanken hast, warum hast du ihn dann eingeladen?«

Frederika knallte die Schlafzimmertür hinter sich zu. Gleich darauf öffnete sie sie noch einmal. Wütend blickte sie Cora ins Gesicht.

»Er hat etwas, was du nicht hast.«

3

Aufgeregt lief Janna zwischen den Stuhlreihen im Zuschauerraum hin und her. Sie richtete die Armlehnen aneinander aus, damit die Sitzplätze wie auf Schnüren aufgereiht dastanden. Kritisch betrachtete sie einen der Stühle, wischte mit dem Finger über die Kante und zog das Exemplar aus der Reihe heraus.

»Das Holz ist gesplittert«, rief sie Molly zu und schob einen Ersatz an die Stelle des ausgemusterten Stücks. »Nicht, dass eine Besucherin sich ihre Seidenstrümpfe daran zerreißt oder nachher einen Splitter sonst wo hat.«

Amüsiert beobachtete Molly ihre Freundin. Seit dem frühen Nachmittag half sie ihr dabei, den Verkaufsraum für die Lesung als Zuschauerraum herzurichten. Jannas Nervosität stieg im Minutentakt, und Molly fragte sich ernsthaft, ob die sonst so patente Geschäftsfrau nachher in der Lage sein würde, eine kurze Rede zur Eröffnung der Veranstaltung zu halten, ohne sich dabei hoffnungslos zu verhaspeln.

»Kann ich noch irgendetwas tun?«, fragte sie.

Janna zeigte auf die Fensterbank. »Da liegt ein Staubtuch. Kannst du bitte den Tisch, an dem Madame sitzen wird, blank polieren? Es darf kein Stäubchen mehr darauf liegen, wenn sie Platz nimmt. Alles muss glänzen.«

Molly ging zum Fenster und holte das Tuch. »Soll ich für ›Madame‹ vielleicht auch noch die Erbse unter dem Sitzkissen wegnehmen?«, fragte sie bissig.

»Gute Idee! Das hätte ich fast vergessen.«

Janna schnaufte vor Eifer. Ihre Wangen waren gerötet, und Molly ahnte, in welche Höhen sich ihr Blutdruck gewummert hatte. Kein Wunder, noch nie hatte sie eine so prominente Autorin zu Gast gehabt.

Molly stützte sich mit einer Hand auf den Tisch aus lackiertem Holz, an dem Frederika von Rosien heute Abend sitzen, lesen und Hof halten sollte. Der Name der Autorin war ihr ein Begriff, doch sie hatte bisher keins ihrer Bücher gelesen. Frauenromane standen nicht auf ihrer persönlichen literarischen Bestsellerliste. Am liebsten las sie humorige Krimis, auch wenn sie bei jedem dieser Romane den Kopf darüber schüttelte, wie die fiktiven Kollegen ihre Fälle lösten.

Sie dachte an ihren eigenen letzten Fall, den ihr Team und sie gerade erst abgeschlossen hatten. In dem Moment klopfte jemand gegen die verschlossene Ladentür.

»Himmel hilf«, rief Janna aus. »Madame ist schon da, und wir sind noch nicht fertig mit den Vorbereitungen. Ich bin noch nicht mal umgezogen.«

Eilig schlurfte sie in ihren Arbeitspantoffeln und der staubverschmutzten Hose über den gewienerten Boden. Mit einer Hand gestikulierte sie entschuldigend, während sie mit der anderen die Tür aufschloss.

Madame trat ein, und Molly hielt für einen Moment mit dem Polieren inne.

Die Schriftstellerin blieb vor Janna stehen und breitete die Arme aus. »Ich bin zu früh. Ich bitte tausendmal um Entschuldigung. Ich war so aufgeregt, dass ich es zu Hause nicht mehr ausgehalten habe.«

Die hochgewachsene, gertenschlanke Frau in einem Kleid aus fließendem, goldglänzendem Stoff trat auf wie eine Königin. Sie musterte die Ladeninhaberin. »Sie sind genauso aufgeregt wie ich. Ich sehe es Ihnen an.«

Noch immer sprachlos, japste Janna nach Luft. Mit einer Hand deutete sie auf Molly.

Unbeeindruckt von der Prominenz der Autorin, doch mit dem gebotenen Respekt ging Molly auf Frederika zu. »Ich bin Molly Bleck. Wir sind mit den Vorbereitungen leider noch nicht ganz fertig. Der Aufwand für ein so großes Publikum ist größer als gedacht.«

»Sie gehören zum Team des Lesecafés?«

»Nein, ich bin eine Freundin von Frau Tönissen.«

»Aber nicht irgendeine Freundin.« Janna hob die Augenbrauen. »Molly ist die beste von allen.«

Frederika lächelte huldvoll und schob den Henkel ihrer Handtasche aus golden eingefärbtem Leder über die Schulter – fraglos bildete das Stück ein Ensemble mit dem Kleid und den Pumps. Sie taxierte Molly von oben bis unten. Dann wandte sie sich wieder Janna zu.

»Ich glaube Ihnen aufs Wort, dass Frau – wie war der Name?«

Molly fühlte sich bestätigt. Genau so hatte sie sich die prominente Autorin vorgestellt. »Bleck. Ganz einfach zu merken.«

Frederika bedachte Molly mit einem Blick, der in der Kommissarin den Wunsch erweckte, diese Frau einmal in einem Mordfall als Verdächtige verhören zu dürfen.

»Ich glaube gern«, sprach die Autorin mit gekünstelter Zuneigung zu Janna, »dass Frau Bleck eine allerbeste Freundin ist. Beim Betreten des Raumes spürt man sofort die Harmonie zwischen Ihnen beiden.«

Die verblendete Janna lächelte beseelt. »Schön, dass Sie das so empfinden.« Sie fuhr sich mit beiden Händen über die Hüften. »Tut mir leid, dass ich Sie in Arbeits-klamotten empfange. Wenn wir gewusst hätten, dass Sie so frühzeitig erscheinen, hätten wir viel eher angefangen, und wir hätten uns längst umgezogen. Nicht wahr, Molly?«

»Nein, wirklich«, wehrte Frederika ab. »Ich bin diejenige, die sich entschuldigen muss.« Sie beugte sich vor und legte beide Hände auf Jannas Arme. Die Spitzen ihrer langen brünetten Locken umspielten ihre Schultern. »Wissen Sie was? Ich verkrümele mich in einen Winkel und schnuppere ein bisschen die Atmosphäre. Und Sie und Frau – ähm ... Sie und Ihre Freundin tun bitte einfach so, als wäre ich überhaupt nicht da.«

Janna nickte erleichtert. »Okay, so machen wir das.«

Die Autorin guckte sich im Raum um und zeigte auf den Stuhl, den Janna vorhin aussortiert hatte. »Darf ich mich da hinten in die Ecke setzen?«

»Nein, lieber nicht. Der Stuhl ist ... Das Holz ...«

Molly rettete ihre Freundin aus der Situation. »Wenn Sie sich keinen Splitter im Allerwertesten zuziehen möchten, warten Sie bitte einen Moment.«

Sie holte einen Stuhl aus dem Bestand im Lagerraum und schob ihn an die Stelle, die Frederika von Rosien im Blick hatte.

Frederika steuerte darauf zu.

»Zu liebenswürdig von Ihnen, vielen Dank. Ich mach mich ganz klein hier im Eckchen und bereite mich still auf meine Lesung vor.«

Sie nahm Platz, schlug die Beine übereinander und inspizierte den gesamten Raum.

»Ja, dann ...« Unschlüssig guckte Janna erst Frederika, dann Molly an.

»Lassen Sie sich durch meine Anwesenheit bitte nicht stören«, munterte die Schriftstellerin sie auf. »Machen Sie einfach weiter, als wären Sie allein.« Ihr Rücken war kerzengerade, und eine seltsame Anspannung bis in die Fußspitzen hinein nahm von ihrem Körper Besitz.

Ihre Erscheinung erinnerte Molly an ein ›Kräutchen-rühr-mich-nicht-an‹, die Pflanze, deren Fruchtkapseln durch den Zellsaft so unter Druck standen, dass sie bei der leisesten Berührung aufsprangen.

Was erzeugte eine derart explosive Spannung in dieser Person? War es nur die Aufregung vor der Lesung? Frederika von Rosien war doch an Auftritte gewöhnt.

»Darf ich Ihnen wenigstens schon mal etwas zu trinken anbieten?«, fragte Janna, die nicht nur Buchhändlerin, sondern auch Gastgeberin aus Leidenschaft war. »Kaffee, Tee oder einen Sekt? Ich kann Ihnen so ziemlich jeden Wunsch erfüllen. Sie wissen bestimmt, nebenan ist mein Café.«

»Ein Glas Wasser würde mir reichen«, erwiderte Frederika. »Ich leide vor jeder Lesung unter furchtbarem Lampenfieber. Wenn ich jetzt noch etwas trinke, das den Kreislauf anregt, bin ich nachher, wenn es losgeht, vollends durch den Wind und würde einen ziemlich unprofessionellen Eindruck abgeben.«

Sie lächelte, als wäre ihr dieses Geständnis peinlich.

»Dann hole ich Ihnen ein stilles Wasser.« Janna verließ den Zuschauerraum und stob auf den Durchgang zu, der das Café von der Buchhandlung trennte.

Molly kehrte an den Tisch zurück, an dem Frederika von Rosien nachher lesen sollte, und polierte ihn weiter. Aus dem Augenwinkel bemerkte sie, wie die Autorin immer wieder zum Fenster hinaussah.

Die Kommissarin in ihr meldete sich zu Wort: Es war nicht das Lampenfieber allein, dass Frederika von Rosien so nervös werden ließ.

»Erwarten Sie jemanden?«, fragte Molly, während sie wieder mit dem Tuch über die Tischplatte wischte. »Ich meine, eine bestimmte Person?«

»Ja. Nein. Ach, was rede ich? Ich bin immer wahnsinnig gespannt auf meine Gäste. Es gibt Leute, die kommen zum x-ten Mal, um mich zu sehen. Manche reisen von weither an. Und manchmal passiert es, dass jemand im Publikum sitzt, den ich von früher kenne. Gerade heute muss ich mit so etwas eher rechnen als bei allen vorherigen Lesungen – wegen meiner Autobiografie, die bald erscheinen wird. Dazu wird es Fragen geben.«

Janna kehrte zurück und übergab Frederika ein Glas Wasser.

»Herzlichen Dank, liebe Janna.« Frederika trank einen Schluck. »Ich darf doch Janna zu Ihnen sagen?«

»Selbst... selbstverständlich. Es ... es ist mir eine große Ehre.« Die feinen Äderchen in Jannas Wangen füllten sich mit Blut, und ihre Augen leuchteten. Sie rieb sich die Hände. »Ihre Fans werden bald draußen Schlange stehen.«

Sie entfernte sich von Frederika und ging auf Molly zu. »Denk bloß daran«, flüsterte sie ihr ins Ohr, »auch die Stelle zu polieren, auf die du dich aufgestützt hast.«

Molly zeigte ihrer Freundin gedanklich einen Vogel. Seufzend wischte sie auch den Rand der Tischplatte ab, an dem sie ihre Fingerabdrücke hinterlassen hatte.

»Und wenn du damit fertig bist, hilf mir doch bitte, die Kartons mit den Exemplaren zu holen, die Frau von Rosien nach der Lesung signieren wird.«

Molly stopfte das Tuch in einen Kasten mit Putzzeug, brachte ihn in die kleine Besenkammer und folgte ihrer Freundin ins Lager.

Janna hievte einen Karton mit Büchern auf eine Sackkarre. »Ist sie nicht faszinierend, die Frau von Rosien?«

»Faszinierend arrogant.« Molly half ihr, zwei weitere Kartons auf den ersten zu stapeln. »Übertreibst du es nicht ein bisschen mit deiner Ehrfurcht vor ›Madame‹?«

Janna beäugte sie aus dem Augenwinkel. »Du magst sie nicht, stimmt's?« Sie setzte die Sackkarre in Bewegung und steuerte die Tür zum Verkaufsraum an.

»Woran hast du das nur wieder erkannt?«

Bevor sie den Lagerraum verließen, stellte Janna die Sackkarre ab und formte Daumen und Zeigefinger zu einem Ring. »Sie ist eine Ikone der deutschsprachigen Literatur«, raunte sie Molly zu.

»Bezeichnet sich nicht jede halbwegs erfolgreiche Autorin so?«

Sie kehrten gerade in den Zuschauerraum zurück, als eine weitere Frau das Geschäft betrat.

»Wir haben leider noch nicht geöffnet«, rief Janna ihr zu. »Wenn Sie sich bitte noch ein paar Minuten gedulden und draußen warten würden?«

Frederika erhob sich.

»Das ist meine Freundin Cora. Cora Bernstorf. Sie ist Journalistin und macht die Pressearbeit für mich.«

Janna und Molly begrüßten die Dame.

»Wenn das so ist«, sagte Janna, »bleiben Sie gern hier. Ich schließe die Ladentür vorsichtshalber wieder ab.«

»Dazu würde ich auch raten«, sagte Cora Bernstorf. »Ich war gerade im Ort unterwegs und habe mitbekommen, dass Frederikas Auftritt hohe Wellen schlägt.«

Molly bemerkte das Flackern in den Augen der Autorin, als sie zu Cora aufsah.

»Hast du ihn gesehen?«, fragte Frederika so leise, dass Molly es gerade noch hören konnte.

Cora schüttelte unwillig den Kopf.

Die Mischung aus Nervosität und Enttäuschung in der Miene der Autorin und ihr eigener Sinn für geheimnisvolle Situationen sagten Molly, dass Frederikas Aufregung mehr ›ihm‹ galt als der bevorstehenden Lesung – wer immer sich auch hinter diesem Pronomen verbarg.

Janna ging währenddessen zur Tür und drehte den Schlüssel einmal herum. Dann kehrte sie zur Sackkarre mit den Kartons zurück.

»Molly, hilfst du mir, die Bücher auszupacken? Zwei Stapel à zehn Stück kannst du schon mal auf die linke Seite des Tisches legen, an dem Frau von Rosien liest. Die anderen deponieren wir auf dem Sideboard. Wenn unser Star des Abends nach der Lesung signiert, schieben wir die nächsten Stapel nach und nach rüber.«

Cora Bernstorf hakte Frederika unter. »Es wird uns zu geschäftig hier. Meine Freundin braucht Ruhe, damit sie sich auf die Lesung konzentrieren kann. Haben Sie einen Raum, in den wir uns bis zum Beginn der Veranstaltung zurückziehen können?«

»Natürlich. Entschuldigung, dass wir so viel Unruhe verbreiten.«

Janna führte die beiden Frauen in ihr Büro, das neben dem Lager lag. »Hier sind Sie für sich.«

Molly stapelte die Bände aufeinander und zählte sie durch. Vor dem Geschäft wurden Stimmen laut. Sie drehte sich zur Eingangstür um. »Janna«, rief sie, »die ersten Besucher stehen an.«

Janna wischte sich mit dem Ärmel über die Stirn. »Oh Gott, und ich stehe immer noch in Arbeitsklamotten hier. Wird Zeit, dass ich mich herausputze. Und du auch. Du hast hoffentlich noch was Schickeres dabei?«

»Meine Gala-Uniform«, erwiderte Molly leicht genervt. »Für Madame nur das Feinste. Die Sachen liegen in der großen Tasche bei dir im Büro.«

»Gut, ich hol sie«, meinte Janna zufrieden mit Blick auf die ausgepackten Bücher. »Wir ziehen uns im Lager um, und dann lassen wir die Leute rein.«

Sie klopfte an die Tür ihres Büros und wartete, bis sie hereingerufen wurde. Mit großen Worten der Entschuldigung für die Störung holte sie ihre eigene und Mollys Tasche heraus und verschwand damit im Lager.

»Gibt es heute Abend eigentlich einen besonderen Gast?«, fragte Molly nicht ohne Hintergedanken, während sie die Kleidung wechselten.

»Alle Gäste sind heute Abend besonders«, belehrte Janna sie. »Du weißt doch, der Verlag von Frau von Rosien hat Karten bei mir bestellt und ihr für Gäste zur Verfügung gestellt, die sie selbst einladen durfte. Es sind ein paar Lokalpromis darunter, wie du sehen wirst.«

Janna und Molly drehten sich um die jeweils eigene Achse und warfen sich prüfende Blicke zu, um sich gegenseitig zu versichern, dass die Kleidung perfekt saß.

»Dann nix wie raus.«

Schwungvoll ging Janna auf die Eingangstür des Ladenlokals zu, schloss sie auf und begrüßte die Gäste.

Einzeln oder in kleinen Gruppen traten sie ein und zeigten ihre Karten vor. Sie verteilten sich über die Reihen, und als alle Plätze bis auf einen belegt waren, beschloss Janna, Frederika von Rosien hereinzurufen.

Applaus brandete auf, als die Autorin erschien. Cora Bernstorf folgte ihr mit drei Schritten Abstand. Schnell holte Janna noch einen Stuhl aus dem Lager, stellte ihn neben die beiden Stühle an der Wand, auf denen Molly und sie Platz nehmen wollten, und bot ihn Cora an.

Frederika stand wie versteinert vor dem Tisch, auf dem das Mikrofon installiert war. Sie schlug das Exemplar auf, aus dem sie lesen wollte, setzte sich jedoch nicht hin. Ihre Blicke wanderten unruhig über die Köpfe des Publikums hinweg. Sie hasteten hin und her, als würde sie die Anwesenden einen nach dem anderen abzählen und nicht glauben können, dass einer fehlte.

Janna rang die Hände. Mittlerweile waren sie fünf Minuten über die Zeit. »Sollen wir anfangen?«, flüsterte sie Frederika von Rosien zu.

Die Autorin antwortete nicht. Sie nahm Blickkontakt mit Cora Bernstorf auf.

Die rollte mit den Augen.

Janna verstand das wohl als Zeichen, nicht länger zu warten. »Meine sehr verehrten Damen und Herren«, begann sie mit bewegter Stimme. »Ich habe die ganz besondere Ehre, Ihnen heute Abend eine Lesung von und mit Frederika von Rosien präsentieren zu dürfen. Es braucht keine Worte, um diese berühmte Schriftstellerin vorzustellen. Sie wird aus ihrem neuesten Werk lesen, das sie im Anschluss auch signieren wird. Und sie wird uns erste Einblicke in ihre Autobiografie gewähren, die in den nächsten Wochen erscheinen wird. Freuen wir uns nun also auf den Star der deutschsprachigen Frauenliteratur, Frederika von Rosien.«

Sie deutete mit der Hand auf die Schriftstellerin, die mittlerweile auf ein Zeichen von Cora Bernstorf hin

Platz genommen hatte, und erntete Applaus für ihre Einleitung.

Frederika erhob die Stimme. »Guten Abend, sehr verehrte Gäste. Wir sind noch nicht ganz vollzählig, wie ich sehe. Wenn Sie nichts dagegen haben, würde ich gerne noch einen Augenblick warten.«

Unruhe machte sich unter den Zuschauern breit. Einige scharrten mit den Füßen, andere sahen sich ungeniert um und stierten fragend auf den Platz in der letzten Reihe, der frei geblieben war.

Nach einer Weile erhob sich Cora Bernstorf. Sie ging auf Frederika zu, beugte sich tief über sie und tuschelte ihr etwas ins Ohr.

Frederika zuckte mit den Schultern.

Cora ergriff das Wort.

»Meine Damen und Herren, bei jeder Veranstaltung gibt es eine Anzahl von Personen, die sich angemeldet haben, aber zu spät oder gar nicht erscheinen. Heute Abend ist es lediglich eine einzige Person, die fehlt. Wir werden es verschmerzen können. Bitte, Frederika, die Lesung beginnt.«

Sie ging zu ihrem Platz zurück und freute sich sichtlich über das zustimmende Nicken der Gäste.

Frederika zog das aufgeschlagene Buch zu sich heran und begann ohne weitere Vorrede, zu lesen. Für eine geübte Autorin klang ihre Stimme ungewohnt hölzern und verzagt. Gleich im ersten Absatz verhedderte sie sich.

Sie brauchte ihre Zeit, bis sie bei der Sache war. Dann aber drehte sie voll auf.

4

Am nächsten Morgen in Jannas Haus

»Na?«, fragte Janna. »Findest du Frederika immer noch zum Abgewöhnen?« Sie reichte Molly den Korb mit den frisch gekochten Eiern an.

Molly nahm eins heraus, verbrannte sich fast die Finger und ließ es in den Eierbecher fallen. »Schaum schlagen kann sie, das muss man ihr lassen.«

»Schreiben auch.« Janna schaltete das Radio aus, das sie leise hatte laufen lassen, während sie in der Küche das Frühstück vorbereitete.

»Ihre literarischen Fähigkeiten streite ich nicht ab«, fuhr Molly fort. »Aber ich frage mich, ob sie nicht besser Schauspielerin geworden wäre.«

»Ein gewisses schauspielerisches Talent gehört zu ihrem Job dazu. Sie wird häufig zu Lesungen eingeladen. Sie kann die Texte nicht einfach lieblos runterrattern.«

»Das meine ich nicht.« Molly pellte ihr Ei und griff zum Salzstreuer. Bei dem Elan, den sie in dieser Diskussion über Frederika von Rosien entwickelte, rieselte eine doppelte Portion Salz heraus. Sie wischte ein paar Körner vom Ei herunter. »Ich meine ihren Egozentrismus. Es heißt doch immer, die Schriftstellerei sei eine einsame Tätigkeit. ›Madame‹, wie du sie gerne nennst, scheint mir keine von denen zu sein, die die Einsamkeit suchen. Sie will im Rampenlicht stehen und bewundert werden.«

Janna biss in ihr Brötchen mit Krabbensalat und dachte über Mollys Worte nach. »Nenne sie nicht egozentrisch. Das klingt so unsympathisch. Ich würde sie eher als exzentrisch bezeichnen. Das passt.«

»Unsympathisch passt aber auch.«

»Nein, da muss ich widersprechen.«

Janna legte das angebissene Brötchen auf den Teller zurück und verschränkte die Arme. Aus Erfahrung interpretierte Molly diese Geste als Warnsignal.

»Zu mir«, sagte Janna und neigte den Kopf zur Seite, »zu mir war Frederika immer nett und höflich. Unsympathisch kam sie mir nie vor.«

»Von dir wollte sie auch was. Eine Bühne, auf der sie sich produzieren konnte, und ein saftiges Honorar. Diese Frau kostet doch sicher mehr als andere Autoren.«

»Eine so berühmte Schriftstellerin hat natürlich ihren Preis«, verteidigte Janna sich. »Aber ich habe an dem Abend so viele Bücher verkauft wie sonst in einer Woche. Das war es mir wert. Außerdem hat auch mein Name in etlichen Zeitungen und Internet-Portalen gestanden, die diese Lesung angekündigt haben. Geschäftlich geschadet hat mir das nicht.«

»Okay, ich geb mich geschlagen. So, wie es verschiedene Sichten auf ein und dasselbe Buch gibt, gibt es eben auch gegensätzliche Meinungen zum Charakter ein und derselben Autorin. Bei Frederika von Rosien stimmen wir beide mal nicht überein. Jeder hat das Recht auf seinen Geschmack, auch in Bezug auf Menschen.«

Bewusst ignorierte Molly ihr Smartphone. Es lag auf dem Tisch, der Ton war abgeschaltet, doch das ungeduldige Vibrieren des Geräts übertrug sich auf die Teetasse, die auf der Untertasse klapperte.

»Da will jemand was von dir.« Janna wies mit einer Hand auf das Mobiltelefon.

»Heute ist Sonntag«, erwiderte Molly lapidar.

Sie hatte sehr wohl den Namen gesehen, der auf dem Display aufleuchtete. Malte Graf, dahinter der Buchstabe ›p‹. Damit nie der Verdacht aufkommen würde, dass sie auch außerhalb des Dienstes eine freundschaftliche Beziehung mit Malte pflegte, hatte sie zu seiner privaten Handy-Nummer, über die sie seit einigen Wochen verfügte, genau wie zu seiner dienstlichen Nummer den Nachnamen gespeichert. Und ein kleines ›p‹ dazu, damit sie auf einen Blick unterscheiden konnte, ob der Anruf privater oder beruflicher Natur war.

Janna beobachtete Mollys Verweigerungshaltung mit Argwohn. »Du willst ihn nicht sprechen?«

»Ich sehe ihn morgen auf dem Kommissariat.«

»Es muss aber doch einen Grund geben, weshalb er gerade jetzt anruft, am Sonntag zu so früher Stunde.«

»Hast du heute Nachmittag schon was vor?« Molly stand auf und holte die Tageszeitung von gestern. Im Kulturteil hatte sie die Ankündigung einer Veranstaltung auf dem Niendorfer Freistrand entdeckt. »Um fünfzehn Uhr tritt eine Band aus Lettland auf, die original baltische Folklore spielt. Hast du Lust, mit mir hinzugehen? Dann besorge ich uns gleich Karten dafür.«

Janna nahm ihren Teebecher in beide Hände, stützte die Ellenbogen auf und musterte Molly über den Rand des Bechers hinweg. »Willst du nicht lieber mit Malte hingehen? Er ist dein Kollege, und er ist ein guter Kerl. Du solltest ihm nicht immer die kalte Schulter zeigen.«

Molly nahm wieder Platz. »Janna, der liebe Malte wird mir eine Spur zu anhänglich. Seit er weiß, dass ich zwar verheiratet bin, mich aber von Ole getrennt habe ...«

»Oder er sich von dir«, korrigierte Janna sie.

»Egal. Malte hat sich vom ersten Tag an, seit wir ein Team sind, Hoffnungen gemacht.«

Trotzig sah sie Janna an. Die Stille, die eingetreten war, nachdem Malte aufgelegt hatte, erfüllte den Raum.

»Hast du keine Angst«, durchbrach Janna die Lautlosigkeit, »dass er dir das ständige Ignorieren seiner Annäherungsversuche mal übel nimmt?«

»Nö. Er lebt mit dem Risiko, das man eingeht, wenn man jemanden anbaggert, der nicht angebaggert werden will.« Molly schob Janna die Zeitung zu und tippte mit dem Finger auf die Ankündigung der Veranstaltung. »Wenn du Interesse hast, ich lade dich ein, sofern es noch Karten gibt. Bevor die Show beginnt, können wir einen ausgiebigen Strandspaziergang machen und irgendwo eine Kleinigkeit essen.«

Sie trank ihren Tee aus und stand erneut auf. »Ich geh kurz nach oben und mach mich ausgehfein. Bin gleich wieder da. Würde mich freuen, wenn du mich begleiten würdest. Zu zweit macht so was mehr Spaß.«

Bevor sie den Wohnraum verlassen konnte, klingelte Jannas Festnetztelefon.

»Ist bestimmt für dich«, orakelte Janna. Sie erhob sich und eilte zu dem Apparat, der auf einem Tischchen in der Sofaecke stand. »Tönissen«, meldete sie sich.

Molly huschte in den Flur und stieg die Stufen hinauf.

Doch Janna rief sie zurück, bevor ihre Mitbewohnerin ihr Refugium unterm Dach erreicht hatte.

»Benjamin Fink möchte dich sprechen«, sagte sie, als Molly unwillig durch den Türspalt lugte. Sie hielt die Hand über die Sprechmuschel.

»Ben? Warum das? Es ist Sonntag«, wiederholte Molly ihre Feststellung von eben.

»Das ändert nichts daran, dass deine Kollegen dich sprechen wollen«, raunte Janna ihr zu. »Und ich ahne, warum.« Sie übergab Molly den Hörer.

»Molly hier. Ben, was gibt's? Ich hoffe, dir ist nichts passiert.«

»Guten Morgen, Molly. Mir geht's gut, aber wir haben eine Leiche.«

»Am Sonntag zum Frühstück? Wie das?«

»Das hat das Opfer uns noch nicht erzählt. Sieht allerdings nach einem Gewaltverbrechen aus. Deshalb ruf ich an. Wir brauchen eine brillante Ermittlerin. Falls du eine kennst, gib mir die Kontaktdaten, damit ich mich so schnell wie möglich mit ihr in Verbindung setzen kann. Die Spurensicherung ist schon auf dem Weg, und Malte und ich schmeißen auch gerade den Motor an.«

»So.« Mollys Laune sank auf ein Niveau unterhalb des Meeresspiegels. »Und wieso erfahre ich, die Teamchefin, als Letzte davon?«

»Weil unser Chef dich nicht erreicht hat«, erklärte Ben, und sie hörte ein sanftes Lächeln in seiner Stimme. »Wichmann war nicht sauer deswegen, es ist ja Sonntag. Aber dann hat Malte es bei dir probiert, und der konnte auch nicht bei dir landen. Da dachte ich ...«

»Wichmann hat auch schon angerufen? Ich war vorhin im Bad, da hab ich kein Klingeln gehört. Ich mach mich sofort auf den Weg. Wo treffen wir uns?«

Ben schilderte ihr, wo die Leiche lag.

»Mitten auf einem Feld?« Ungläubig schielte Molly zu Janna hinüber, die dem Telefonat stumm und nicht uninteressiert gefolgt war. »Wie kommt der denn dahin?«

»Der Mann, ein Hamburger, war mit dem Wagen unterwegs und hat aus irgendeinem Grund angehalten.

Warum, das können wir uns nicht erklären. Wie wir hören, gibt es aber verschiedene Schuhabdrücke. Es müssen mehrere Personen auf die Stelle zugegangen sein, an der die Leiche liegt.«

»Aus Hamburg kommt er, sagst du? Ist er hier umgekommen, oder wurde die Leiche nur hier abgelegt?«

Ben stockte einen Moment. »Tot wird er kaum hierher gefahren sein«, erwiderte er dröge.

»Das hat in gewisser Weise was Logisches«, kommentierte Molly nicht ohne Selbstironie. »Daraus, dass sein Wagen am Straßenrand steht, könnte man fast schließen, dass er erst hier sein Leben gelassen hat. Wie heißt er, und wie ist er zu Tode gekommen?«

»Der Mann heißt Hubertus Philipp Thalmann.«

Molly stutzte. »Kommt mir bekannt vor. Das ist doch der Kulturpolitiker. Den Namen dürfte es in Hamburg nur einmal geben.«

»Er ist es. Was du für eine Allgemeinbildung hast!«

»Vergiss nicht, ich komme aus Hamburg. Der Mann war Abgeordneter in der Hamburgischen Bürgerschaft. Soweit ich weiß, hat er in letzter Zeit Schlagzeilen gemacht, weil er sich als potenzieller Kultursenator in Stellung gebracht hat.«

Janna zupfte Molly am Ärmel ihres Sweatshirts. Doch Molly war zu sehr in das Gespräch mit Ben vertieft, um zu reagieren. Sie schüttelte Jannas Hand ab.

»Du wolltest mir noch sagen, auf welche Weise er umgebracht worden ist.«

»Fahr zum Fundort der Leiche und guck dir an, was geschehen ist. Dann weißt du auch, warum die Soko Mysterious den Fall übernehmen soll.«

»Danke für die ausführliche Auskunft.«

Ben wurde hektisch. »Es klingelt. Ich muss los. Malte steht bei mir vor der Haustür. Wir fahren schon mal hin. Beeil dich. Wir erwarten dich am Tatort.«

Molly gab Janna den Hörer zurück, damit sie ihn in die Ladestation zurückstellte. Doch Janna griff mit einer Hand nach dem Hörer, mit der anderen nach Mollys Arm. »Ihr habt ein Mordopfer?«

»Du weißt, ich hab Schweigepflicht«, erwiderte Molly, grantig darüber, dass der Auftritt der Gruppe aus Lettland für sie vermutlich ins Wasser fallen würde.

Janna gab so schnell nicht auf. »Ein Kulturpolitiker aus Hamburg ist das Opfer?«

»Ich fürchte, zu dem Konzert am Nachmittag schaffe ich es nicht«, wich Molly aus. »Magst du dich trotzdem um Karten kümmern? Vielleicht ist es möglich, die Tickets bis – sagen wir: ein oder zwei Stunden vor Konzertbeginn zurücklegen zu lassen. Oder du findest jemanden, der notfalls als Ersatz für mich mitgeht.«

Janna schnaufte. »Molly, nur falls es für dich und deine Kollegen von Interesse sein sollte: Der Mann, der eine Karte für die Lesung gestern Abend reserviert hatte, aber nicht erschien, war ein Kulturpolitiker aus Hamburg. Er hatte sich als einer der Ersten angemeldet. Sein Name ist Hubertus Philipp Thalmann.«

»Oh, verdammt. Das ist allerdings interessant.« Mit einem Mal änderte sich Mollys Tonfall. »Kennst du den Mann persönlich?« Absichtlich benutzte sie die Gegenwartsform.

»Er ist also das Opfer.«

Molly atmete geräuschvoll ein. »Kein Wort, Janna. Hörst du? Kein Wort zu niemandem. Du hast dieses Telefonat mit Ben überhaupt nicht mitbekommen.«

Sie drehte sich um und sprang die Stufen wieder hinauf. Dabei nahm sie immer drei auf einmal. Oben angekommen, legte sie ihre bequeme Jogginghose und das Sweatshirt ab, suchte Jeans und einen Pulli aus dem Schrank und schlüpfte in Windeseile hinein.

Als sie zurückkehrte, stand Janna im Flur. Sie hielt ihr die Jacke hin. »Du musst was überziehen. Es ist Herbst.«

Molly drehte ihr den Rücken zu, ließ sich in das Kleidungsstück helfen und nahm ihre Handtasche vom Garderobenhaken. Der Autoschlüssel steckte darin.

»Wirst du Frederika von Rosien über Thalmanns Tod informieren?«, fragte Janna.

»Warum sollte ich das tun?« Molly öffnete die Haustür, wartete aber Jannas Antwort noch ab.

»Etwas muss sie mit ihm verbinden. Sonst hätte sie nicht mit dem Beginn der Lesung warten wollen.«

»Wir wissen aber nicht, ob sie auf ihn selbst gewartet hat«, gab Molly zurück, »oder ob sie lediglich abwarten wollte, bis die Reihen voll besetzt waren. Es gibt Künstler, die mögen es überhaupt nicht, wenn sie während ihrer Vorstellung durch einen Gast gestört werden, der verspätet eintrifft und ihnen damit die Schau stiehlt.«

»Sie hat ihn aber extra eingeladen, ganz persönlich«, erinnerte Janna sie in fast beleidigtem Ton. »Das muss euch Kriminalisten doch zu denken geben.« Erschrocken hob sie beide Hände vor den Mund. »Hoffentlich hat Frederika nichts mit seinem Tod zu tun.«

Molly ging hinaus. Auf dem Treppenabsatz lächelte sie Janna mitleidig an. »Erstens hab ich mit keinem Wort gesagt, dass Thalmann der Tote ist. Und zweitens – zu deiner Beruhigung: Denk daran, dass ›Madame‹ ein Alibi hat. Niemand kann das besser bezeugen als du.«

Sie zog die Haustür hinter sich zu, stieg in den Wagen und sammelte sich. Obwohl sie Jannas Befürchtung widerlegt hatte, hatten die Worte ihrer Freundin sich in ihrem Hirn eingenistet.

War Frederika von Rosien in Hubertus Thalmanns Tod verwickelt?

Auf der Fahrt zum Fundort der Leiche fragte sie sich, ob ihr obskurer Wunsch von gestern in Erfüllung gehen würde, Frederika von Rosien einmal in einem Mordfall als Verdächtige befragen zu dürfen. Eine Frau wie diese war durchaus fähig, einen Mord zu begehen.

Wenn die Rosien die Mörderin wäre und sie würde überführt, wäre die Frau imstande, eine herzzerreißende Geschichte daraus zu basteln. Die Leser würden ihr verzeihen und am Ende nicht mit dem Opfer der Tat und dessen Angehörigen Mitleid haben, sondern mit der illustren Täterin, die dann viele Jahre hinter Gittern verbringen müsste und darüber versauern würde.

Und selbst wenn sie nur am Rande damit zu tun hätte – Frederika von Rosien würde so eine Tat dafür zu nutzen wissen, in den Mittelpunkt der Medien zu gelangen.

Molly verlangsamte das Tempo. Sie näherte sich der angegebenen Stelle an der Bundesstraße. Beim Anblick von Maltes Wagen und einigen Polizeifahrzeugen, die am Straßenrand standen, ließ sie ihre bösen Gedanken fallen und kehrte in die Realität zurück.

5

Malte zeigte sich unbeeindruckt vom tragischen Anlass des sonntäglichen Wiedersehens. Als er sah, wie Molly ihren Wagen zum Stehen brachte, hechtete er auf die Fahrertür zu und riss sie auf. »Schön, dich zu sehen.«

Molly verzog keine Miene. »Moin, Malte.«

Sie erhaschte den Blick von Benjamin, der ebenfalls auf sie zukam und dabei vermeintlich wissend lächelte. War es schon soweit, dass die Kollegen über eine angebliche Beziehung zwischen ihr und Malte tuschelten?

»Hallo, Ben.« Betont kühl blieb sie bei Ben am Straßenrand stehen und sah beide Kollegen an. »Darf ich jetzt erfahren, wie Thalmann gestorben ist?«

»Es steckt ein Pfeil in seiner Brust«, sagte Malte.

»Ein Pfeil? Er ist von einem Pfeil tödlich getroffen worden?«

Unsicher rang Malte die Hände. »So sieht es zumindest auf den ersten Blick aus. Der Gerichtsmediziner ist gerade bei der Leiche, und die Kriminaltechnik hat mit der Spurensicherung angefangen.«

»Habt ihr den Toten schon gesehen?«

Ben schluckte. »Ja, wir waren kurz auf dem Feld. Komm, wir führen dich hin.« Er ging auf den Knick zu, blieb aber vor den Sträuchern stehen, drehte sich zu Molly um und reichte ihr die Hand.

Im selben Moment stützte Malte sie von der anderen Seite am Ellenbogen.

Sie wehrte beide ab. »Danke, liebe Kollegen, aber so alt und gebrechlich bin ich nicht, dass ich das nicht alleine bewältigen würde.«

Energisch bahnte sie sich ihren Weg und ging auf die Gruppe der Kollegen von der Spurensicherung und der Rechtsmedizin zu.

Malte schloss zu ihr auf. »Ganz dicht ran können wir nicht. Die KTU ist dabei, die Schuhabdrücke zu sichern, die die mutmaßlichen Täter hinterlassen haben.«

»Es waren mehrere Täter?«, fragte Molly. »Ist das eine gesicherte Erkenntnis?«

»Sieht zumindest so aus. Es kann kein Zufall sein, dass mehrere Personen von verschiedenen Seiten aus auf genau die Stelle zugegangen sind, an der der Mann ums Leben kam.«

Maren Eggertsen, die Leiterin der Spurensicherung, bemerkte die kleine Gruppe der Soko Mysterious, die sich ihr näherte. Sie kam auf die Kollegen zu und blieb vor ihnen stehen.

»Tut mir leid, dass wir euch den Sonntag verderben mussten.«

»Kannst du ja nichts zu«, erwiderte Molly. »Gibt es schon erste Erkenntnisse? Wie ich höre, habt ihr Schuhabdrücke von mehreren Personen gefunden.«

»Ja, die sind ganz offensichtlich frisch. Das Feld wurde gerade erst wieder bestellt, wie ihr seht. Mich wundert, dass die Täter sich überhaupt keine Gedanken über die Spuren gemacht haben, die sie hinterlassen haben.«

Sie führte die Ermittler zu einer Stelle wenige Meter weiter rechts, die bereits mit Absperrband gesichert war. Vor dem Band blieb sie stehen. »Hier seht ihr deutlich die Schuheindrücke zweier Personen, die vom Straßenrand bis zur Mitte des Feldes gelaufen sind. Eine der beiden Personen hat die Strecke zweimal zurückgelegt.«

Molly maß die Strecke zwischen dem Straßenrand und dem Fundort des Toten mit den Augen ab. »Nur eine Person ist zweimal von der Straße bis zu dieser Stelle und wieder zurück gelaufen?«

»Ja«, sagte Maren. »Die Abdrücke beider Personen werden teilweise überlagert von denen einer dritten Person, die mit dem Toten identisch sein dürfte.«

»Woran seht ihr das?«, fragte Malte.

»Das ist doch einleuchtend«, warf Ben ihm zu.

»Wir haben das Profil und die Größe der Abdrücke mit den Schuhen des Opfers verglichen«, erklärte Maren geduldig. »Wir müssen das natürlich noch genau nachprüfen, aber auf den ersten Blick sieht es so aus, als handelte es sich bei diesen dritten Spuren um die Schuhe des Toten.«

»Und diese Spur führt vermutlich nur in eine Richtung«, sagte Molly nachdenklich.

»So ist es leider. Für den Mann gab es kein Zurück.« Auch Maren verfolgte die Spuren noch einmal mit ihren Blicken. »Ziemlich genau da, wo die Abdrücke der anderen beiden Personen am Rand des Feldes enden, hat ein Auto gestanden, und zwar auf dem Rasenstreifen zwischen Radweg und Straße. Wir denken, dass die Personen in diesen Wagen gestiegen und geflohen sind.«

Molly ließ sich die Schilderungen der Kriminaltechnikerin durch den Kopf gehen.

»Was meinst du, haben die Täter ihr Opfer über das Feld gejagt?«

Maren schüttelte den Kopf. »Dafür sind die Schritte zu gleichmäßig. Was uns allerdings Rätsel aufgibt, ist ...«

Maren hielt inne und wartete, bis Molly, Malte und Ben sich ausgiebig umgesehen hatten.

»Um was für ein Rätsel geht es?«, fragte Molly, als die kleine Gruppe wieder zur Konzentration zurückfand.

»Eine der zwei Personen, die von der Straße kamen und die wir als Täter bezeichnen würden, hat mitten auf dem Feld gelegen. Bis zu der Stelle ist das Opfer aber nicht gegangen. Die andere der beiden Personen hat danebengestanden und sich nach dem Opfer umgedreht.«

»Außer dem Opfer müssen also mindestens zwei Personen beteiligt gewesen sein«, resümierte Molly, »eventuell sogar drei, falls jemand im Wagen gewartet hat.«

»Ob eine dritte Person im Wagen saß, darüber haben wir keine Erkenntnisse«, sagte Maren. »Wir wissen auch nicht mit Sicherheit, ob der Wagen, der am Straßenrand stand, den Tätern gehörte. Wir wissen ja nicht einmal, ob der Wagen überhaupt zur Tatzeit dort gestanden hat. Das ist aber die einzige plausible Erklärung, die wir haben. Dass die Schuhabdrücke in die Nähe der Spuren führen, die der Wagen hinterlassen hat, werten wir als Indiz dafür, dass unsere Annahme stimmt.«

»Der Wagen des Opfers ist der mit dem Hamburger Kennzeichen, der jetzt unweit von Maltes Wagen steht?« Fragend guckte Molly ihren Kollegen an.

»Ja«, antwortete er. »Das Fahrzeug ist auf den Namen von Patrizia Thalmann gemeldet. Das ist die Ehefrau von Hubertus Philipp Thalmann.«

»Ich weiß. Ist Patrizia Thalmann schon informiert?«, fragte Molly in die Runde.

Malte antwortete. »Die Kollegen in Hamburg wurden informiert und wollten sich gleich auf den Weg zu ihr machen.«

Ben, der schweigend dabeigestanden hatte, wurde rege. »Wenn ihr hinfahrt, um sie zu befragen, komme ich mit. Ich war schon ewig nicht mehr in Hamburg.«

»Ich denke«, sagte Molly, »Frau Thalmann wird an die Ostsee kommen, wenn sie sich dazu in der Lage fühlt.«

Ben verzog enttäuscht den Mund.

»Ich nehm dich mit, wenn ich mal eine Tagestour in meine alte Heimat mache«, tröstete Molly ihn. »Aber nun lasst uns darüber nachdenken, wie sich die Tat ereignet haben könnte. Maren, hast du aufgrund der Spurenlage eine erste Idee zum Tathergang?«

Bedauernd schüttelte die Kollegin von der KTU den Kopf. »Im Moment können wir uns nicht erklären, was vorgefallen ist. So einen rätselhaften Fall habe ich in meiner ganzen Laufbahn noch nicht erlebt. Aber wir wollen euch auch nicht vorgreifen. Ich bin gespannt, was ihr bei euren Befragungen herausfinden werdet.«

»Wir halten dich auf dem Laufenden. Ob der Pfeil vergiftet war, kannst du uns im Moment nicht sagen?«

»Nein, das wissen wir noch nicht.«

»Der Gerichtsmediziner«, warf Ben ein, »hat vorhin gemeint, dass das Opfer mitten ins Herz getroffen wurde. Wenn sich das bei der Obduktion bestätigen sollte, heißt das, es war kein Gift nötig, um ihn zu töten.«

»Trotzdem könnte eins verwendet worden sein«, belehrte Molly ihn.

»Ist das für die Suche nach dem Täter von Bedeutung?«, fragte Ben.

»Du weißt doch«, sagte Malte, »Giftmorde werden in der Regel von Frauen begangen. Ein Schuss ins Herz, ohne dass Gift an der Pfeilspitze haftete, da würde ich glatt auf einen Mann als Täter schließen.«

Einer der Mitarbeiter von Maren rief laut nach seiner Chefin.

»Ich muss zu meinen Leuten zurück«, sagte sie. »Ich melde mich bei euch, wenn wir am Tatort noch weitere Hinweise finden. Ansonsten hört ihr von uns, sobald wir das sichergestellte Material ausgewertet haben.«

Sie verabschiedete sich von den Ermittlern.

»Einen Moment bitte noch«, rief Molly ihr zu, als sie sich einige Meter entfernt hatte.

Maren blieb stehen und drehte sich um.

»Der Todeszeitpunkt, ist der schon bekannt?«

»Mir nicht«, sagte Maren. »Wartet hier. Ich frage den Rechtsmediziner, ob er was dazu sagen kann.«

Maren Eggertsen stapfte am abgesperrten Bereich des Feldes entlang zu ihren Kollegen.

Molly beobachtete mit brennender Ungeduld, wie sie erst mit den Kriminaltechnikern redete, dann auf den Rechtsmediziner zuging und sich zu ihm hinab beugte.

Er zuckte mit den Schultern und sprach ein paar Worte. Maren richtete sich wieder auf und kehrte zu Molly, Malte und Ben zurück.

»Er meint, zwischen sechzehn und zwanzig Uhr muss der Tod eingetreten sein.«

»Okay, danke«, sagte Molly.

Demnach war Hubertus Thalmann mit hoher Wahrscheinlichkeit kurz vor Beginn der Lesung von Frederika von Rosien ums Leben gekommen. Dass sein Wagen in Richtung Timmendorf am Straßenrand stand, war zweifelsfrei ein Indiz dafür, dass er auf dem Weg dorthin gewesen war. Wer hatte ihn daran gehindert, sein Ziel zu erreichen? Und hatte Frederika etwas geahnt? War sie deshalb so nervös gewesen?

Molly wandte sich an ihre beiden Kollegen. »Lasst uns aufs Kommissariat fahren und überlegen, wie wir an den Fall herangehen.«

Sie marschierte zu ihrem Wagen zurück. Gefolgt von Malte und Ben, fuhr sie zur Dienstvilla in Timmendorfer Strand.

Was hatte die ungewöhnliche Tatwaffe zu bedeuten?

Vor ihrem geistigen Auge positionierte Amor sich mit Pfeil und Bogen in einem Versteck, um einen Menschen zu treffen – diesmal nicht als Bote der Liebe, sondern womöglich, um eine enttäuschte Liebe zu rächen.

Auf den letzten Metern, bevor sie vor der Dienstvilla ankamen, verwarf Molly den Gedanken wieder. Was für ein Frevel, dem Gott der Liebe einen Mord unterzuschieben!

Blieb die Frage, ob ein Zusammenhang zwischen Thalmanns Tod und der Lesung von Frederika von Rosien bestand.

6

Malte parkte seinen Wagen vor dem Grundstück der Dienstvilla. »Hast du den Schlüssel fürs Haus dabei?«, rief er Molly aus dem Auto heraus zu.

Mit zwei Fingern zog Molly einen Schlüsselanhänger aus der Jackentasche, schwenkte die Schlüssel, die daran hingen, in der Luft und schloss die Tür auf.

Malte und Ben traten nach ihr ein.

»Wo setzen wir uns hin?«, fragte Ben.

»In den Besprechungsraum. Nehmt schon mal Platz. Ich hol uns was zu schreiben.«

Molly verschwand nach oben in ihr Büro und sammelte Blocks und Stifte ein. Sie warf einen Blick hinaus.

Segelboote glitten übers Meer, und ein Motorboot schien Möwen zu jagen. Vor der Dienstvilla tobten Kinder am Strand. Ein älteres Ehepaar stand dabei. Der Mann filmte die Kleinen. Wahrscheinlich waren es seine Enkel.

Molly blutete das Herz. Wie gern hätte sie in der Oktobersonne, die mittags noch erstaunlich stark war, einen ausgiebigen Strandspaziergang gemacht! Das Konzert, das später am Niendorfer Freistrand stattfand, würde Janna definitiv ohne sie besuchen müssen. Hoffentlich konnte ihre Freundin es wenigstens genießen.

Unten in der Küche klapperte jemand mit Geschirr. Als Molly die Treppe hinunterstieg, brodelte das Teewasser im Wasserkocher.

»Wie lange?«, fragte Ben, als sie an der Küche vorbeikam.

Sie verstand sofort, was er meinte. »Drei Minuten bitte, wenn es meine bevorzugte Sorte ist.«

»Würde ich dir jemals was anderes zubereiten als dein Lieblingsgebräu?«

Mit der Teekanne in der Hand kam Ben in den Besprechungsraum. Er schenkte seinen Kollegen und sich selbst von dem Grüntee ein, der ein angenehm herbes Aroma von Zitronengras verströmte.

Molly beobachtete ihn versonnen dabei. »Was wissen wir über Hubertus Philipp Thalmann?«, fragte sie, um gleich im Anschluss selbst die erste Antwort zu geben. »Er war einer dieser soliden Landespolitiker, die fleißig sind, aber nicht den Kampfgeist haben, sich nach vorn zu drängeln und das Alphatier zu geben.«

Malte stieß ein hartes Lachen aus. »Obwohl er vermutlich immer davon geträumt hat, eins zu werden. Sonst wäre er nicht ins Politgeschäft eingestiegen.«

»Da magst du recht haben«, sagte Molly. »Aber sein Ziel war nie Berlin, er wollte im schönen Hamburg bleiben. Was an ihm auffiel, war, dass nichts an ihm auffiel. Es gab nie Skandale um ihn. Er hat nie negative Schlagzeilen produziert. Er war der Typ, der als Experte still im Hintergrund agiert, während der Senator auf die Bühne springt und tanzt. In letzter Zeit hat er allerdings durch eine Reihe von Ideen und Initiativen auf sich aufmerksam gemacht. Es hieß, er spekuliere darauf, Kultursenator von Hamburg zu werden.«

»Dabei hat er bestimmt parteiinterne Auseinandersetzungen ausgetragen«, überlegte Malte. »Ohne Ellenbogen kommt man nicht so weit.«

»Das mag sein. Da können wir im Zuge der Ermittlungen nachhaken. Sehen wir uns aber erst einmal sein Privatleben an.«

»Du hast vorhin am Tatort gefragt, ob seine Frau schon informiert worden ist«, sagte Ben. »Er war also verheiratet.«

»Ja. Mit einer Dame aus allerfeinster Blankeneser Familie. Der Vater war persönlich haftender Gesellschafter einer Privatbank, vermögend bis zum Abwinken.«

Ben machte große Augen und stand auf. »Ich hol nur schnell mein Notebook. Bin gleich wieder da.«

Er lief in sein Büro, das wie der Besprechungsraum im Erdgeschoss lag. Bald darauf kehrte er mit dem Laptop unterm Arm zurück. Er setzte sich wieder an den Tisch, klappte das Gerät auf und schaltete es ein.

»Ich googele mal nach dem Thalmann.« Er tippte den Namen des Politikers ein.

Molly lehnte sich zurück und beobachtete amüsiert, wie Ben, der eifrige Rechercheur, im Display seines Laptops versank wie ein Taucher im Tiefseehafen.

Nach kurzer Suche jaulte er auf.

»Da ist sie. Es gibt ein Portal, in dem Thalmann vorgestellt wird, und da ist auch ein Foto seiner Frau zu sehen. Guckt euch das an.« Er drehte das Notebook um und zeigte erst Molly, dann Malte das Bild. »Die sieht echt total verbiestert aus. Als hätte sie vor zehn Jahren zum letzten Mal gelacht. Dieser Frust ist eingebrannt. Wenn du im Restaurant zufällig neben der sitzt, wird dir die Milch im Kaffee sauer.«

Molly zog die Augenbrauen hoch. »Ich will nichts in die Miene der Dame hineininterpretieren, aber ...«

Ben drehte das Notebook wieder zu sich um.

Malte hüstelte. »Niemals aus den Gesichtszügen eines unbekannten Menschen einen Tatverdacht ableiten. Wo habe ich diese Regel noch gelernt?«

Molly lachte. »Du hast recht, aber du musst zugeben, diese Frau sieht wirklich nicht glücklich aus. Und das scheint mir kein Ausdruck zu sein, der sich nur auf den Augenblick bezieht.«

»Was wollte Thalmann überhaupt in unserer Gegend?«, fragte Malte. »Wenn wir darüber Bescheid wissen, können wir darauf schließen, wer außer der Ehefrau über seinen Ausflug an die Ostsee informiert war.«

Molly lehnte sich zurück. »Was er hier wollte, kann ich euch sagen.«

»So?« Malte zog die Augenbrauen hoch.

»Er wollte zu Janna.«

»Zu Janna?«, fragten Ben und Malte gleichzeitig.

Molly genoss die staunenden Blicke ihrer Kollegen, die offensichtlich nicht wussten, wovon sie sprach.

»Genauer gesagt: Er wollte zu ihrem Lesecafé. Gestern Abend hat Janna in ihren Räumen zu einer Lesung von Frederika von Rosien eingeladen. Und da wollte Hubertus Thalmann hin.«

»Was?«, rief Ben aus. »Eine Lesung der Autorin, die immer guckt wie Schneewittchen, nur dass ihre Haare nicht pechschwarz sind, und die sich immer so gibt, als müsste ihr jeden Moment der Literaturnobelpreis am Bande in dreifacher Ausfertigung um den Hals gehängt werden?«

Molly wünschte sich, Frederika von Rosien hätte sie gestern heimlich verwanzt und könnte Bens Worte ungefiltert mithören. Sie lächelte entzückt. »Ich sehe, du kennst dich aus in der Literaturlandschaft.«

»Oh, oh, Bennie«, rief Malte aus. »Die Rosien schreibt doch Frauenromane. Sag bloß, du liest so was?«

»Ich nicht, aber meine Mutter verschlingt diese Bücher. Sie findet sich in jeder Geschichte der Rosien in der Figur wieder, die am meisten leidet und am Ende am glücklichsten nach Hause geht.«

Malte grunzte und verdrehte die Augen.

Ben beugte sich über den Tisch und wedelte mit dem Kugelschreiber vor Maltes Gesicht herum.

Bevor er zu einem literaturwissenschaftlichen Vortrag ansetzen konnte, um seine Mutter zu verteidigen, griff Molly nach dem Stift, entzog ihn Bens Hand und legte ihn auf seinen Block. »Bitte, wir sind hier nicht beim Literaturzirkel. Dieser Fall wird Aufsehen erregen. Lasst uns konzentriert an die Ermittlungen gehen.«

»Gerne«, sagte Malte pikiert. »Mach du den Anfang. Du hast ja praktisch schon mitten in dem Fall gesessen, bevor der Mord sich überhaupt ereignet hat.«

»Das ist ein klitzekleines bisschen übertrieben, Malte. Aber du hast insofern nicht ganz unrecht, als ich gewisse Beobachtungen anstellen konnte, ohne zu ahnen, dass sie für diesen Fall relevant sein könnten.«

»Als da wären?« Malte rückte mit seinem Stuhl vom Tisch ab, schlug ein Bein übers andere und nahm seine gewohnheitsmäßige Skeptikerhaltung ein.

»Die Lesung«, begann Molly betont nüchtern, »sollte um achtzehn Uhr beginnen. Ich habe Janna am Nachmittag geholfen, den Verkaufsraum ihrer Buchhandlung zu einem Zuschauerraum umzugestalten, die Büchertische wegzuschieben, Stuhlreihen aufzustellen und so weiter. Wir waren noch nicht ganz fertig, da erschien Frederika von Rosien.«

»Krass«, rief Ben dazwischen.

»Wie?«, fragte Malte irritiert.

»Ich find das krass, dass die Rosien im Laden von Mollys Freundin aufgetreten ist. Meine Mutter kriegt die Krise, wenn ich ihr davon erzähle. Sie muss die Ankündigung glatt verpasst haben, sonst wäre sie auch gekommen. Dafür wäre sie extra von Lübeck mit dem Bus nach Timmendorf gefahren.«

»Was ja nun keine Weltreise gewesen wäre«, tat Malte die Äußerung ab. »Aber vielleicht ergibt sich die Chance, und Janna veranstaltet den Zirkus bald noch mal. Dann bekommt deine Mutter sicher einen Ehrenplatz.«

Molly klopfte mit dem Kuli gegen die Tischkante. »Frau von Rosien trat also ein. Sie war ziemlich nervös. Angeblich hatte sie Lampenfieber. Damit hat sie uns ihre Aufregung jedenfalls erklärt. Aber noch am selben Abend habe ich mich gefragt, ob sie wirklich deshalb so rappelig war oder ob es einen anderen Grund gab.«

»Wie bist du auf den Gedanken gekommen?«

Malte gab seine Blockadehaltung auf und rückte wieder näher an den Tisch heran. Er knipste die Miene seines Kulis heraus und prüfte mit ein paar Kreisen auf dem Block, ob er funktionierte.

»Um achtzehn Uhr, zum geplanten Beginn der Lesung, waren alle Plätze besetzt – bis auf einen.«

»Gab es nur reservierte Plätze?«, fragte Ben.

»Ja, ohne Vorbestellung ging an dem Abend nichts. Erfahrungsgemäß kommen dennoch nie alle Leute, die reserviert haben, zu einer Veranstaltung. Selbst dann nicht, wenn die Karten im Voraus bezahlt werden mussten. Irgendwer vergisst den Termin garantiert oder hat am Ende was Besseres zu tun.«

»Was hat das alles mit unserem Fall zu tun?«, fragte Malte, der wieder von Ungeduld geplagt wurde.

»Der Gast, der einen Platz reserviert hatte, aber nicht erschien, hieß Hubertus Philipp Thalmann. Er stand auf der Liste der Gäste, die von Frau Rosien persönlich eingeladen worden waren, aber er war nicht unter den Zuschauern. Seit zwei Stunden kennen wir den Grund.«

»Uiuiuiih«, machte Ben und stieß die Luft durch die Zähne aus. »Und du sagst, die Rosien war nervös?«

»Nicht nur das. Mit dem Beginn der Lesung wollte sie unbedingt so lange warten, bis auch der letzte Gast gekommen war.«

Ben schaltete sein Notebook aus und klappte es zu. »Das bedeutet, Frau von Rosien hat großen Wert darauf gelegt, dass Thalmann an dem Abend dabei war und ihren Auftritt von Anfang an miterlebte. Das war ihr sogar so wichtig, dass sie auf ihn Rücksicht nahm. Dafür ist sie wirklich nicht bekannt. So sehr meine Mutter sie schätzt – die Dame soll ausgeprägte Staraliüren haben. Hat meine Mum mir jedenfalls erzählt.«

»Und die muss es ganz genau wissen«, ulkte Malte.

»Das Wissen deiner Mutter über den Charakter der Frederika von Rosien in Ehren«, sagte Molly. »Ich frage mich: War unsere große Autorin nervös, weil sie Thalmanns Eintreffen nicht erwarten konnte, oder war sie nervös, weil sie wusste, was ihm an dem Abend blühte?«

»Du meinst«, sagte Malte, »weil sie wusste, dass ihm etwas zustoßen sollte, aber nicht sicher war, ob der Plan gelingen würde?«

»Erraten.« Molly trank von ihrem Tee. »Lasst uns mal die Fakten betrachten. Thalmann hatte eine Karte für die Lesung reserviert. Er war ohne Zweifel auf dem

Weg zu der Veranstaltung. Der Rechtsmediziner sagt, der Tod ist zwischen sechzehn und zwanzig Uhr eingetreten. Erfahrungsgemäß können wir dann den tatsächlichen Zeitpunkt auf einen Rahmen begrenzen, der ungefähr zwischen siebzehn und neunzehn Uhr liegt.«

Ben tippte hektisch auf die Tischplatte. »Wann ist Frederika von Rosien bei Janna aufgetaucht?«

Molly überlegte. »Ich habe nicht auf die Uhr geguckt, aber es muss um kurz nach siebzehn Uhr gewesen sein. Zehn nach, Viertel nach. Sie war sehr frühzeitig da.«

Ben grinste zufrieden. »Die Rosien selbst ist damit aus dem Schneider. Sie kann sich unmöglich während ihrer eigenen Lesung heimlich davongestohlen haben. Sie hat ein astreines Alibi. Das kann sogar die ermittelnde Kriminalhauptkommissarin bezeugen.«

So hatte Molly das im Prinzip bisher auch gesehen. Doch immer wieder blitzte ein Gedanke in ihr auf.

»Frederika von Rosien wohnt in Travemünde. Als sie in Jannas Buchladen auftauchte, war Thalmann möglicherweise schon tot. Auf dem Weg von ihrem Haus zur Lesung könnte sie einen Schlenker südlich um den Hemmelsdorfer See gemacht haben. Dann wäre sie an dem Feld vorbeigekommen, auf dem er starb.«

Ben schien schockiert über diese Überlegungen. Seine Miene sprach Bände.

»Du glaubst, sie wäre zu einem Mord fähig? Meine Mutter kippt hinten rüber, wenn wir ihre Lieblingsautorin verhaften. Und nicht nur sie. Aber die Rosien ist eine intelligente Frau, die macht so was nicht.«

»Ben«, mahnte Molly ihn, »wir haben es mit einem Mordfall zu tun. Wir müssen jede Möglichkeit in Betracht ziehen. Wir können nicht aus Rücksicht auf deine

Mutter und andere Leserinnen so tun, als wäre Frederika von Rosien eine Heilige, die wir nicht antasten dürfen.«

Ben senkte den Kopf. »Nee. Schon klar.«

»Nein, Molly«, meldete Malte sich zu Wort. »Das geht mir jetzt ein Stück zu weit. Ich bin kein Fan der Rosien, ich will sie nicht in Schutz nehmen. Aber sie kann unmöglich die Täterin gewesen sein.«

»Wieso nicht?«, fragte Molly. Unwillig warf sie ihren Kuli auf den Block. »Das ist doch mal wieder typisch. Wenn eine aparte Frau im Spiel ist, die noch dazu reich und berühmt ist, werdet ihr Männer sofort schmuseweich. Dagegen habe ich keine Chance.«

»Doch«, erwiderte Malte. »Wenn du stichhaltige Argumente lieferst.«

»Dein Handy«, sagte Ben.

»Wie?«

»Dein Handy klingelt.« Ben deutete mit dem Kinn auf Mollys Handtasche.

Molly tendierte dazu, die nervige Melodie zu überhören, dachte dann aber daran, dass sie das heute Morgen schon einmal getan hatte. Unter Beobachtung ihrer Kollegen kramte sie ihr Smartphone aus der Tasche. Die Nummer auf dem Display war ihr unbekannt.

Zögerlich meldete sie sich.

»Doktor Korzilius«, stellte die Dame am anderen Ende der Leitung sich vor. »Intensivstation Uniklinik Lübeck. Spreche ich mit der Ehefrau von Ole Bleck?«

Eiskalt lief es Molly über den Rücken. »Ja«, antwortete sie tonlos.

»Darf ich Sie einen Augenblick stören?«

Molly stand auf. Ihre Knie gaben nach, und sie sank wieder auf den Stuhl zurück. Mit einer Hand stützte sie sich auf den Tisch und erhob sich von Neuem. »Einen Moment bitte«, sagte sie mechanisch.

Auch Malte und Ben waren aufgestanden. Ihre Blicke verrieten, dass sie Unheil ahnten.

Malte formte tonlos ein Wort. »Janna?«

Molly schüttelte den Kopf.

Ben öffnete ihr die Tür, hechtete über den Flur und stieß die Tür zu seinem Büro auf.

Molly wankte in den Raum und ließ sich auf seinen Drehstuhl fallen. »So, Frau Doktor, jetzt höre ich«, hauchte sie in ihr Handy.

»Ihr Mann wurde heute Mittag als Notfall bei uns eingeliefert, Frau Bleck. Er wird gerade operiert.«

»Warum?«, fragte Molly. »Was ist mit ihm?«

»Er hatte einen Darmverschluss mit anschließendem Darmdurchbruch. Es besteht die Gefahr einer Infektion im Bauchraum.«

»Ja, aber ... Wie kann das angehen? Er war doch immer gesund.«

»Wie der Verschluss entstanden ist, dazu kann ich im Moment leider noch nichts sagen«, erklärte die Ärztin in ruhigem Ton. »Nach der Operation wird Ihr Mann zu uns auf die Intensivstation gebracht. Er wollte, dass wir Sie benachrichtigen.«

»Kann ich zu ihm?«

»Noch ist er im OP. Wir rufen Sie gerne an, wenn er bei uns liegt.« Einen langen Augenblick war es still in der Leitung. »Frau Bleck«, sagte die Ärztin dann.

»Ja?«

»Bitte bereiten Sie sich innerlich auf alles vor. Wie gesagt, wir melden uns. Sind Sie den ganzen Tag unter dieser Nummer erreichbar?«

Molly fühlte sich nicht imstande, zu antworten. Erst als Frau Doktor Korzilius die Frage noch einmal stellte, nickte sie. »Ja«, sagte sie zaghaft. »Ja, ich bin erreichbar. Unter dieser Nummer, rund um die Uhr.«

Die Ärztin verabschiedete sich, und Molly ließ die Hand mit dem Smartphone sinken. Sie stierte vor sich hin, ohne irgendetwas wahrzunehmen.

»Was ist passiert?«, fragte Ben. Er stand im Türrahmen und beobachtete Molly entgeistert.

Sie hörte seine Worte, doch sie fühlte sich außerstande, zu antworten. Wie eine gläserne Glocke senkte sich etwas über sie und trennte sie vom Rest der Welt.

Irgendwann stand auf einmal auch Malte in der Tür.

Molly stand auf wie ein Roboter. »Können wir unser Gespräch für zwei Stunden unterbrechen?«

7

Wenn es stimmte, dass Ertrinkende ihr Leben an sich vorüberziehen sahen, dann war Molly gerade dabei, zu ertrinken.

Jede Sekunde ihrer Zeit mit Ole tauchte plötzlich wieder auf. Jede Sekunde der Jahre, die er verschwunden war und in denen sie auf ein Wiedersehen gehofft hatte. Jede Sekunde ihrer Treffen, nachdem das Wunder eingetreten war. Und jede Sekunde seit dem Augenblick, in dem er aus der Tür gegangen war in der Gewissheit, dass ihrer beider Traum zerbrochen war wie Glas.

Und nun?

Die Stille in Jannas Wagen, die Hülle, die sie umgab, erzeugte in Molly das Gefühl, in einem Sarg zu sitzen. Ausweglos gefangen in der Vergangenheit und mit der Angst im Herzen, dass es keine Zukunft gab.

Ihr Kopf war zum nutzlosen Körperteil mutiert. Das Hirn hatte das Denken eingestellt. Der Schädel schien ein leeres Fass zu sein, hölzern, ohne Empfindungen.

›Bereiten Sie sich innerlich auf alles vor.‹

In einer Endlosschleife hallte das Echo in dieser knöchernen Schale, die das stillgelegte Hirn umgab.

Wie machte man das, sich auf alles vorbereiten? Und was bedeutete ›alles‹ überhaupt?

Durch eine Nebelwand nahm Molly wahr, dass Janna bremste. Die Ampel vor ihnen sprang auf Rot.

Janna streckte eine Hand nach ihrer aus.

62

»Grüble nicht so viel«, sagte sie mit ihrer warmen, weichen Stimme, die sich wie ein Schal um Mollys Seele legte. »Du kannst jetzt nichts tun. Nur gute Gedanken senden. Wenigstens das. Und es hilft, glaube mir.«

Die Ampel wechselte auf Gelb und Grün, als wäre nichts geschehen.

Janna zog ihre Hand zurück und fuhr wieder an.

»Er hat mir nie gesagt, dass es ihm schlecht geht.« Die Worte flossen über Mollys Lippen, ohne dass sie ihnen den Befehl gegeben hätte, in das kleine Universum hinauszugehen, das sie jetzt gerade mit Janna verband.

»Warum auch?«, sinnierte Janna. »Wie oft hattet ihr Kontakt, seit ihr eure Trennung beschlossen habt?«

Es war eine rhetorische Frage. So viel verstand Molly noch, dass ihre Freundin hierauf keine Antwort erwartete. Und doch verselbstständigte die Frage sich und forderte sie dazu heraus, eine Antwort zu finden.

Die Trennung hatte eine Wunde in Mollys Leben geschlagen. Die Narbe würde nie verheilen.

Das alles wäre nie passiert, wenn ...

Molly erinnerte sich daran, wie oft sie den Angehörigen der Opfer von Mord oder Totschlag gesagt hatte, was geschehen sei, sei Schicksal. So schwer es auch sei, man müsse versuchen, damit zurechtzukommen. Es gebe keine andere Wahl, es sei denn, man sei bereit, an dem, was passiert war, zu zerbrechen.

»Auf der einen Seite standen die Erwartungen«, sagte sie leise zu Janna, »auf der anderen die Möglichkeiten. Da passte nichts mehr zusammen. Es war Schicksal.«

Erneut nahm Janna ihre Hand. »Du musst dich nicht rechtfertigen. Manchmal kommen die Dinge anders als gewünscht, ohne dass man gegensteuern könnte. Aber es hilft weder dir noch Ole, wenn du dir nun Vorwürfe machst, weil du nicht mitbekommen hast, dass er ein gesundheitliches Problem hatte. Möglicherweise hat er es vor sich selbst verdrängt. Oder es kam ganz unvorbereitet. So ein Darmverschluss kann urplötzlich auftreten, er kann durch eine Verkrampfung des Darms entstehen. Das geht so schnell, da kannst du nicht erst deine sieben Kinder, Tanten und Onkel informieren. Da hast du im wahrsten Sinne des Wortes nur eine Wahl: die 1-1-2.«

Molly nickte stumm und verknotete ihre Hände ineinander.

Eine gute halbe Stunde würden sie brauchen, hatte Janna gesagt, als sie mit ihr von der Dienstvilla losfuhr.

»Wie viel Zeit ist vergangen?«, fragte Molly.

»Seit wann?«

»Seit wir losgefahren sind.«

»Wir sind gleich da.«

Janna fuhr schneller als erlaubt. Molly schwieg dazu. Es gab Situationen, in denen durfte man getrost vergessen, Polizeibeamtin zu sein.

»Warum hat er mich nicht angerufen?«, brach es aus Molly heraus. »Ich hätte ihn doch in die Klinik bringen können. Er ist ganz allein, er hat niemanden. In so einer Situation braucht man eine Hand, die Halt gibt.«

Janna wandte sich für eine Sekunde Molly zu. »Wie schnell wärst du bei ihm gewesen? Meinst du nicht, es war sinnvoller, einen Rettungswagen zu rufen?«

Molly atmete heftig aus. »Du hast recht. Aber ich wäre gern an seiner Seite gewesen, als er in die Klinik kam. Er muss fürchterliche Angst gehabt haben.«

»Zerfleische dich nicht, meine Liebe. Spar dir deine Kräfte auf.«

»Wenn er stirbt? Die Ärztin hat gesagt ...«

Verzweiflung stieg in Molly auf. Wie eine hinterlistige Schlange kroch sie aus dem Bauch in den Kopf, der sie in sich aufnahm und seine Leere damit füllte.

»Was ist, wenn er stirbt? Das kann passieren. Das ist es doch, worauf ich mich innerlich vorbereiten soll.«

Janna blieb unerschütterlich ruhig. »Guck, da sind wir schon. Jetzt brauchen wir nur noch einen Parkplatz.«

Der Besucherparkplatz war stark frequentiert, doch Janna behielt den Überblick. Sie bremste plötzlich, ließ einen Klinikbesucher ausparken und lenkte ihren Wagen geschickt in die Lücke, die so schmal war, dass Molly in Erwartung eines blechernen Knirschens und Kratzens den Atem anhielt.

Janna ließ den Wagen noch einmal zurückrollen.

»Steig du erst mal aus«, sagte sie. »Sonst schlägst du die Tür noch gegen den Wagen neben dir, so, wie du drauf bist.«

Molly öffnete die Tür, mühte sich aus dem Beifahrersitz und wartete mit zittrigen Beinen darauf, dass auch Janna sich aus der Fahrerseite zwängte.

Janna drehte sich geschickt aus dem Wagen und verriegelte die Türen. In ihrer mütterlichen Art hakte sie Molly unter und führte sie zum Eingang der Klinik.

»Warst du schon mal hier?«, fragte Molly.

Janna schluckte. »Schon lange her«, sagte sie tonlos. »Erzähl ich dir irgendwann einmal.«

Molly verstand, dass die gute, rücksichtsvolle Janna sie im Augenblick nicht mit einer traurigen Geschichte aus ihrem eigenen Leben belasten wollte.

Janna ging zur Rezeption und wechselte einige Worte mit dem Mann, der dort am Schalter saß. Dann schleuste sie Molly zu einem Aufzug. Sie betraten die Kabine und fuhren in eins der oberen Stockwerke.

In Mollys Augen standen Seen, sie nahm die Welt nur verschwommen wahr. Der Aufzug stoppte, und sie ließ sich von Janna auf den Gang hinaus ziehen. Janna klingelte an der Tür der Intensivstation. Aus der Gegensprechanlage ertönte ein krächzendes »Ja, bitte?«

»Wir möchten gern zu Ole Bleck«, sprach Janna in das Mikrofon.

Es dauerte eine Sekunde, bis der Summer ertönte. Janna drückte die Tür auf. In einem Vorraum, der wie eine Schleuse fungierte, zogen sie sich grüne Kittel über. Dann gingen sie weiter auf den Flur. Und wieder war es Janna, die am Stationszimmer nach Ole fragte.

Die Schwester, die am Computer saß, stand auf. »Sie sind Frau Bleck?«

»Ich bin eine Freundin der Familie«, gab Janna zur Antwort. »Frau Bleck ist die Dame neben mir.«

»Ah.« Die Schwester blickte auf die Uhr. »Ich kann Ihnen zurzeit leider noch nichts über den Zustand Ihres Mannes berichten. Er ist noch immer im OP.«

»So lange?« Molly wurde panisch. »Das dauert ja eine Ewigkeit. Steht es so schlimm um ihn?«

Die Schwester sah sie mitfühlend an. »Ich kann Ihre Sorge verstehen, Frau Bleck, aber ich kann Ihnen leider nichts sagen. Ich erfahre selbst erst dann mehr, wenn Ihr Mann auf die Intensivstation kommt. Sie müssen sich bitte solange gedulden.«

»Ist die Ärztin zu sprechen, die uns angerufen hat?«, fragte Janna. »Eine Frau Doktor Korzilius?«

»Sie ist gerade mit einer Patientin beschäftigt. Ich richte ihr gerne aus, dass Sie hier sind. Bitte nehmen Sie einen Augenblick im Wartebereich vor der Tür unserer Station Platz.«

Frustriert machten sie kehrt, warfen die grünen Kittel in einen dafür vorgesehenen Korb und verließen die Intensivstation.

Janna dirigierte Molly zu einer Gruppe von Rattansesseln. Es knarzte bedrohlich, als Molly darauf plumpste wie ein Felsbrocken, der vom Himmel fiel.

An einem Wasserspender füllte Janna einen Becher, brachte ihn Molly und setzte sich ebenfalls hin. Dann begann eine unendlich lange Zeit des Schweigens, in der Molly keinen einzigen Gedanken zustande brachte.

»Frau Bleck?«, dröhnte es plötzlich durch den Wartebereich.

Erschrocken fuhr Molly hoch. Eine mittelgroße, füllige Frau, die in etliche Schichten grüner Kittel eingewickelt schien, stand vor der Sitzgruppe und sah zu Janna und Molly hinüber.

»Bleiben Sie sitzen.« Die Frau kam auf sie zu und zog einen weiteren Sessel heran. »Ich bin Frau Doktor Korzilius«, begann sie förmlich. »Sie sind also die Ehefrau.«

Molly nickte. Nur mit Mühe konnte sie sich selbst davon abhalten, die Ärztin heftig zu rütteln, um Informationen über Oles Zustand aus ihr herauszubekommen.

»Ihr Mann wird gerade aus der Narkose geholt. Es geht ihm leider nicht gut. Wir müssen damit rechnen, dass es zu einer Bauchhöhlenentzündung kommt. Aber das ist nicht das einzige Problem. Ihr Mann ...« Sie sah Molly fest an. »Meine Kollegen im OP haben die Ursache des Darmverschlusses entdeckt. Es war leider ein Tumor. Recht groß bereits, und der Schnellschnitt hat ergeben, dass die Geschwulst bösartig war.«

»Das heißt ...«

Molly traute sich nicht, weiterzusprechen.

Janna rückte ihren Sessel ganz nah an ihren und legte den Arm um ihre Schultern.

Die Ärztin nickte. »Sie vermuten richtig. Ihr Mann hat Krebs. Mehr kann ich Ihnen zurzeit nicht sagen. Es sind einige weitere Untersuchungen nötig, bevor wir beurteilen können, wie weit die Krankheit fortgeschritten ist.«

»Aber es gibt doch heute jede Menge Möglichkeiten«, entfuhr es Molly völlig unüberlegt. »Man kann so viel tun bei dieser Krankheit.«

»Ja, das kann man«, gab die Ärztin zurück. »In diesem konkreten Fall ist im Moment noch alles offen. Bitte geben Sie uns Zeit, bis wir Ihnen Genaueres sagen können. Ohne umfangreiche Untersuchungen ist jede weitere Überlegung sinnlos. Man verliert entweder jede Hoffnung, oder man macht sich zu viel davon. Beides ist nicht angebracht. Das ist leider so.«

»Kann ich jetzt zu ihm?«, fragte Molly.

»Das ist leider noch nicht möglich. Es lohnt sich auch nicht, hier zu warten. Ihr Mann wird gerade von unserem Pflegepersonal an den Monitor angeschlossen, sodass wir ihn ständig überwachen können. Sein Zustand ist noch nicht stabil. Er braucht vor allem Ruhe. Jede kleinste Aufregung kann ihm schaden. Bitte geben Sie ihm und sich selbst noch etwas Zeit. Ich gehe davon aus, dass Sie ihn morgen besuchen können.«

Die Ärztin stand auf und faltete die Hände vor ihrem Bauch zusammen wie eine Pastorin auf der Kanzel.

»Ich muss Sie leider mit dieser Nachricht sich selbst überlassen. Der nächste Patient ruft. Ich kann Ihnen nur raten: Verdrängen Sie erst einmal jeden Gedanken. Warten Sie ab, was die Untersuchungen ergeben.«

Sie nickte den beiden Frauen zu, die entgeistert zu ihr hochblickten. Dann drehte sie sich grußlos um, tippte einen Zahlencode in das Zugangssystem ein, das an der Wand befestigt war, und verschwand hinter der Tür der Intensivstation.

Es dauerte noch einmal eine Ewigkeit, bis Molly ihre Stimme wiederfand. »Ich glaube das erst, wenn ich es schriftlich habe.« Sie stand auf. »Komm, Janna, wir gehen.«

8

Malte und Benjamin empfingen Molly mit todernsten Gesichtern.

Molly legte ihre Jacke ab und setzte sich hin. Sie wies auf die Teekanne. »Ist da noch was drin?«

»Der ist kalt«, sagte Ben und stand auf. »Ich setze noch welchen auf.«

Er verschwand mit der Kanne in der Teeküche und wirbelte dort geräuschvoll herum.

»Wie geht es ihm?«, fragte Malte.

Molly zuckte mit den Schultern. »Er wacht gerade aus der Narkose auf. Alles andere wird sich zeigen. Lass uns heute nicht darüber reden.«

»Es ist ernst?«

»Darmverschluss.«

Mehr wollte Molly nicht von sich geben. Die Diagnose, die sie vernommen hatte, war zu irreal, zu ungreifbar. Noch hoffte sie, dass sich das Ergebnis des Schnellschnitts als voreilig, als Irrtum herausstellen würde.

Ben kehrte mit dem Tee zurück, schenkte Molly den Becher voll und stellte die Kanne ab. Er schien mit einem Blick erkannt zu haben, dass Molly sich in ihr Schneckenhaus zurückgezogen hatte.

»Sollen wir einfach da weitermachen, wo wir aufgehört haben?«, fragte er vorsichtig.

Molly nickte entschlossen. »Ich denke, das sollten wir tun.« Sie rief sich die Sätze ins Gedächtnis, die sie sich bereits auf dem letzten Stück der Rückfahrt im Auto zurechtgelegt hatte. »Also, wie gesagt, ich denke, die Rosien wusste, dass ein Angriff auf Thalmann geplant war. Zum jetzigen Zeitpunkt würde ich nicht einmal ausschließen, dass sie selbst aktiv an der Tat beteiligt war.«

Malte reagierte ungehalten. »Wie soll sie das angestellt haben? Überleg mal, die Rosien war auf dem Weg zu einem Auftritt. Sie hat doch sicher ein tolles Outfit getragen, als sie bei Janna im Lesecafé eintraf, ein schickes Kleid, High Heels und so. Spuren solcher Schuhe waren nicht auf dem Feld zu sehen.« Seine Schultern entspannten sich, und seine Stimme wurde wieder weicher. »Wir müssen unsere Ermittlungen an dem ausrichten, was in der Realität wenigstens halbwegs denkbar ist.«

Molly seufzte und gab nach. »Du hast recht, Malte. War nur so ein erster Gedanke.«

»Die Rosien wohnt nicht irgendwo in Travemünde«, fiel Ben ein. »Sie wohnt in der Kaiserallee. Das hat meine Mutter mir mal erzählt. Sie hat es aus einem dieser Klatschblättchen. Die Reporterin hatte die Autorin zu Hause besucht. Bei der Adresse dürfte klar sein, dass die Rosien definitiv einen anderen Weg genommen hat als der Thalmann. Ein Schlenker südlich um den Hemmelsdorfer See hätte einen Stau bedeuten können. Den konnte sie sich gar nicht leisten an dem Abend.«

Malte nickte. »Sehe ich auch so.«

»Sie könnte den Mord allerdings in Auftrag gegeben haben«, fiel Ben ein. »Aber was könnte ihr Motiv sein?«

»Eine gemeinsame Vergangenheit, die nicht ganz erfreulich verlief«, sagte Malte. »So was kommt vor zwischen Mann und Frau.« Er sah Molly an und gab sich nur wenig Mühe, sein spöttisches Lächeln zu verbergen.

Ben rollte mit den Augen. »Immer diese Beziehungskisten, die am Ende tödlich verlaufen.«

»Ist nicht immer so«, tröstete Malte ihn. »Die Welt ist voller Beispiele, die glücklich enden.«

»Sag das mal meiner neuen Flamme«, konterte Ben.

Malte riss die Augen auf. »Du hast eine neue Freundin? Davon hast du uns noch gar nichts erzählt.«

»Jungs, reißt euch zusammen«, funkte Molly dazwischen. »Wir müssen herausfinden, was Frederika von Rosien mit Hubertus Philipp Thalmann verbunden hat. Woher kannte sie ihn? Welcher Art war die Beziehung? Wann haben sie sich zum letzten Mal gesehen, und warum hat sie ihn zu der Lesung eingeladen?«

»Glaubst du«, fragte Malte, »die Rosien hatte ein Verhältnis mit dem Thalmann?«

»Das ist zwangsläufig die erste Vermutung, die eine Mordermittlerin beim Gedanken an eine Mann-Frau-Beziehung anstellt«, erwiderte Molly ungerührt.

Ben fuhr sich ratlos mit der Hand durch sein wuseliges Haar. »Ich frage mich sowieso, warum er die Lesung alleine besuchen wollte. Als Kulturpolitiker lässt man sich zu solchen Veranstaltungen normalerweise von seiner Frau begleiten, erst recht an einem Wochenende.«

»Möglicherweise hatte seine Frau was anderes vor«, erwiderte Malte. »Auch die Angetraute eines Politikers hat das Recht auf ein eigenes Leben.«

Ben verzog die Mundwinkel.

»Es gibt eine ganze Bandbreite an Möglichkeiten«, überlegte Molly laut. »War seine Frau nicht eingeladen? Hatte sie keine Zeit, keine Lust? Wollte sie mitkommen, aber dann gab es Streit zwischen den Ehepartnern? Das sind alles Fragen, die ich beantwortet sehen will.«

»Frau Thalmann wird uns dazu sicher bereitwillig Auskunft geben«, sagte Malte mit seiner Besserwissermiene.

»Oh!« Molly hob die Hand. »Mir fällt gerade noch was anderes ein als eine eventuelle Liebesbeziehung zwischen der Rosien und dem Thalmann. Die Rosien ist ein berechnendes Weib. Ich habe sie beobachtet – vor, während und nach der Lesung. Sie ist nett zu Leuten, die ihr was nützen. Die anderen behandelt sie wie verbrauchte Luft. Ich könnte mir vorstellen, dass sie Thalmann für bestimmte berufliche Pläne nutzen wollte.«

Malte beugte sich über den Tisch. »Du meinst, die Rosien hat den Thalmann in seiner Eigenschaft als Kulturpolitiker für ihre Zwecke einspannen wollen?«

»Hast du eine andere Idee in diesem Zusammenhang? Der Mann hatte Einfluss, er hatte Kontakte, vermutlich auch zu Verlagen. Die Rosien könnte ihn für den nächsten Sprung in ihrer Autorenkarriere eingeplant haben.«

Ben war dem Dialog seiner Kollegen unruhig gefolgt. »Dann hat sie ihn aber nicht umgebracht«, beharrte er. »Ich denke sowieso im Moment in eine ganz andere Richtung. Ich unterstelle, Hubertus Thalmann war ein Zufallsopfer. Wer wusste denn schon, dass er an dem Abend da entlangfahren würde?«

»Nun«, sagte Molly süffisant. »Zum Beispiel Frederika von Rosien.«

»Janna aber auch«, gab Ben frech zurück.

Mollys strafte ihn mit ihren Blicken. »Thalmann könnte ihre beruflichen Pläne durchkreuzt, ihr vielleicht sogar im Weg gestanden haben. Wie wäre es damit?«

Malte trommelte mit den Fingern auf den Tisch. »Wenn wir nur irgendwie herausfinden könnten, warum

Thalmann angehalten hat. Und wer hat in dem Wagen gesessen, zu dem die Spuren der Täter führten?«

»Jemand, der eine Panne simuliert hat?«, fragte Ben. »Auf so was fallen allerdings in der Regel Frauen rein.«

Malte beugte sich vor und sah ihn von unten nach oben an. »Vielleicht war es eine Frau, die die Panne simuliert hat. Dann ist es logisch, dass ein Mann anhält.«

Molly wiegte sich in den Schultern. »An die Simulation einer Panne denke ich weniger. Für wahrscheinlicher halte ich es, dass ihm jemand eine Lüge aufgetischt und ihn damit aufs Feld gelockt hat.«

»Ein Hund«, rief Malte aus. »Die Person könnte so getan haben, als hätte sie ihren Hund mal kurz zum Gassigehen aus dem Wagen gelassen und dann wäre er aufs Feld gesprungen und wollte nicht mehr zurück. Sie brauchte jemanden, der ihr half, das Tier wieder in den Wagen zu treiben. Alleine schafft man so was nicht.«

»Sprach Malte, der Hundekenner.« Molly sah ihn prüfend an. »Hast du schon mal erlebt, dass jemand seinen Hund einfach so am Straßenrand rauslässt? Und das an einer Bundesstraße?«

Malte schnipste mit den Fingern, als wäre ihm gerade eine Erinnerung gekommen. »Ich hab das tatsächlich schon mal beobachtet«, berichtete er. »Der Köter lief überall rum, nur nicht auf dem Rasenstreifen, auf dem er Gassi gehen sollte. Die Autos, die an ihm vorbeibrausten, fand er viel spannender. Denen ist er kläffend hinterher gepest.«

»Okay, also ein Hund.« Molly wandte sich Ben zu, der unruhig mit dem Stuhl kippelte. »Was meinst du, Ben?«

»Oder ein Kind«, sagte der junge Polizist. »Mit Kindern ist es nicht viel anders als mit Hunden.«

»Aber ein Erwachsener läuft schneller als ein Kind«, erwiderte Malte. »Der fängt den Bengel ein, schimpft mit ihm, packt ihn in den Wagen, und weiter geht die Fahrt.«

Molly war nicht überzeugt, hatte den Theorien ihrer Kollegen aber nicht allzu viel entgegenzusetzen.

»Die Möglichkeit mit dem Hund lassen wir mal stehen. Das mit dem Kind halte ich für fraglich. Generell betrachte ich es als zweifelhaft, dass Thalmann freiwillig für eine wildfremde Person angehalten haben soll. Das macht man nicht einfach so, auch nicht als Mann. Nicht heutzutage, wo jeder weiß, wie gefährlich Anhalter sein können und wie oft es vorkommt, dass jemand einen Unfall oder eine Panne bloß vorgibt, um einen Autofahrer zu überfallen.«

»Und wenn er die Person kannte?«, sagte Malte.

Molly lehnte sich zurück. »Damit wären wir wieder bei der Rosien. Sie hat gewusst, dass er an dem Tag diese Straße entlangfahren und um welche Zeit das ungefähr sein würde.«

Ben nickte. »Sie könnte an der Stelle gestanden und ihn unter einem Vorwand aufs Feld gelockt haben.«

Maltes Mimik spiegelte seine Gereiztheit wider. »Das haben wir doch vorhin schon abgehakt. Im Gala-Dress begeht man keinen Mord auf einem Feld.«

Unzufrieden stützte Molly die Ellenbogen auf den Tisch. »All diese Überlegungen bringen uns nicht weiter. Wir wissen nicht einmal, ob der Wagen, der am Straßenrand gestanden haben soll, dem Täter gehörte und ob er zur fraglichen Zeit am Feld stand. Das Einzige, was wir wissen, ist, dass Thalmann in eine tödliche Falle gelockt wurde.«

»Wenn er nicht sogar von sich aus aufs Feld gelaufen ist, weil er irgendetwas nachsehen wollte, und zum Zufallsopfer wurde«, ergänzte Malte zu allem Überfluss.

»Wunderbar«, sagte Molly. »Mit anderen Worten: Was wir wissen, ist: Wir wissen nichts. Auf blauen Dunst hin rätseln wir herum. Es gibt zurzeit keine einzige Erkenntnis, die uns als Ermittlungsansatz dienen könnte.«

Malte hob entschuldigend die Hände. »Dieser Fall ist vertrackt. Meine Schuld ist das nicht.«

Zum Zeichen dafür, dass sie sich innerlich sortierte, richtete Molly ihren Stift sorgfältig an der Kante ihres Blocks aus. Gerade wollte sie wieder anfangen zu sprechen, als ihr Smartphone einen Anruf der Polizeiwache aus Travemünde signalisierte.

Der Kollege begrüßte sie knapp und berichtete von einem Gespräch mit der Witwe des Opfers. »Patrizia Thalmann lässt sich morgen von einer Freundin nach Travemünde chauffieren«, schloss er. »Sie hat sich für eine Woche in einem Hotel einquartiert und richtet sich innerlich darauf ein, bald mit euch zu reden.«

»Das ist eine gute Nachricht.« Molly ließ sich den Namen des Hotels und die Handy-Nummer von Patrizia Thalmann nennen. »Was versteht sie unter ›bald‹?«

»Mittags hat sie etwas zu erledigen. Wenn ihr wollt, könnt ihr sie am Nachmittag sprechen.«

»Gut. Wir sollten uns dann telefonisch verabreden.«

Molly verabschiedete sich von dem Kollegen. Sie informierte Malte und Ben über Patrizia Thalmanns Pläne.

»Ich schlage vor, wir reden morgen zuerst mit Frederika von Rosien. Ich möchte von ihr hören, was sie mit Thalmann verbindet. Anschließend können wir wahrscheinlich schon mit der Witwe sprechen.«

»Wann wollt ihr zu Frau von Rosien?«, fragte Ben. Seine Wangen glühten. »Soll ich sie schon mal anrufen und euren Besuch ankündigen?«

»Lieber nicht«, sagte Molly. »Wir erlauben uns einen Überraschungsbesuch. Ich will ihr keine Gelegenheit geben, sich innerlich auf das Gespräch vorzubereiten und schlaue Geschichten zu erfinden.«

»Du würdest bestimmt sofort anfangen, zu stottern, wenn du mit ihr telefonierst«, ulkte Malte. »Dann nimmt sie uns am Ende nicht ernst. Und nachher kommst du noch mit einem Autogrammwunsch daher. Das kannst du hinterher machen, wenn wir mit der Befragung fertig sind. Falls sie dann noch dazu bereit ist.«

»Vor Dienstbeginn will ich zu Ole in die Klinik«, sagte Molly, die ihren Kollegen geduldig hatte ausreden lassen. »Malte, wir treffen uns dann am besten vor deinem Haus und fahren gemeinsam zu Frau von Rosien.«

»Und wenn sie nicht da ist?«, fragte Ben.

»Dann warten wir, bis sie kommt«, erwiderte Molly.

»Okay.« Ben stierte enttäuscht auf den Tisch. Dann blitzten seine Augen noch einmal auf. »Übrigens, die Rosien schreibt Schlüsselromane.«

»Schlüsselromane?«, fragte Malte.

»Ja. Romane, bei denen manche Figuren für Personen aus dem realen Leben stehen.«

Malte sah auf ihn hinab und nickte. »Hat deine Mutter gesagt.«

9

Ein letztes Mal schweiften Frederikas Blicke über die Terrasse, den gepflegten Rasen und den schmiedeeisernen Zaun, der ihr Grundstück von der Strandpromenade abgrenzte, bis zur See. Stolz auf das, was sie sich erarbeitet hatte, schloss sie das Fenster. Sie zog sich ihre Steppjacke über und ging hinaus.

Es überraschte sie nicht, dass Cora sie bereits auf den marmornen Treppenstufen vor dem Eingang ihrer Villa an der Kaiserallee erwartete. Ihre Vertraute und PR-Managerin, die in einer Parallelstraße der Kaiserallee wohnte, nur wenige hundert Meter von ihr entfernt, stand immer etwas früher auf als sie selbst.

Man konnte diese Gewohnheit durchaus als symbolisch bezeichnen. Es war, als wollte Cora ihr sagen: Sieh her, du bist zwar die Berühmtere von uns beiden, du hast eine Märchenkarriere hingelegt. Aber ich bin die, die dir im wahren Leben immer ein Stück voraus ist.

Cora empfing sie mit einem Lächeln, das Frederika süffisanter erschien als bei manch anderer Gelegenheit.

»Du siehst müde aus«, begrüßte sie die Autorin.

Frederika ignorierte den überheblichen Ton, der in Coras Stimme lag. »Ich bin gestern spät ins Bett gegangen. Die Lesung am Samstag hat mich nachhaltig aufgewühlt.«

Cora hakte sich bei Frederika unter. »Wo willst du lang? Heute mal in Richtung Brodtener Ufer?«

»Nein, lass uns zur Vorderreihe gehen. Ich will sehen, was im Schaufenster der Buchhandlung liegt.«

Cora lachte. »Du willst dich bloß davon überzeugen, dass dein neuer Roman an vorderster Front in der Auslage präsentiert wird. Steh ruhig zu deiner Eitelkeit. Mir kannst du sowieso nichts vormachen.«

Auch auf diese Bemerkung reagierte Frederika nicht. Sie wusste, wie sie die Worte zu verstehen hatte. Mehr noch als dem Marketing des Verlags hatte sie es Coras beharrlicher Öffentlichkeitsarbeit zu verdanken, dass ihre Bücher ganz vorne in den Schaufenstern ausgestellt waren und auf den Kassentischen lagen.

Ein frischer Wind wehte von Nordost über die See. Frederika zog den Reißverschluss ihrer Jacke hoch und schob die Hände in die Taschen.

»Willst du dir nicht lieber was Wärmeres anziehen?«, fragte Cora besorgt. »Oder gleich ganz zu Hause bleiben? Nachher holst du dir noch eine Erkältung. Das kannst du dir nicht leisten. Denk an den Erscheinungstermin der Autobiografie. Mit der Überarbeitung der lektorierten Version bist du schon in Verzug geraten.«

Frederika hob den Kopf. »Wie gut, dass meine Termine so fest in deinem Gedächtnis sitzen.«

Sie beschloss, trotz der kühlen Temperaturen weiterzugehen. Den morgendlichen Gang über die Promenade, vorbei an der Seebrücke mit dem Leuchtfeuer und weiter bis ans Ende der Vorderreihe ließ sie sich nicht nehmen, auch nicht unter Zeitdruck.

»Einen neuen Roman und kurz darauf eine Autobiografie zu veröffentlichen«, fuhr Cora in ihrer penetranten rechthaberischen Art fort, »das ist zu viel des Guten. Ich habe dich früh genug davor gewarnt, dass du dich damit überforderst. Du hast nicht die Kraft, zwei Manuskripte parallel zu erstellen.«

»Es ist ein großer Aufwand«, gab Frederika zu. »Aber das heißt nicht, dass ich es nicht schaffen kann.«

»Was ist jetzt eigentlich mit Hubertus?«, fragte Cora unvermittelt.

Erschrocken löste Frederika sich von Cora. Sie schritt zum Ufer der Trave und blieb dort stehen wie versteinert, den Blick auf den Fluss geheftet. Eins der riesigen weißen Kreuzfahrtschiffe, die aus Trelleborg oder Oslo, Helsinki, Malmö oder Riga kamen – aus all den Städten, die zum Träumen einluden –, schob sich majestätisch an ihr vorbei auf den Skandinavienkai zu.

Einige Passagiere winkten den zwei Frauen, die frierend am Ufer standen, fröhlich zu, doch Frederika reagierte nicht. Das tat sie nie. War es nicht albern, völlig unbekannten Menschen zuzuwinken wie alten Freunden, die man nach langer Abwesenheit wiedersah?

Cora jedoch, die Schulter an Schulter bei ihr stand, machte sich mit den Passagieren gemein und ließ sich dazu hinreißen, die Geste der Menschen auf dem Schiffsdeck zu erwidern.

Als die Fähre vorbeigefahren war, blieben die zwei Freundinnen noch einen Moment am Ufer stehen, den Blick auf die Passat gerichtet, die alte Viermastbark, die vor mehr als hundert Jahren bei einer Hamburger Reederei vom Stapel gelaufen war, fast vierzig Mal das berüchtigte Kap Hoorn umschifft hatte und schließlich bei einem Orkan beinahe untergegangen wäre.

Frederika dachte an die Protagonistin ihres nächsten Romans. Sie sollte Silja heißen, und sie würde ebenfalls am Ufer der Trave stehen und einem Mann auf einer imposanten Segelyacht zuwinken. Dem einzigen Mann, den sie jemals geliebt hatte. Auf der Reise, die er gerade antrat, sollte er spurlos von dem Schiff verschwinden.

»Seit Samstag hast du Hubertus mit keiner Silbe mehr erwähnt«, sagte Cora, während sie noch immer lächelnd zu den Schiffspassagieren hinüberwinkte.

»Warum sollte ich das auch tun?«, gab Frederika unwirsch zurück.

»Weil er nicht erschienen ist, obwohl er eingeladen war. Und außerdem – in letzter Zeit hast du ständig von ihm geredet.«

»Du übertreibst.« Frederika zog die Schultern zusammen und schob die Hände tiefer in die Taschen.

Cora gab keine Ruhe. »Gib zu, du wünschst dir, dass er wieder eine Rolle in deinem Leben spielt.«

»Welche sollte das sein?«

»Er war die Liebe deines Lebens.«

»Pfff«, machte Frederika. »Am Sonnabend hatte er die Chance, den Fehler seines Lebens zu korrigieren. Er hat sie nicht genutzt. Das war's.« Sie drehte sich auf dem Absatz um und ging mit kraftvollen Schritten weiter.

Cora eilte ihr hinterher. »Du hast nie verkraftet, dass du ihn an Patrizia verloren hast.«

»Ich habe ihn nicht an sie verloren«, fauchte Frederika sie an. »Er hat sich auf einen Irrweg begeben. Er hat Sicherheit und Bequemlichkeit gesucht, statt mit mir ein Leben voller Abenteuer zu wagen.«

»Warum hast du ihn dann zur Lesung eingeladen?«

»Das hast du mich am Samstag schon mal gefragt«, sagte Frederika. »Du wiederholst dich.«

»Ich weiß. Und ich stelle diese Frage so lange, bis ich eine ehrliche Antwort von dir erhalte.«

Frederika bemühte sich, sachlich zu bleiben, denn sie brauchte Cora noch. »Ich darf dich daran erinnern, dass du mich bereits danach gefragt hast, bevor ich die Einladungen versandt habe. Und du wirst dich erinnern, dass ich gesagt habe, es ist pure Neugier. Ich wollte wissen, wie Hubertus reagiert. Es war ein Spiel.«

»Das du verloren hast. Du hast dein Fischernetz ausgeworfen, aber er hat sich nicht mehr einfangen lassen. Und deine Gleichgültigkeit nehme ich dir nicht ab.«

»Wieso Gleichgültigkeit? Wie kommst du darauf?«

Cora lächelte provokant. »Eine Frederika von Rosien veranstaltet kein Spiel nur um des Spieles willen. Du hast ein Ziel verfolgt, das in der Öffentlichkeit sehr viel Aufmerksamkeit hervorgerufen hätte.«

»Natürlich hätte es das«, gab Frederika zu. »Auch Hubertus ist heute kein Unbekannter mehr.« Sie hakte sich bei Cora unter. »Lass gut sein. Wir gehen nach Hause.«

Sie dirigierte Cora in Richtung der Seebrücke, legte den Kopf leicht zurück und beobachtete die Wolken, die über die See aufs Land zuflogen. »Mit der Einladung wollte ich das Schicksal herausfordern. Die Vergangenheit allein reichte mir nicht. Ich wollte sehen, ob und wie ich Hubertus in die Gegenwart integrieren kann. Und ja: Ich wollte wissen, welche Rolle ich ihm in der Fortsetzung meiner Autobiografie zuweisen kann.«

Cora schnaubte. »Auf die Fortsetzung bin ich gespannt. Wann planst du, sie zu schreiben?«

Das Klingeln ihres Handys bewahrte Frederika davor, die Frage beantworten zu müssen. Sie zog ihren Arm unter dem von Cora weg und holte ihr Smartphone hervor. »Das ist Fine.« Sie nahm den Anruf ihrer treuen Seele entgegen. »Moin, Fine. Was gibt's?«

Fines Stimme wirkte seltsam gehetzt. »Es sind fremde Leute an der Gartenpforte, ein Mann und eine Frau. Dreimal haben sie schon geklingelt. Sie gehen nicht weg, sie stehen da wie festgewachsen. Ich beobachte sie von einem Fenster im ersten Stock aus.«

Frederika hatte ihre Armbanduhr nicht angelegt. Sie nahm Coras linken Arm, schob den Ärmel zurück und stellte fest, dass es kurz nach elf Uhr war. »Ist Bastian nicht da? Er sollte heute die Hecke schneiden.«

Einen langen Moment blieb es still in der Leitung. Dann meldete Fine sich wieder. »Er war auf der anderen Seite des Grundstücks, aber er hat die Leute auch gerade bemerkt. Jetzt steht er hinter der Gartenpforte und redet mit ihnen.«

»Na also«, beruhigte Frederika ihre Mitarbeiterin, die immer sofort aus dem Tritt geriet, wenn etwas Unvorhergesehenes geschah. »Er wird die Sache schon regeln und die Leute vertreiben.«

Sie informierte Fine, dass sie bereits auf dem Rückweg war, und verabschiedete sich von ihr. Unwillkürlich beschleunigte sie ihren Schritt.

»Einen kleinen Abstecher zum Leuchtfeuer?«, fragte Cora, als sie an der Seebrücke mit dem grün-weiß gestrichenen Wahrzeichen von Travemünde vorbeikamen.

»Nicht jetzt. Fine sagt, es stehen Leute vorm Haus. Ich will wissen, was die wollen.«

Erneut ertönte der Klingelton ihres Smartphones. Wieder war es Fine, die anrief.

Sie klang noch aufgeregter als vorhin, geriet ins Stottern und verhaspelte sich.

»Was ist denn los?«, fragte Frederika. »Beruhige dich doch.«

»Du sollst nach Hause kommen«, stieß das Hausmäd-chen hervor. »Es muss was passiert sein. Die Kriminal-polizei will dich sprechen, dringend.«

Frederika schluckte. »Die Kriminalpolizei? Aber wa-rum? Was ist passiert?«

»Ich weiß es nicht. Bastian sagt, es muss was Schlim-mes sein, so ernst, wie sie gucken.«

»Gib ihn mir bitte mal.«

Fine rief ihn.

Seine schweren Schritte hallten durch den Raum.

»Was ist passiert?«, flüsterte Cora ihr indessen zu.

»Pssst«, machte Frederika.

Bastian meldete sich. »Frederika?«

»Was ist los?«, fragte sie ohne Umschweife. »Warum will die Polizei mich sprechen?«

»Wegen einer mysteriösen Angelegenheit. Mehr weiß ich nicht. Sie wollen dir selbst sagen, was geschehen ist. Sie warten auf dich. Wann seid ihr wieder hier?«

»In ungefähr zehn Minuten. Lass die Leute von der Kripo bitte draußen vor dem Grundstück warten, solan-ge ich nicht da bin. Ich will nicht, dass sie im Haus he-rumschnüffeln.«

Auf den letzten wenigen Hundert Metern zu ihrer Villa spürte Frederika, dass ihr Magen sich zusammen-zog wie ein Beutel, dessen Öffnung mit einem Zugband fest verschlossen wurde.

»Was ist passiert?«, fragte Cora noch einmal.

»Das werden wir gleich erfahren. Die Kriminalpolizei wartet vor meinem Haus auf mich.«

»Die Kriminalpolizei? Was will die von dir?«

»Ich weiß es doch selbst nicht«, rief Frederika aus. Sie riss sich zusammen. »Entschuldige bitte, ich bin einfach genervt. Polizei in meinem Haus ist wirklich das Letzte, was ich so kurz nach Veröffentlichung eines neuen Romans gebrauchen kann. Das ist schlechte Publicity.«

»Allerdings«, sagte Cora. Ihr Tonfall war wieder in die gewohnte Kühle und Sachlichkeit umgeschlagen.

10

Molly fühlte sich erschöpft. Am frühen Morgen hatte Janna sie zu Ole in die Klinik gefahren und anschließend vor Maltes Wohnung abgesetzt.

Er hatte sie mit dem Dienstwagen in die Kaiserallee chauffiert. Nach einem kurzen Gespräch mit dem Gärtner hatten sie sich wieder in den Wagen zurückgezogen. Seitdem warteten sie schweigend darauf, dass Frederika von ihrem morgendlichen Spaziergang zurückkehrte.

»Wie war es in der Klinik?«, traute Malte sich endlich, zu fragen.

»Ole hat Fieber. Er hängt an zehntausend Schläuchen und bekommt hunderttausend Medikamente. Im Moment kann mir niemand sagen, wie es weitergeht.«

»Das tut mir wirklich leid.« Malte drückte ihre Hand.

Sie entzog sie ihm hastig. »Danke. Aber lass uns nicht weiter drüber reden, ja? Ich mach meinen Job, und privat ist privat.«

»Okay.«

Malte straffte die Schultern, was wohl andeuten sollte, dass er in den Dienstmodus umschaltete. Er wies zu dem kunstvollen schmiedeeisernen Zaun hinüber, der das Grundstück der Autorin umgab. Der sattgrüne Rasen, auf dem das Gebäude stand, hob sich malerisch von der gelb verputzten Fassade ab.

»Vornehm geht die Welt zugrunde‹, hat meine Oma zu so was immer gesagt.«

»Ob Madame wirklich so vornehm ist, wie sie tut?«, sagte Molly leise mehr zu sich selbst als zu Malte. »Ich denke, es ist mehr Schein als Sein. Aber wenn sie das braucht ...«

Malte boxte sanft gegen ihren Arm. »Hey, da spricht doch bloß der pure Neid aus dir.« Er zwinkerte ihr zu.

Molly lächelte müde. Sie wusste nur zu gut, dass das Verhalten ihres Kollegen auf Hilflosigkeit beruhte.

Warum versuchten die Menschen immer, Angehörige von schwer Erkrankten aufzumuntern? Warum war es so schwer, zu verstehen, dass eine ernste Krankheit eine riesige Belastung bedeutete und dass große Sorgen sich nicht durch alberne Sprüche vertreiben ließen?

Sie sah zu der schmiedeeisernen Pforte hinüber, an der ein Briefkasten mit zwei Schildern hing.

Maltes Blicke folgten ihren. »Funkklingeln. Wie unromantisch.« Unwillig schüttelte er den Kopf.

»Warum nicht?«

Molly wunderte sich mehr über die beiden Namen, die an den Klingeln standen, als über die Technik. Auf dem unteren Klingelschild war ›Frederika von Rosien‹ eingraviert, auf dem oberen ›Fine Ebers‹, wie sie vorhin festgestellt hatten. »Ich wusste nicht, dass die Rosien mit einer Frau zusammenlebt.«

Malte lachte laut auf. »Dachtest du denn, Janna und du, ihr seid die einzigen Mädels in der Gegend, die sich eine Hütte teilen?«

»Was hat das mit Janna und mir zu tun?«

Mollys Blicke wanderten an der Fassade entlang zum obersten Stock. Dem Zustand der Bausubstanz nach zu urteilen, war die dreigeschossige Villa ein Neubau. Doch sie war im Stil der Bäderarchitektur errichtet, wie er vorwiegend im neunzehnten Jahrhundert an der Ostsee, vor allem an der Küste Mecklenburgs, üblich war.

An der Seite, die der Kaiserallee zugewandt war, wie auch an der Seeseite luden große Balkons zum Sonnenbaden ein. Sie waren mit Brüstungen und kunstvollen Schnitzarbeiten aus weiß lackiertem Holz verziert. Im obersten Stock schlossen sie mit Dreiecksgiebeln ab. Allein der Anblick vermittelte so etwas wie Geborgenheit.

Ob die Vorfahren von Frederika von Rosien altem Mecklenburgischem Adel entstammten? Hatte Frederika sich mit dieser Villa ihr kleines Schloss im Exil errichtet?

Unwillkürlich fühlte Molly sich in eine Zeit versetzt, in der vornehme Damen sich mit Karren an den Strand kutschieren ließen, um in züchtigen Baderoben, unbeobachtet von der Herrenwelt, ihre von der Hitze geschwollenen Füße im Wasser zu kühlen.

Lange bevor Molly überhaupt wusste, dass Frederika von Rosien hier lebte, hatte sie diese Villa auf ihren Spaziergängen oft bewundert. Sie hatte sich vorgestellt, sie selbst säße bei Sonnenschein auf einem der Balkons, eine Tasse Tee vor sich auf dem Tisch, ein fruchtiges Sahnetörtchen dazu und einen Krimi in der Hand.

Obwohl von Natur aus Langschläferin, wäre der Ausblick, den man von hier genoss, es ihr wert, in aller Frühe aufzustehen, um den Tagesbeginn von der ersten Sekunde an zu erleben. Vom obersten Stock musste es ein fantastischer Anblick sein, wenn sich das Licht der aufgehenden Sonne über die See und den Strand ergoss.

»Träumst du?«

Maltes Stimme klang erschreckend nüchtern. Schlagartig erinnerte Molly sich daran, welcher Auftrag sie beide hierhergeführt hatte.

»Echt nicht schlecht, der Kasten«, sagte sie. »Und der Standort hat seine Reize.«

An einem der hohen Fenster im ersten Stock erschien wieder das blasse, ernste, fast ängstliche Gesicht der Frau, die ihnen vorhin nicht öffnen wollte. Sie war vielleicht dreißig, fünfunddreißig Jahre alt und schien wie aus der Zeit gefallen.

Molly nickte ihr zu und winkte hinauf.

Die Frau rührte sich nicht. Sie blieb wie versteinert am Fenster stehen, drückte sich ein Telefon ans Ohr, und ihre Lippen bewegten sich. Mit wem auch immer sie gerade sprach – ihr Mienenspiel wirkte hektisch.

Der Mann, der schließlich dafür gesorgt hatte, dass Frederika von Rosien über ihren Besuch informiert wurde, kam mit Gartengeräten aus einem Anbau hinter der Garage hervor. Mit einer Harke machte er sich an dem Rasen vor der Hecke zu schaffen, die zwischen dem Grundstück von Frederika und ihren Nachbarn verlief.

Malte deutete vom Fahrersitz aus mit dem Finger auf ihn.

»Guck dir den Typ an. Uns gegenüber markiert er den dicken Max, und jetzt harkt er für Madame das Laub. Und das mit einer Miene, die tief blicken lässt.« Er grinste Molly vielsagend an. »Wenn der Gärtner mal nicht der Mörder ist.«

Der Gärtner war ein attraktiver Mann. Ungefähr eins achtzig groß, muskulös, mit dichtem schwarzem Haar und einem graumelierten Fünf-Tage-Bart. Er mochte Mitte vierzig sein. Die ausgeglichenen Gesichtszüge verrieten, dass er mit seinem Dasein zufrieden war. Man konnte nicht ausschließen, dass Frau von Rosien ihm in ihrem Leben eine ganz besondere Stellung zuwies.

Molly fiel sofort ein Motiv für ihn ein. »Du denkst, er hat ein Auge auf seine Chefin geworfen, und dann entbrannte in ihm die Eifersucht, weil die Einladung, die sie an den Herrn Kultursenator in spe gesandt hat, aus seiner Sicht eine zu persönliche Angelegenheit war?«

»So ungefähr.«

Malte ließ den Mann nicht aus den Augen.

»Was hat er noch gesagt, wie er heißt?«, fragte Molly. »Sebastian Hausmann?«

»Bastian Mohnhausen.« Mit gespieltem Tadel schüttelte Malte den Kopf. »Hat der Schönling dein Gedächtnis erschüttert?«

»Nein«, sagte Molly. »Ich bin in Gedanken bei der zarten Fee, die uns die Tür nicht aufmachen wollte.«

»Die war auch ein bisschen merkwürdig«, pflichtete Malte ihr bei. »Irgendwie sind die hier alle komisch. Ob das an der Branche liegt?«

»Keine Ahnung.«

»Hey, guck mal.«

»Ja?«

Malte deutete mit dem Kopf zur Strandpromenade. »Die Rechte der beiden, ist sie das nicht?«

Zwei Frauen liefen mit übereilten Schritten auf das Grundstück zu.

»Hmhm«, machte Molly, »das ist sie. Und die Dame daneben ist Cora Bernstorf.«

Molly winkte den beiden zu.

Sie betraten das Grundstück von der Seeseite her durch ein ebenfalls verschlossenes Tor, das Frederika mit einem Schlüssel öffnete·

Cora Bernstorf blieb auf dem Rasen stehen, während die Autorin auf die Ermittler zukam.

»Sie möchten zu mir? Sie sind aber nicht die Kripo, die mich laut Herrn Mohnhausen erwartet?«

»Doch«, sagte Molly. »Die sind wir. Ich bin Molly Bleck, wie Sie wissen, und der Herr an meiner Seite ist mein Kollege Malte Graf, Hauptkommissar wie ich.«

Nun näherte sich auch Cora den Ermittlern.

»Es geht um Hubertus Philipp Thalmann«, sagte Malte, bevor Frederika sich weiter über das Erscheinen der Polizei auslassen konnte. »Dürfen wir reinkommen?«

»Hubertus Thalmann?«, fragte Cora spitz. »Was ist mit ihm?«

»Sie kennen ihn?«, fragte Molly zurück. Coras abweisende Miene verriet ihr, dass sie richtig vermutete. »Sie mögen ihn nicht?«, fragte sie weiter.

»Ich kenne ihn nicht«, verteidigte Cora sich. »Mir ist nur der Name ein Begriff.«

»Sie hätten vorgestern Gelegenheit gehabt, ihn zu treffen, wenn er zur Lesung von Frau Rosien erschienen wäre.«

»Ich weiß. Er ist aber nicht erschienen.« Cora bemühte sich vergeblich um ein selbstsicheres Lächeln.

»Wissen Sie auch, warum er nicht gekommen ist?«, fragte Malte.

»Nein, das wissen wir nicht.« Frederikas Stimme zitterte merklich.

Molly fragte sich, was die Ursache dafür war: Hilflosigkeit, Wut, Unsicherheit oder Angst?

Cora warf Molly einen abweisenden Blick zu. »Bisher hat er sich bei Frau von Rosien nicht gemeldet.«

Auch die Autorin guckte Molly vorwurfsvoll an. »Sie haben mir am Samstag nicht gesagt, dass Sie von der Kriminalpolizei sind.«

»Warum auch?«, erwiderte Molly. »Am Samstag war ich privat.«

»Was ist nun?«, fragte Malte. »Dürfen wir reinkommen, oder müssen wir uns hier auf der Straße unterhalten, über den Gartenzaun hinweg?«

Frederika holte erneut den Schlüsselbund aus ihrer Handtasche hervor. »Wir schließen die Pforten immer ab. Wir wollen keine Leute, die auf den Treppenstufen auf mich warten, meine Bücher in der Hand halten und um Signaturen betteln.«

»Oder Leute, die eine nette Abkürzung zum Strand suchen«, sagte Malte mit einem impertinenten Lächeln, das Frederikas Allüren in Grund und Boden stampfte.

Frederika öffnete das Schloss der Gartenpforte, während ihre Blicke an Maltes Körper auf und ab wanderten und ihn eiskalt abbürsteten. Sie wandte sich dem Haus zu und überließ es Malte und Molly, das Tor aufzudrücken.

»Schließen Sie die Pforte bitte wieder hinter sich«, rief sie ihnen über die Schulter zu.

Sie stieg die Treppe zur Haustür empor. Cora huschte eilig hinter ihr her, als hinge sie an ihrem Rockzipfel.

»Sie wohnen auch hier, Frau Bernstorf?«, sprach Molly sie von hinten an.

»Nein, aber ich bin hier praktisch zu Hause.«

Die Eingangstür wurde wie von Geisterhand aufgezogen. Dahinter erschien die Frau, die vorhin am Fenster gestanden hatte.

Sie war kreidebleich, und Molly glaubte, dass dieses Geschöpf, das bei ihr spontan ein Gefühl des Bedauerns auslöste, sich beim Anblick der fremden Personen am liebsten auf den Dachboden verkrochen hätte.

Frederika drückte ihrer Angestellten die Handtasche und den Schlüsselbund in die knochigen Finger.

Die Frau legte beides auf einer Kommode ab. Sie half Frederika aus der Jacke, die sie sorgfältig in der Garderobe auf einen Bügel hängte.

Molly stellte sich vor, wie die Bedienstete abends in Frederikas Schlafzimmer stand und die Kleidungsstücke aufsammelte, die die berühmte Schriftstellerin vorm Zubettgehen achtlos auf den Fußboden fallen ließ.

»Darf ich fragen, wie Sie heißen?«, fragte Malte.

Das Hausmädchen wurde noch bleicher und schielte verstört zu seiner Chefin hinüber.

»Der Name tut nichts zur Sache«, fauchte Frederika.

»Wir fragen trotzdem«, erwiderte Molly sanft.

Mit unhörbar leiser Stimme antwortete das Hausmädchen und sah dabei zu Boden.

»Wie bitte?«, fragte Molly.

»Fine Ebers.«

Frederika wandte sich ihrer Angestellten zu. »Führ die Herrschaften in den Blauen Salon.«

Fine nickte. »Soll ich Tee bringen?«

»Für Cora und mich ja«, sagte Frederika. »Es entzieht sich meiner Kenntnis, ob unsere Besucher so lange bleiben wollen, wie der Tee zum Ziehen braucht.«

»Immer gerne«, sagte Malte jovial.

Fines Blicke wechselten hektisch zwischen Frederika, Cora, Molly und Malte hin und her.

»Nimm die große Kanne«, sagte die Hausherrin.

Sorgenvoll sah Molly der jungen Frau hinterher. Sie war klapperdürr, und ihre Augen waren so voller Angst, dass Molly sich fragte, ob sie außerhalb der Mauern dieser Villa selbständig existieren konnte.

»Was ist denn nun mit Hubertus Thalmann?«, fragte Cora. »Sind Sie nicht gekommen, um mit uns über ihn zu sprechen?«

Plötzlich betrat Bastian Mohnhausen den Raum. Er blieb an der Tür stehen, als wartete er ab, ob man ihn bitten würde, sich dazu zu setzen.

»Hubertus Philipp Thalmann ist tot«, erklärte Malte ohne Umschweife. »Das wollten wir Ihnen mitteilen, Frau von Rosien.«

»Tot?«

Entgeistert blickte Frederika erst Cora Bernstorf an, dann ihren Gärtner. Sie nahm in einem Sessel Platz und machte eine hilflose Geste, die den anderen Anwesenden bedeutete, dass auch sie sich hinsetzen sollten. Hektisch wandte sie sich mal zur einen, mal zur anderen Seite. Ihre Blicke fanden nirgendwo Halt.

»Aber ...« Sie suchte Augenkontakt mit Molly. »Warum sind Sie dann hier? Müssten Sie nicht bei der Ehefrau und der Familie sein? Ist das nicht immer so, dass die Polizei zuerst zu den Angehörigen geht?«

Aus Mollys Sicht standen diese klaren Überlegungen in seltsamem Kontrast zu der Nervosität, die die Autorin mit ihrer Körpersprache ausdrückte.

»Wir sind hier«, sagte sie, »weil Sie Herrn Thalmann zu Ihrer Lesung bei Janna Tönissen eingeladen hatten. Wir dachten, es dürfte Sie interessieren, dass er ums Leben gekommen ist. Und wir dachten, Sie könnten uns bei unseren Ermittlungen helfen.«

»Ermittlungen? Wieso? Was für Ermittlungen?« Frederika tat, als hätte sie noch nie von Polizeiarbeit gehört.

»Er wurde ermordet«, sagte Malte. »Mit Pfeil und Bogen. Als hätte Amors Pfeil ihn tödlich getroffen.«

»Amors Pfeil?« Frederikas Stimme wurde schrill wie eine Trillerpfeife. »Was wollen Sie damit andeuten?«

Malte hob blitzschnell die Hände und gab sich zutiefst erschrocken über seine eigenen Äußerungen. »War nur ein Gedanke. Reine Fiktion. Hat nichts mit Ihnen persönlich oder dem Fall zu tun.«

Fine Ebers brachte den Tee herein. Wie eine Feder schwebte sie über das gewachste Parkett, stellte die silberne Kanne auf den Tisch und verschwand feengleich wieder aus dem Raum.

Cora übernahm es, die Tassen zu füllen. Erst die von Frederika, dann die von Molly und Malte. Als sie sich anschickte, auch ihre eigene Tasse und die von Bastian Mohnhausen vollzuschenken, stoppte Molly sie.

»Frau Bernstorf, Herr Mohnhausen«, sagte sie bestimmt. »Ich darf Sie bitten, uns mit Frau von Rosien ein halbes Stündchen allein zu lassen.«

»Warum das?« Ohne hinzusehen, stellte Cora die Teekanne auf dem Tisch ab.

»Darüber sind wir Ihnen keine Rechenschaft schuldig«, klärte Molly sie auf. »Wenn wir es für nötig halten, werden wir uns auch an Sie und Herrn Mohnhausen wenden und auch an Frau Ebers.«

Frederika stieß die Luft aus wie einen verunglückten Pfiff. »Das wird ja immer schöner. Ein Verhör? Das mache ich nicht ohne meinen Anwalt.«

»Kein Verhör«, klärte Malte sie auf. »Wir führen informative Gespräche mit den Menschen, von denen wir uns wichtige Aussagen erhoffen. Zeugenbefragung nennen wir das. In Ihrem speziellen Fall gehen wir dabei so diskret wie möglich vor, um nicht die Aufmerksamkeit der Presse auf Sie zu lenken. Wenn Sie möchten, können wir Sie auch alle der Reihe nach zu uns auf die Polizeistation bitten. Das wird allerdings ein Festschmaus für die Revolverblättchen«, schob er charmant lächelnd hinterher.

Seine Worte verschlugen der sonst so eloquenten Autorin die Sprache.

Molly stand auf und stellte sich an die Tür zum Flur. »Darf ich bitten?«

Sie wartete, bis Cora Bernstorf und Bastian Mohnhausen gegangen waren. Dann schloss sie die Tür und setzte sich wieder.

11

Im Dachgeschoss der Villa

Außer Atem kam Fine im Dachgeschoss an. Dabei war sie langsam hochgestiegen, Stufe für Stufe. Es durfte nicht nach Flucht aussehen. Sie ließ sich auf den marokkanischen Hocker fallen, der mitten im Raum stand, und spürte tief in sich hinein.

Es war die Angst, die ihr den Atem nahm.

Ihr Herz pumperte und bullerte, als hätte sie bei größter Hitze quer durch die Savanne einen Marathonlauf absolviert, um einem Rudel gefräßiger Löwen zu entkommen.

Sie zog den Kopf zwischen die Schultern und klemmte die eiskalten Hände zwischen die Knie.

In den Räumen, die sie seit sieben Jahren bewohnte, hatte sie geglaubt, Geborgenheit gefunden zu haben. Für immer. Oder wenigstens für lange Zeit.

Waren sieben Jahre eine lange Zeit?

Sie hätte sich denken können, dass es irgendwann zu Ende sein würde.

Jetzt war es soweit. Sie musste weg.

Bleib ruhig, redete sie sich zu. Jetzt galt es mehr denn je, die Nerven zu behalten. Der Anfang war doch schon gemacht. Sie musste den Plan nur noch zu Ende führen.

Sie konzentrierte sich und dachte nach.

Aus welchem Grund die Kripo-Beamten ins Haus gekommen waren, hatte sie mitbekommen, als sie vorhin in der Küche war.

Nun wollten sie also erst einmal Frederika sprechen.

Bald würden sie auch Cora ausquetschen wollen und Bastian und auch sie selbst, Fine Ebers. Sie würden so tun, als handelte es sich um ganz normale Befragungen. Das war ihre Vorgehensweise. Sie hörten sich um, trugen Informationen zusammen, redeten mit Augen- und Ohrenzeugen. Und dann auf einmal schlugen sie zu.

Ein falsches Wort, und man saß in der Falle.

Cora und Bastian hatten den Blauen Salon verlassen. Cora saß in diesem Moment vermutlich in Frederikas Küche. Kaute an ihren Nägeln herum, an denen der Lack abgesplittert war, weil sie vor Nervosität und Ungeduld ständig auf irgendwelchen Gegenständen herumtrommelte – auf Tischplatten, Türrahmen, Tastaturen.

Bastian war sicher in den Garten gegangen.

Fine stand auf und sah hinaus, doch sie entdeckte ihn nirgendwo.

Sie sah sich in ihrem gemütlichen kleinen Wohnraum um. Dieses Refugium würde sie vermissen.

Wenn der Regen auf das Schrägdach fiel, klang es so, als spielte er eine Melodie für sie. Wenn sie nachts durch die Fenster in den Himmel blickte, blinkten die Sterne für sie allein. Und im August, wenn Sternschnuppen fielen, sandte sie ihre Wünsche ins Universum.

Vorbei.

Sie sah sich um. Mit wie wenig Gepäck war sie hier eingezogen! Es war nicht viel dazugekommen. Ihre Sachen waren schnell gepackt.

Sie musste Juliane sprechen.

Ihr Smartphone war in der Blumenvase auf der Kommode versteckt. Es war immer lautlos gestellt. Frederika sollte nicht wissen, dass sie ein Mobiltelefon besaß.

Sie nahm das Handy heraus und entsperrte es.

Juliane hatte vorhin angerufen, zweimal innerhalb einer halben Stunde.

Sie aktivierte die Rückrufoption und wartete.

»Da bist du ja endlich«, meldete Juliane sich.

»Ich habe nachgedacht«, sagte Fine, ohne die Literaturagentin zu begrüßen. Sie kuschelte sich in ihren Lieblingssessel unter einem der Fenster im Schrägdach und beobachtete die Wolken, die gemächlich über den Himmel zogen.

»Und? Wie hast du dich entschieden?«

»Ich mach's.«

»Sicher? Ist das endgültig?«

Auch wenn Juliane so tat, als hegte sie leise Zweifel – ihre Stimme drückte stille Freude aus.

»Ganz sicher. Ich brauche keine Sekunde mehr drüber nachzudenken.«

Jetzt war es gesagt. Es gab kein Zurück mehr.

»Gratulation zu der Entscheidung, Fine. Du wirst es nicht bereuen. Das ist der Beginn eines neuen Lebens.«

Ja, dachte Fine, das ist der Beginn von etwas Neuem.

»Den Vertrag habe ich schon vorbereitet«, sagte Juliane. »Ich muss ihn nur noch ausdrucken. Wenn du willst, können wir ihn heute noch unterschreiben.«

Fine drückte vor Freude eine Ferse in den Boden und drehte den Fuß hin und her.

»Kann ich heute Abend bei dir vorbeikommen? Ich sage Frederika, ich drehe eine Runde am Strand.«

Fines Mund war trocken wie Papyrus. Sie schälte sich aus dem tiefen Sessel. Das Smartphone ans Ohr gepresst, ging sie in die Küche. Sie öffnete die Kühlschranktür, nahm eine Flasche Orangensaft heraus und klemmte sie sich unter den Arm. Mit der freien Hand drehte sie den Schraubverschluss auf.

»Du glaubst wirklich, dass es laufen wird?«, fragte sie, während sie sich Saft in ein Glas schenkte.

»Nun steck mal deine Selbstzweifel weg.«

Julianes mütterlicher Ton drückte mehr Fürsorglichkeit aus als Tadel.

Fine trank das Glas in einem Zug leer.

Juliane redete weiter. »Die Chef-Lektorin eines Hamburger Verlags hat mich heute zurückgerufen und großes Interesse an deinem Manuskript signalisiert. Sie möchte sogar eine Reihe mit dir planen.«

»Du meinst, mit immer denselben Protagonisten?«

»Nein«, erläuterte Juliane. »Mit Bänden, die thematisch zusammenpassen. Das würde dir ein größeres Marketingbudget sichern, weil sie mit jedem weiteren Band auch die vorherigen noch einmal bewerben würden.«

Fine schwebte vor Glück. »Das klingt wie ein Traum. Wie ein Millionengewinn für Aschenputtel.«

»Wir feiern das nachher bei mir.«

Fine dachte darüber nach, ob der Besuch der Kripo Auswirkungen auf den Tagesverlauf haben würde. »Ich weiß noch nicht, um wie viel Uhr ich kommen kann«, sagte sie und warf einen Blick auf die Uhr.

»Egal. Komm einfach, wann es dir passt. Ich bin auf jeden Fall zu Hause.«

Sollte sie Juliane erzählen, was sich im Erdgeschoss gerade ereignete? – Sie konnte die Nachricht nicht für sich behalten.

»Es ist Kriminalpolizei im Haus«, brachte sie kurzentschlossen hervor.

»Kriminalpolizei?«

Die gutmütige Juliane klang auf einmal schadenfroh.

»Sie sprechen mit Frederika. Hubertus Thalmann ist tot. Du weißt schon, der Politiker aus Hamburg ...«

»... und Inhaber der Kunst- und Literaturagentur Thalmann«, führte Juliane den Satz zu Ende. »Er ist tot? Das kann ich nicht glauben. Er war kaum älter als ich. Woran ist er so plötzlich gestorben?«

»Wenn es eine natürliche Ursache wäre«, sagte Fine, »wäre wohl nicht die Kriminalpolizei hier.«

»Aber hat Frederika ... Hat sie ihn etwa umgebracht? Das wäre eine Sensation. Stell dir vor, die selbst ernannte Literatur-Prinzessin müsste die nächsten Jahre in einer Gefängniszelle verbringen. Das wäre ihr Ende als Autorin.«

»Ich glaube nicht«, sagte Fine, »dass es irgendetwas gibt, das Frederika in ihrem Ehrgeiz bremsen könnte.«

Juliane fehlten offenbar die Worte.

»Lass uns heute Abend weiterreden«, schlug Fine vor. »Ich klingele noch mal durch, bevor ich das Haus verlasse. Bis später.«

»Bis später.«

Fine schaltete ihr Handy aus und legte es in die Vase zurück. Versonnen sah sie aus dem Fenster.

Wann würde die Kripo sie sprechen wollen?

12

»Frau Rosien«, begann Molly das Gespräch, als Malte und sie mit der Autorin allein im Blauen Salon saßen.

»Von Rosien«, blaffte die Angesprochene sie an. Ihre Augen funkelten wie brennende Kohle.

»Gräfin?«, fragte Malte übertrieben ehrfurchtsvoll.

»Freifrau«, erwiderte sie. »Uralter Adel. Unsere Familie lässt sich lückenlos bis ins siebzehnte Jahrhundert zurückverfolgen.«

Malte lag eine weitere Bemerkung auf der Zunge.

Molly beeilte sich, die Befragung fortzusetzen, bevor seine Worte den Weg in die Welt hinausfanden.

»Darf ich fragen, wo Sie sich gestern in den Stunden vor Ihrer Lesung aufgehalten haben?«

Frederika zuckte gleichgültig mit den Schultern, als wäre ihr in ihrem ganzen Leben noch nie eine so überflüssige Frage gestellt worden.

»Ich war hier, in meinem Haus. Frau Bernstorf kann das bezeugen.«

»Sie haben die Zeit zusammen verbracht?«

»Ja, natürlich. Frau Bernstorf berät mich bei der Konzeption meiner Romane. Vor allem aber übernimmt sie für mich die Pressearbeit. Wir haben uns darüber ausgetauscht, welche Passagen meiner Autobiografie ich vorab vortragen kann, ohne allzu viel zu verraten. Und wir sind die Textstellen durchgegangen, die ich aus meinem aktuellen Roman vorlesen und kommentieren wollte.«

»Von wann bis wann haben Sie zusammengesessen?«

»Vom Tee an, den wir meist um drei Uhr nachmittags trinken, bis zu unserer Abfahrt um kurz vor fünf. Ich war zu früh bei Frau Tönissen. Aber das wissen Sie ja.«

Molly resümierte still für sich: Die Abfahrt fiel in die Zeitspanne, die der Gerichtsmediziner im Zusammenhang mit dem Todeszeitpunkt genannt hatte.

»Um kurz vor siebzehn Uhr sind Sie gemeinsam aufgebrochen«, stellte sie fürs Protokoll noch einmal fest.

»Ist das so ein ungewöhnlicher Zeitpunkt«, fragte Frederika, »dass Sie sich vergewissern müssen, ob Sie mich richtig verstanden haben?«

Die Autorin war eine exzellente Beobachterin. Molly hielt diese Gabe für eine Berufskrankheit. Nur wer die Menschen scharf in Augenschein nahm und jeden Zweifel, jede Gemütsregung registrierte, konnte die Vielfalt an Emotionen in seinen Romanen widerspiegeln.

»Welchen Weg haben sie genommen, um nach Timmendorf zu gelangen?«, fragte Molly lapidar und betrachtete die Fingernägel einer Hand, um den Ausdruck ihrer Augen vor den achtsamen Blicken der Befragten zu verbergen.

»Mit der genauen Strecke bin ich überfragt«, antwortete Frederika ebenso spontan wie bockig.

»Ich vermute, Sie haben auf dem Beifahrersitz gesessen«, sagte Malte. »Sie werden nicht selbst gefahren sein, so nervös, wie Sie vor dem Auftritt gewesen sein dürften. Ich unterstelle aber, dass Sie die Fahrt nicht im Kofferraum zurückgelegt haben, um sich vor den Paparazzi zu verstecken.«

»Ich bin berühmt«, erwiderte Frederika pikiert. »Aber so berühmt nun auch wieder nicht, dass das nötig wäre.«

»Bitte«, sagte Molly, »versuchen Sie, sich zu erinnern, welchen Weg Sie genommen haben.«

»Sind Sie über die Bundesstraßen gefahren?«, präzisierte Malte die Frage. »Haben Sie den Weg über Brodten gewählt, oder haben Sie womöglich einen größeren Schlenker gemacht?«

»Ach, so meinen Sie das«, antwortete Frederika nun erstaunlich resolut. »Einen Schlenker? Nein, dafür hätte mir die Ruhe gefehlt. Wir sind über Brodten gefahren. Den genauen Streckenverlauf mitsamt den Straßennamen kann ich Ihnen allerdings nicht herunterbeten. Aber wenn Ihnen die grobe Richtung reicht ...«

»Danke«, sagte Malte. »Ja, die reicht.«

»Ist Ihnen in den Stunden vor Ihrer Lesung irgendetwas Ungewöhnliches aufgefallen?«, fragte Molly weiter.

Frederika schien unangenehm berührt. »Was, bitte, fällt bei Ihnen unter den Begriff ›ungewöhnlich‹?«

»Gab es anonyme Anrufe oder jemanden, der Ihnen während der Fahrt nach Timmendorf gefolgt ist?«

»Anrufe gab es nicht. Und Verfolger? Ehrlich gesagt, auf solche Dinge achte ich nicht, wenn ich chauffiert werde. Da müssen Sie Cora Bernstorf fragen. Wenn ich auf dem Weg zu einer Lesung oder einem Interview bin, bewege ich mich gedanklich in einer anderen Welt. Ich konzentriere mich voll auf den Auftritt und bekomme nicht mit, was um mich herum geschieht.«

Molly nickte nachsichtig. »Das dachte ich mir. Würde mir an Ihrer Stelle vermutlich genauso gehen.« Sie lehnte sich zurück, legte das eine Ende ihres Kulis an die Lippen und seufzte laut.

»Sie wissen überhaupt nicht, wovon die Rede ist«, platzte es mit einem Mal aus Frederika heraus. »So ein

Auftritt muss gut vorbereitet sein. Haben Sie eine Ahnung, worauf die Leute achten? Das Make-up, die Frisur, das Kleid – alles muss sitzen. Auf jeder Veranstaltung befinde ich mich stundenlang im Fokus der Menschen. Das hält man nur aus, wenn man sich bis ins Detail präpariert hat und sich während der Vorstellung keine Gedanken darüber machen muss, ob ein Haar irgendwo absteht oder ob der Lippenstift in der Hitze des Scheinwerferlichts verschmiert.«

Frederikas Körperhaltung veränderte sich, während sie sprach. Sie richtete sich auf ihrem Stuhl kerzengerade auf, schüttelte die Haare zurecht und hielt die Lider halb geschlossen, als befürchtete sie, dass jeden Moment die falschen Wimpern verrutschen könnten.

»Ein Glück, dass wir unser Gespräch mit Ihnen ohne Zuschauer führen können«, gab Malte von sich.

Für Molly, die ihn mittlerweile gut genug kannte, war der Sarkasmus in seiner Stimme unüberhörbar.

»Frau von Rosien, wir haben Ihnen vorhin erzählt, wie Herr Thalmann ums Leben gekommen ist«, führte sie das Gespräch wieder auf das eigentliche Thema zurück. »Sie fragen gar nicht, wo das passiert ist.«

»Ja, wo denn?«, fragte Frederika gezwungenermaßen.

»An der Hemmelsdorfer Straße«, sagte Malte. »Kurz vor der Ortseinfahrt von Hemmelsdorf. Auf einem Feld, das durch die dicht bewachsene Böschung von der Straße aus nicht einsehbar war.«

»Das lag nicht auf unserem Weg.« Frederika legte eine Hand auf die Brust und stieß ein Lachen aus, das ebenso falsch wie hilflos klang. »Da bin ich aber froh, dass Cora mich nicht da entlanggefahren hat. Sonst würden sie uns beide vermutlich noch verdächtigen.«

»Hätten Sie denn einen Grund gehabt, Herrn Thalmann umzubringen?«, schoss es aus Malte heraus.

Frederika öffnete den Mund, doch sie stockte. »Ich gebe den Ball an Sie zurück«, sagte sie, als sie sich wieder gefasst hatte. »Wie kommen Sie dazu, zu unterstellen, dass ausgerechnet Cora oder ich einen Grund gehabt haben könnten, Herrn Thalmann zu ermorden?«

Molly wartete einen Moment. Da Malte nichts erwiderte, stellte sie ihre nächste Frage. »Welcher Art war Ihre Beziehung zu Hubertus Thalmann?«

Frederika stand auf und ging ans Fenster. Den Rücken den Kommissaren zugewandt, sah sie hinaus auf die Promenade, den Strand und die See.

Molly scharrte mit den Füßen. Musste Frederika von Rosien sich erst eine Geschichte zurechtzimmern, die ihre wahre Beziehung zu Thalmann verschleierte?

Die Schriftstellerin verschränkte die Arme, drehte sich zu den Ermittlern um und lehnte sich gegen die Fensterbank.

»Wir sind uns während unseres Studiums in Hamburg begegnet. Ich habe Literaturwissenschaften und Germanistik studiert, Hubertus war für Kunstgeschichte und Literatur eingeschrieben. Wir waren uns von Anfang an sympathisch, und im zweiten Semester haben wir sogar ein Referat gemeinsam geschrieben. Er hat recherchiert, ich habe formuliert.«

»Soso«, sagte Malte.

Verträumt lächelnd, schüttelte Frederika ihre Mähne über die Schultern. »Hubertus hat schon damals mein Talent fürs Schreiben entdeckt. Er war vollkommen ohne Neid, das habe ich an ihm bewundert. Er selbst war ein guter Analyst und Organisator. Er hat die Sekundärliteratur für unser Referat besorgt, hat mir zugearbeitet und darauf geachtet, dass wir den Abgabetermin einhalten, während ich mich ganz im Fabulieren verlor.«

»Dann war er es, der Sie ermutigt hat, Ihr Glück als Schriftstellerin zu versuchen?«, fragte Molly spöttisch.

Frederika streckte die Arme von sich wie eine Operndiva, die eine ihrer schönsten Arien vorträgt. »Er hat mir damals gleich gesagt: ›Frederika, aus dir wird was Großes. Du wirst eine Schriftstellerin, vor der sich die Menschen verneigen. Du bist prädestiniert für Frauenliteratur.‹ Damit hat er mir das Genre vorgegeben, mit dem ich später bekannt werden sollte. Er war einer der wenigen Männer, die sich für diese Romane interessieren. Das hat seine Mutter ihm mitgegeben.«

»Da haben Sie aber Glück gehabt«, sagte Malte dröge. »Was wäre bloß aus Ihnen geworden, wenn er am liebsten erotische Groschenromane gelesen hätte?«

Molly beobachtete das Schauspiel mit Abscheu. Sie ermittelten in einem Mordfall. Das Opfer war ein alter Bekannter der Befragten. Und was tat die Autorin? Sie errichtete sich ein Podest, auf dem sie sich vor den Ermittlern produzierte.

»Hatten Sie auch in den Jahren nach Ihrem Studienabschluss weiterhin Kontakt, Herr Thalmann und Sie? Hatten Sie beruflich miteinander zu tun?«

Unwillig schwebte Frederika von ihrer unsichtbaren Bühne herunter. Sie ließ die Arme sinken und setzte sich wieder an den Tisch.

»Ab und zu haben wir uns getroffen, rein privat. In den letzten Jahren hatten wir aber nur noch selten Kontakt zueinander.«

»Wann haben Sie sich zum letzten Mal gesehen?«

»Gesehen?« Frederika pustete sich eine Haarsträhne aus dem Gesicht. »Oh, wann war das? Vor drei Jahren?«

»Was fragen Sie mich?«, erwiderte Malte, den sie anguckte. »Ich kann Ihnen die Antwort nicht geben.«

»Sagen wir, es ist drei Jahre her. Es können auch vier oder fünf gewesen sein. Die Zeit vergeht schnell, und es passiert so viel. Da fällt das Erinnern schwer.«

»Aus welchem Anlass haben Sie sich zuletzt getroffen?«, fragte Molly.

»Geht Sie das was an?«

Molly schwieg.

»Gut, ich erzähle es Ihnen.« Frederika seufzte, als wäre es eine Last für sie. »Wir haben über alte Zeiten geredet. Über unsere Professoren und Kommilitonen. Über unsere damaligen Zukunftspläne und das, was wir davon verwirklicht haben. Wir haben ja beide das studiert, was man eine brotlose Kunst nennt. Niemand aus unserem Umfeld hat daran geglaubt, dass wir jemals einen Berufsweg einschlagen würden, der uns genug Geld zum Leben einbringt.«

»Dann haben Sie aber doch alle beide die Kurve gekriegt«, kommentierte Malte frei heraus.

Frederika legte die Hände ineinander und lächelte ihn selbstgefällig an. »Wie Sie sehen. Und ich wette, Hubertus und ich haben ein erheblich höheres Einkommen als ein schnöder Staatsbeamter.« Sie massierte ihr Ohrläppchen und lächelte kokett. »Löschen Sie das Wort ›schnöde‹ bitte aus dem Protokoll. Sagen wir: als ein guter Kriminalbeamter.«

»Warum haben Sie Hubertus Thalmann zu Ihrer Lesung am Samstag eingeladen?«, fragte Molly.

»Habe ich das?«

Molly zwang sich, genauso kühl zu bleiben wie Frederika von Rosien. »Ja, das haben Sie. Vergessen Sie nicht, ich bin mit Frau Tönissen befreundet. Ich kenne die Gästeliste Ihrer Lesung, und ich weiß, wer aufgrund Ihrer Einladung Plätze reserviert hat.«

»Fällt das nicht unter den Datenschutz?«

»Nicht, wenn es um Mord geht.«

»Ah, ja, ich vergaß, es geht um Mord.«

»Sie scheinen nicht sonderlich erschüttert zu sein«, sagte Molly, »dass Ihr ehemaliger Studienfreund auf so schreckliche Weise ums Leben kam. Dann auch noch, als er auf dem Weg zu Ihrer Veranstaltung war.«

Frederika stutzte einen Moment. »Irgendwie kann ich das noch gar nicht begreifen«, sagte sie leise. »Der Tod kommt manchmal so plötzlich, so unerwartet, dass man Tage braucht, um zu verstehen, dass der Mensch, den es getroffen hat, nicht mehr erreichbar ist.« Sie spielte mit den Spitzen einer Haarsträhne. »Sie meinen, ich müsste ein schlechtes Gewissen haben, weil Hubertus auf dem Weg zu mir gestorben ist? Ist das, was ihm widerfahren ist, nicht einfach nur das gewesen, was man gemeinhin Schicksal nennt?«

Sie sah an den Ermittlern vorbei aus dem Fenster, als versuchte sie, beim Blick zum Horizont die Seele von Hubertus Thalmann über den Regenbogen wandern zu sehen.

»Warum wollten Sie mit dem Beginn der Lesung auf Thalmanns Erscheinen warten?«, fragte Molly. »Gab es etwas, das er unbedingt mitbekommen sollte?«

»Ich wollte seine volle Aufmerksamkeit«, gestand Frederika mit entwaffnender Ehrlichkeit. »Ich wollte, dass er meinen Auftritt von der ersten Sekunde an erlebt.«

»Was haben Sie sich gedacht, als er nicht erschien?«

Frederika legte den Kopf in den Nacken. »Dass seine Gattin ihm keinen Freigang gewährt hat.«

Molly suchte kurz Blickkontakt mit Malte und wandte sich wieder Frederika zu. »Sie kennen seine Frau?«

»Sie war mit Hubertus und mir auf der Uni. Ebenfalls Literaturwissenschaft«, antwortete Frederika knapp.

»Darf ich raten?«, sagte Malte. »Der Werdegang von Patrizia Thalmann ist nicht mal halb so glamourös wie Ihrer.«

Frederika zuckte beiläufig mit den Schultern. »Wie man's nimmt. Patrizia ist von Beruf Tochter. Hat versucht, Mutter zu werden, ist aber darin gescheitert. Es sollte wohl nicht sein. Ob das bedauerlich ist, da müssen Sie andere Leute fragen. Auch zu der Frage, womit die Dame ihre Zeit verbringt, kann ich Ihnen leider keine Auskunft geben. Patrizia und ich hatten nie viel gemeinsam, weder Gesprächsthemen noch Interessen.«

»Hat Patrizia Thalmann ihren Mann begleitet, wenn Sie sich mit ihm getroffen haben?«, fragte Molly.

»Nein. Es war besser, wenn wir uns alleine trafen.«

»Verstehe.«

»Darf ich Ihnen auch eine Frage stellen?«, fragte Frederika plötzlich.

»Natürlich.«

»Haben Sie schon einen Anhaltspunkt, warum Herr Thalmann ums Leben kam?«

»Nein«, sagte Molly. »Wir wissen nicht, warum er ermordet wurde.«

Sie nannte das Kind absichtlich beim ungeschönten Namen. Wenn ein Mensch sein Leben gewaltsam verloren hatte, widerstrebte es ihr, im Gespräch mit denen, die grundsätzlich als Täter infrage kamen, weichgespülte Worte in den Mund zu nehmen. Und je länger sie sich mit Frederika von Rosien unterhielt, desto mehr rückte die Dame bei ihr in den Fokus der Ermittlungen.

Sie merkte Frederikas Mienenspiel an, dass ihre Wortwahl Wirkung zeigte.

»Sein Ende ist tragisch«, sagte die Autorin plötzlich mit einem Anflug von Mitgefühl. »Dabei hatte er eine große Karriere vor sich.« Sie hob das Kinn. »Warum musste das ausgerechnet hier passieren, an der Ostsee? Warum nicht in Hamburg, wo seine Wirkungsstätte lag? Wenn er jemals Feinde hatte, dann doch dort, in der politischen Konkurrenz.«

Molly wurde hellhörig. »Soweit ich weiß, war Herr Thalmann in der Kulturpolitik tätig. Hatte er politische Feinde? Ich dachte, wenigstens in seiner Sparte geht es gesittet zu. Die Posten, die da zu vergeben sind, sind doch nicht so prestigeträchtig und lukrativ, dass man die Messer wetzt.«

Mit ihren Thesen hatte Molly unübersehbar die Eitelkeit der Autorin gekränkt.

»Entschuldigen Sie bitte, wenn ich das so direkt sage«, erwiderte Frederika brüsk, »aber gerade in der Kultur sind die Eitelkeiten groß. Man holt nicht so offensichtlich die Messer aus der Tasche wie vielleicht in der Finanz- oder der Innenpolitik, aber gekämpft wird auch hier mit harten Bandagen. Ihnen ist sicher bekannt, dass viele Organisationen in Kunst und Kultur nur mit saftigen Subventionen überlebensfähig sind. Sie ahnen nicht, wie eisern um jede Summe gebuhlt wird!«

»Interessant«, sagte Molly. »Sind Sie über die jüngsten Projekte von Herrn Thalmann informiert?«

»Nein, darüber weiß ich nichts. Seine Parteikollegen können Ihnen vermutlich weiterhelfen. Oder seine Frau. Seine Witwe, wollte ich sagen.« Sie sprach das Wort beinahe gönnerhaft aus.

»Wir werden Frau Thalmann danach fragen.«

»Mehr als repräsentative Aufgaben hat Patrizia im Leben ihres Mannes nicht übernommen«, schob Frederika hinterher. »Aber sie sollte Ihnen wenigstens Auskunft darüber geben können, wofür sie in letzter Zeit ihre aufgespritzten Lippen in die Kameras gehalten hat.«

Molly nahm die Worte auf, ohne eine Miene zu verziehen. »Frau von Rosien, es heißt, Sie schreiben Schlüsselromane. Kommt Hubertus Thalmann als fiktive Figur in einem Ihrer Bücher vor?«

»Wo denken Sie hin?«

Malte kniff die Augen zusammen. »Wirklich nicht? Auch nicht in stark verklausulierter Form?«

»Wenn ich es doch sage ... Sie können sich selbst davon überzeugen. Lesen Sie einfach meine Bücher, wenn Sie mal keine Lust auf Fußball haben.«

Malte räusperte sich. »Ehrlich gesagt, Frauenliteratur ist nicht so sehr ...«

Molly funkte ihm dazwischen. »Spielt Thalmann in Ihrer Autobiografie eine Rolle?«

Wieder schweifte Frederikas Blick zum Horizont. »Er hat in meinem Leben eine Rolle gespielt. Wieso sollte ich ihn dann in meiner Biografie nicht erwähnen? Und außerdem ...« Sie wandte Molly den Kopf zu, und ihre Augen nahmen einen eigenartig schimmernden Glanz an. »Außerdem hatten wir Pläne, wir beide. Zukunftspläne. Aber das nur nebenbei.«

»Was für Pläne waren das?«

»Wir hatten in den letzten Wochen eine Reihe längerer Telefonate«, antwortete Frederika nach einiger Überlegung. »Wir merkten, dass unsere gemeinsame Studienzeit uns noch immer verband. Wir wollten unsere alte Freundschaft auf beruflicher Ebene wiederbeleben.«

Malte zog die Stirn in Falten. »Auf beruflicher Ebene? Wo liegen da die Schnittmengen? Er war Politiker.«

»Kulturpolitiker«, erinnerte die Autorin ihn. »Und mit seiner Literaturagentur baute er gerade Beziehungen zu internationalen Verlagen und namhaften Filmproduzenten auf. Die Ideen, die wir hatten, waren noch ausgesprochen vage, aber man kann nie wissen, was sich aus solchen Verbindungen für Chancen ergeben. Wir wollten demnächst ausloten ...« Ihre Stimme brach, und sie machte eine wegwerfende Handbewegung. »Sinnlos, dem, was nie eintreten wird, nachzuweinen.«

Molly und Malte schwiegen angesichts der unerwarteten Emotionen, die Frederika von Rosien auf einmal offenbarte. Hinter der Fassade aus Hochmut und Standesdünkel schien die Literatin Facetten zu verbergen, die sie von einer menschlichen, verletzlichen Seite zeigten.

»Was verbindet Frau Bernstorf und Sie?«, fragte Molly spontan aus einer Eingebung heraus.

»Was uns verbindet?«, fragte Frederika verwundert. »Hat die Frage etwas mit den Ermittlungen zu tun?«

Molly lächelte geheimnisvoll. »Alle Fragen, die wir im Rahmen unserer Arbeit stellen, haben mit dem Fall zu tun, in dem wir gerade ermitteln.«

»Cora und ich sind beruflich miteinander verbunden, und wir sind mit der Zeit Freundinnen geworden.«

Vor Mollys geistigem Auge betrat Cora noch einmal den hergerichteten Zuschauerraum von Jannas Lesecafé

– rund eine dreiviertel Stunde nach Frederika, obwohl beide gemeinsam nach Timmendorf gefahren waren.

»Sie sind zusammen nach Timmendorf gekommen, aber Frau Bernstorf hat erst lange nach Ihnen das Lesecafé betreten. Wo hat sie die Zeit verbracht, in der Sie bereits bei uns gesessen und sich innerlich auf ihren Auftritt vorbereitet haben?«

»Cora hatte noch etwas zu erledigen«, sagte Frederika. »Sie hat eine Freundin in Timmendorf, der sie ein Buch zurückbringen wollte, das sie sich vor einiger Zeit von ihr geliehen hatte.«

»Interessant«, sagte Molly. »Diese Freundin war nicht zur Lesung eingeladen?«

»Sie mag nicht mit vielen Leuten in einem geschlossenen Raum sitzen«, erwiderte Frederika prompt.

Molly nickte verständig. »Bei mir wäre dann im Moment nur noch ein Punkt offen.« Sie schlug ein Bein über das andere und tat, als müsse sie schwer überlegen, wie sie ihre Frage formulieren solle. »Ich hatte den Eindruck, Sie waren am Samstag sehr aufgeregt. Stärker als üblich, wenn man Profi ist und schon viele Lesungen absolviert hat.«

Frederika lächelte verlegen. »Es war die erste Lesung, bei der ich über meine Autobiografie reden wollte.«

»Die Tatsache, dass Sie Hubertus Thalmann erwarteten, hat aber auch ihren Teil zu der Nervosität beigetragen. Ist das richtig?«

»Da liegen Sie nicht ganz falsch.«

Die Autorin blinzelte mit den Lidern, als machte sich die Nervosität vom Samstagabend erneut in ihr breit.

»Warum ...« Molly machte eine Kunstpause. »Warum haben Sie Herrn Thalmann gleich zur Lesung dirigiert?

Warum haben Sie ihn nicht erst einmal zu einem Gespräch unter vier Augen eingeladen? Hätte es sich nicht angeboten, dass Sie sich nach den drei, vier oder fünf Jahren, die Sie sich nicht gesehen hatten, zuerst ohne Publikum beschnuppern? Zumal Sie doch, wie Sie vorhin sagten, gemeinsame Pläne schmieden wollten?«

Frederika versuchte zu lachen, was jedoch in ein hektisches Schnappen nach Luft ausartete.

»In der Tat«, brachte sie hervor. »Das wäre eine Möglichkeit gewesen. Aber wissen Sie, ich wollte, dass Hubertus sich unbeeinflusst von einer vorherigen Begegnung davon überzeugt, was ich auf der Bühne, im Rampenlicht, bringe. Was er bei einer Lesung von mir sieht, das sollte nach all den Jahren ohne Kontakt der erste Eindruck sein, den er gewinnt.«

Molly stand auf und sah auf Frederika hinab. »Schade, dass es nicht gelungen ist, das umzusetzen«, heuchelte sie Bedauern und verabschiedete sich von der Autorin.

13

»Ich liebe Menschen wie die Rosien!« Malte hielt Molly seinen Arm hin. »Kneif mich mal. Ich kann nicht glauben, dass ich das Gespräch gerade wirklich erlebt habe.«

Molly tat ihm den Gefallen.

Malte jaulte gekünstelt auf. »Eigentlich müsste ich jetzt eine Runde joggen, um mich abzureagieren. So was hab ich noch nie erlebt. Manchmal hab ich während des Gesprächs gedacht, jemand hat dafür ein Drehbuch geschrieben, an das die Rosien sich hält. Was sie uns abgeliefert hat, war jedenfalls nicht normal.«

»Wenn du mich fragst«, sagte Molly, »die Frau ist eine Narzisstin. Was nicht ihre eigene Person betrifft, das berührt sie nicht. Deren ganze innere Welt dreht sich um sie selbst, um niemanden sonst.«

Molly führte Malte zu der Seebrücke, die unweit von Frederika von Rosiens Villa lag. Hier waren sie außer Hörweite der Autorin, doch sie hatten das Grundstück im Blick. Molly wollte wissen, ob Frederika das Haus in den nächsten Minuten verlassen würde.

Sie setzte sich auf eine der Bänke, die mitten auf der Seebrücke in einer Reihe parallel zur Brüstung aufgestellt waren, das Gesicht gen Norden gerichtet.

Malte nahm auf der Bank Platz, die Rücken an Rücken zu ihrer stand. Er legte einen Arm über die Lehne, sodass er Molly halb zugewandt war. »Ich brauch dringend ein paar wärmende Strahlen. Wenn ich noch eine halbe Stunde länger mit der Rosien in einem Raum geblieben wäre, wäre ich zum Eisklumpen gefroren.«

Er deutete mit der Hand auf den breiten Sandstrand weiter südlich, an dem ein Mann mit einem kleinen Jungen im Herbstwind einen bunten Drachen steigen ließ.

»Hast du als Kind auch so was gemacht? Mein Opa ist mit mir im Oktober immer an den Strand gegangen und hat Drachen steigen lassen.«

»Bei uns in Hamburg gab es wenig Gelegenheit dazu.« Mechanisch griff Molly in die Innentasche ihrer Jacke. Ihr Smartphone klingelte. »Der Chef ruft«, informierte sie Malte nach einem Blick aufs Display. Dann meldete sie sich. »Molly hier. Moin, Willem.«

»Moin, Molly«, sagte Willem Wichmann. »Seid ihr noch in Travemünde?«

»Wir legen gerade auf der Seebrücke eine kleine Erholungspause ein. Die haben wir nach dem Gespräch mit unserer Travemünder Star-Autorin dringend nötig.«

»Wenn ihr euer Schläfchen beendet habt, kommt bitte zu uns auf die Polizeistation. Patrizia Thalmann ist gerade eingetroffen. Sie sitzt im Besprechungsraum im ersten Stock und wartet auf euch.«

»Das ist eine gute Nachricht«, antwortete Molly. »Wir machen uns sofort auf den Weg zu euch.«

»Stärkt euch ruhig erst noch. Ihr werdet Kraft und Nerven brauchen. Ich glaube, Frau Thalmann ist ziemlich durch den Wind.«

»Kein Wunder«, sagte Molly. »Wir essen noch eine Kleinigkeit, sind aber auf jeden Fall bald bei euch.«

Sie beendete das Gespräch und steckte das Handy wieder weg.

»Patrizia Thalmann?«, fragte Malte und stand auf.

Molly deutete mit dem Kopf auf die Imbissbuden an der Strandpromenade, die am Mittag geöffnet hatten. Bei dem Sonnenschein, der heute herrschte, konnten die Wirte noch einmal mit einigem Zulauf rechnen.

»Ein Fischbrötchen auf die Hand?«, fragte sie.

»Kann nicht schaden. Ich schmeiß 'ne Runde.«

Malte lief voran und beschaffte zwei Lachsbrötchen und zwei Flaschen Limonade. Sie setzten sich an einen Tisch vor dem Strandlokal und verzehrten ihren Imbiss.

Als der letzte Bissen verputzt war, wischte Malte sich mit der Papierserviette die Finger ab. »Dann mal los.«

Sie gingen zum Dienstwagen vor Frederikas Villa zurück. Aus dem Augenwinkel sah Molly, dass sich hinter einem Fenster des Gebäudes etwas bewegte.

»Guck nicht hin«, sagte sie, als Malte die Türen entriegelte. »Sie steht im ersten Stock und redet mit dem Hausmädchen.«

Malte stieg ein, zog die Fahrertür zu und guckte Molly vorwurfsvoll an.

»Hast du schon mal erlebt, dass jemand, dem man sagt, er soll nicht hingucken, nicht hinguckt?«

»So viel Charakter erwarte ich von dir. Sonst hättest du nicht Kriminalkommissar werden dürfen. Und jetzt meckere nicht, lass den Motor an und gib Gas.«

Er blickte wieder geradeaus und wollte gerade den Zündschlüssel umdrehen. »Was ist das da unterm Scheibenwischer? Ein Knöllchen? Stehen wir denn im Halteverbot?« Er sah sich nach allen Seiten um.

Molly suchte ebenfalls nach einem Schild, dass sie womöglich übersehen hatten. »Nichts zu erkennen.« Sie löste ihren Sicherheitsgurt, stieg aus und zog das Papier unter dem Scheibenwischer hervor.

Es war ein zusammengefaltetes Blatt, auf dem nur ein paar Worte standen, mit dem Computer geschrieben:

Lesen Sie ›Das Fischernetz‹!

Sie setzte sich wieder in den Wagen und hielt Malte die Nachricht hin.

Er nahm das Papier nicht in die Hand, warf nur stirnrunzelnd einen Blick darauf. »Was soll das denn?«

»Hast du mal ein Asservatentütchen für mich?«, fragte Molly.

»Im Kofferraum.«

Malte stieg aus, holte eine Tüte und hielt sie seiner Kollegin hin.

Sie ließ das Papier hineingleiten.

Er legte eine Hand ans Kinn. »Meinst du, das hat mit unserem Fall zu tun?«

»Eine Buchwerbung für die Neuerscheinung irgendeines Schriftstellers ist es sicher nicht«, gab Molly zurück. »Oder glaubst du, dass so was hier verteilt wird wie andernorts Visitenkarten von Gebrauchtwagenhändlern?«

»Das natürlich nicht. Soll ich mal googeln?«

Er holte sein Smartphone aus der Tasche und gab ›Das Fischernetz‹ ein.

»Nichts, was für uns von Interesse wäre. Eine Definition des Begriffs ›Fischernetz‹ in Wikipedia ...«

»Auf die können wir verzichten«, warf Molly ein.

»... und Portale, auf denen du echte Fischernetze kaufen kannst, in verschiedenen Farben und Größen.«

»Brauchen wir auch nicht. Es sei denn, du möchtest den Job wechseln.«

Malte kniff die Augen zusammen und tat, als dächte er über diese Option nach. »Sind wir nicht ständig Fischer in unserem Beruf?«

Molly lachte. »Im Moment fischen wir wohl eher im Trüben. Aber willst du nicht mal endlich losfahren? Wir werden nicht schlauer dadurch, dass wir hier stehen bleiben, bis die Reifen platt sind, und rätseln, was dieses Stück Papier uns sagen will.«

»Hast mal wieder recht.«

Endlich startete Malte den Motor und prüfte mit einem Blick über die Schulter vorschriftsmäßig, ob sich ein Radfahrer von hinten näherte. Dann fuhr er los.

»Perfekt. Wie in der Fahrschule«, ulkte Molly.

»Neben dem Halten vor roten Ampeln ist das so ziemlich das Einzige, was ich behalten habe«, sagte Malte mit einem Schuss Selbstironie. »Was diese Nachricht betrifft: Ich tippe auf einen Roman von der Rosien.«

»Dann hättest du ihn bei der Suche gefunden.«

»Es sei denn, er erscheint erst noch.«

»Schlauer Gedanke«, sagte Molly. »Wenn es sich um ein Buch handelt, das sie in Arbeit hat ... Soll die Nachricht uns auf die Spur eines Menschen bringen, der in einem ihrer Romane vorkommt?«

Malte bremste spontan ab. »Sie arbeitet doch an ihrer Autobiografie. Damit könnte es zu tun haben.«

Der Fahrer hinter ihm hupte, und er gab wieder Gas.

Molly knabberte an ihrer Unterlippe und stierte konzentriert auf die Straße.

Malte steuerte den Parkplatz der Polizeistation an, fuhr auf einen freien Platz und stellte den Motor ab.

»Schnell«, sagte er. »Spuck deine klugen Einfälle aus, sonst kann ich mich gleich nicht auf Patrizia Thalmann konzentrieren.«

»Ich überlege, ob ich Ben bitte, zu recherchieren, womit wir es zu tun haben könnten, oder ob ich es wagen soll, die Rosien direkt anzurufen und zu fragen, ob es sich um eins ihrer geplanten Bücher handelt.«

»Ben wird seine Mutti anrufen und fragen, ob sie ein Buch mit diesem Titel kennt.«

»Und wenn die Mutti gerade auf 'nem Kaffeeklatsch ist, warten wir bis morgen. Also ruf ich die Rosien an.«

Malte nickte zufrieden. »Wozu hast du so ein schönes Handy.«

Molly seufzte. »Um auch sonntags erreichbar zu sein, wenn dann gerade zufällig ein Mord geschieht. Hat Ben dir die Telefonnummer der Rosien gegeben?«

Malte gab ihr sein Handy. »Muss im Speicher sein.«

Sie suchte die Nummer, tippte sie in ihr Mobiltelefon ein und aktivierte die Lautsprecherfunktion.

Die Schriftstellerin ließ lange auf sich warten. Endlich meldete sie sich. »Von Rosien?« Sie zog das i ungewöhnlich in die Länge.

»Molly Bleck noch mal. Frau von Rosien, wir sitzen gerade im Auto und haben noch eine Frage. Ich hab mal den Lautsprecher angestellt, damit mein Kollege mithören kann. Kennen Sie ein Buch mit dem Titel ›Das Fischernetz‹?«

Am anderen Ende der Leitung blieb es still.

»Frau von Rosien?«

Wieder keine Antwort. Molly überlegte, ob sie sie noch einmal ansprechen und dabei das ›von‹ weglassen solle. Das würde sicherlich eine Reaktion hervorrufen.

Malte hüstelte ungewöhnlich laut.

»Ja«, sagte Frederika gedehnt, »ein Buch mit diesem Titel kenne ich. Es handelt sich um meine Autobiografie. Darf ich fragen, wie Sie an den Titel gekommen sind? Nur meine allerengsten Mitarbeiter wissen davon.«

Molly rutschte tief in den Beifahrersitz. »Im Moment kann ich dazu nichts weiter sagen.«

»Entschuldigen Sie bitte, aber das geht mich ja wohl etwas an. Der Titel ist absolut geheim. Der darf auf keinen Fall nach außen dringen, bevor das Werk veröffentlicht ist.«

»Wir werden ihn nicht verraten«, sagte Malte in Richtung der Freisprechanlage.

»Aber«, fuhr Molly fort, »wir hätten gern die Liste der Leute, die den Inhalt der Autobiografie und deren Titel kennen.«

Wieder blieb es eine Weile still.

»Ich weiß nicht, ob ich die alle zusammenbekomme.«

»Dann dürften es ein paar mehr sein als nur die Menschen in Ihrem engsten Kreis«, folgerte Molly. »Oder sind Sie mit so vielen Menschen vernetzt, dass selbst der Inner Circle unüberschaubar ist?«

»Nicht ohne Grund«, erwiderte die Schriftstellerin pikiert, »heißt meine Autobiografie ›Das Fischernetz‹.«

»Okay«, sagte Molly ungerührt. »Wann dürfen wir mit der Liste rechnen?«

»Ich werde mich mit Frau Bernstorf darüber beraten. Wenn sie dem zustimmt, wird sie es Ihnen aushändigen, irgendwann in den nächsten Tagen.«

»Zu liebenswürdig. Das ist allerdings noch nicht alles, worum wir Sie bitten müssen.«

»Was denn noch?«

»Wir würden gerne einen Blick in das Manuskript werfen.«

Molly war mulmig zumute, als sie danach fragte. Sie kannte sich mit dem Urheberrecht nicht aus und befürchtete, dass sie ein umfassendes Pamphlet würden unterschreiben müssen, aufgesetzt von einem Anwalt, um sie für den Fall haftbar zu machen, dass vorzeitig Auszüge daraus an die Öffentlichkeit dringen würden.

»Wie bitte?«, fragte Frederika entsetzt.

»Wir wissen, dass das ein äußerst heikles Anliegen ist«, versicherte Molly ihr. »Und ich verspreche Ihnen, wir werden damit sehr sorgfältig umgehen. Wir vermuten, dass der Mord an Hubertus Thalmann mit Hintergründen zusammenhängt, über die Ihre Autobiografie Aufschluss geben kann. Wir haben jedenfalls Anzeichen dafür, dass es so ist.«

Frederika ließ sich Zeit mit der Antwort. »Wenn das so ist ... Frau Bernstorf wird Ihnen das Manuskript morgen überreichen.«

»Danke«, sagte Molly erleichtert. »Wir wissen das sehr zu schätzen.«

»Aber das würde doch bedeuten«, überlegte die Autorin und machte wieder eine Pause. »Es würde bedeuten, dass ich schuld am Tod von Hubertus bin.«

»So weit würde ich jetzt nicht gehen, Frau von Rosien«, beruhigte Molly sie.

»Sie benachrichtigen mich aber bitte als Erste, wenn sich herausstellen sollte, dass es so ist.«

»Das machen wir selbstverständlich.« Molly verabschiedete sich schnell von der Autorin, bevor sie weitere Bedingungen stellen würde.

Malte zog die Stirn kraus und atmete geräuschvoll ein. »Das ist aber ein harter Brocken.«

Die Ermittler stiegen aus, betraten das Polizeigebäude und nahmen die Treppe in den ersten Stock.

14

Da saß sie. Die Tür des Besprechungsraums stand offen, doch Patrizia Thalmann bemerkte die Ermittler nicht. Sie hielt sich kerzengerade und stierte ins Nirgendwo, als läge ein riesiges Loch vor ihren Augen.

»Frau Thalmann?«

Molly klopfte zaghaft gegen den Türrahmen. Dann trat sie ein, Malte im Schlepptau.

Patrizia Thalmann sah aus, als hätte sie heute Morgen wahllos in ihren Kleiderschrank gegriffen. Die Farbe Schwarz hatte sie dabei nicht erwischt. Womöglich war sie sich noch gar nicht bewusst, dass sie Witwe war. Sie hatte ein bordeauxrotes Kostüm gewählt.

Molly ging auf Patrizia zu und streckte die Hand nach ihr aus.

»Mein Name ist Molly Bleck.«

Wie in Zeitlupe stand Patrizia auf. Sie erwiderte den Gruß, gab auch Malte die Hand und strich über ihren Rock.

Den Sitzfalten nach, die der Stoff aufwies, hatte sie dieses Kostüm bereits gestern getragen.

»Bitte nehmen Sie wieder Platz«, sagte Molly. »Ich bin Kriminalhauptkommissarin und leite die Ermittlungen im Fall Ihres Mannes.« Molly zeigte auf Malte. »Das ist mein Kollege Malte Graf. Wir würden uns gerne mit Ihnen unterhalten. Fühlen Sie sich stark genug für ein Gespräch?«

Patrizias Mundwinkel zuckten. Offenbar war sie nicht in der Lage, Einfluss darauf zu nehmen. Sie versuchte zu lächeln, als wollte sie das Zucken und ihre Hilflosigkeit überspielen.

»Ja, wenn Sie meinen, dass wir miteinander reden müssen. Ich bin allerdings hergekommen, um meinen Mann zu sehen. Es heißt, er sei tot. Aber solange ich ihn nicht gesehen habe, glaube ich das nicht. Und man wollte ihn mir nicht zeigen.«

Patrizia Thalmann wirkte, als stünde sie unter Schock. In Molly erweckte sie den Eindruck, als verweigerte sie die Realität.

»Ihr Mann befindet sich in der Rechtsmedizin«, klärte sie Patrizia auf. »Er wird obduziert. Deshalb können Sie ihn heute nicht sehen.«

»Wann denn dann, wenn nicht heute?«

»Bald. Sie müssten ihn ja noch identifizieren. Vermutlich wird das morgen möglich sein. Wie ich hörte, haben Sie vor, ein paar Tage an der Ostsee zu bleiben.«

»Wir haben uns in einem Hotel hier in Travemünde einquartiert. Meine Freundin, die mich hergefahren hat, ist gerade da und packt unsere Sachen aus.«

»Das ist gut, dass Sie ein paar Tage hierbleiben«, sagte Molly. »Wir werden wahrscheinlich im Laufe der nächsten Zeit weitere Fragen an Sie haben.«

»Was möchten Sie denn wohl von mir wissen?«

»Vor allem eins: Hatte Ihr Mann Feinde? Wurde er in letzter Zeit bedroht?«

»Feinde?« Patrizia rieb sich das Handgelenk, um das eine Uhr mit einem Band aus großen goldenen Gliedern gebunden war. »Hat man die nicht immer, wenn man prominent und erfolgreich ist?«

»Das mag wohl sein«, erwiderte Molly. »Die Frage ist: Gab es Todfeinde? Hatte Ihr Mann akute Streitigkeiten, die zu einem Attentat auf ihn eskaliert sein könnten?«

»Davon ist mir nichts bekannt. Nein, wenn es so was gegeben hätte, hätte Hubertus mir davon berichtet.«

»Es war also alles wie immer?«, fragte Malte.

»Es gab nichts Außergewöhnliches im Leben meines Mannes, wenn Sie das meinen. Nichts, worüber wir uns Sorgen hätten machen müssen.«

»Ihr Mann hat sich am Samstag alleine auf den Weg nach Timmendorfer Strand gemacht«, sagte Molly.

»Stimmt nicht«, schleuderte Patrizia ihr mit völlig unerwartetem Elan entgegen. Mit einem Mal schien die Frau aus einem Traum erwacht zu sein. Ihre bisher verschwommenen Blicke wurden messerscharf. »Er ist nach Grünendeich gefahren.«

Malte guckte verständnislos. »Nach Grünendeich?«

Molly wusste, wovon Patrizia sprach. »Ein Dorf südlich der Elbe«, erklärte sie ihm. »Es gehört zum Landkreis Stade.«

Sie wandte sich wieder Patrizia zu. »Die Leiche Ihres Mannes wurde aber hier gefunden, kurz vor Timmendorf. Es besteht kein Zweifel, dass er es ist. Der Wagen, mit dem er gefahren ist, läuft auf Ihren Namen, und die Papiere, die wir bei der Leiche gefunden haben, lauten auf den Namen Ihres Mannes. Alle Dokumente sind auf die Adresse ausgestellt, an der Sie wohnen.«

»Vielleicht hat jemand den Wagen und die Papiere gestohlen«, gab Patrizia wie in Trance zurück.

Molly wurde unsicher. Die Fotos auf dem Ausweis und dem Führerschein passten zum Gesicht des Toten. Doch solange ihn noch kein Angehöriger identifiziert hatte, konnten sie nicht hundertprozentig sicher sein, dass es sich um Hubertus Thalmann handelte.

Andererseits war eine Verwechslung nach menschlichem Ermessen so gut wie ausgeschlossen.

Der einzige Gedanke, der Molly realistisch erschien, war, dass hier gerade ein abgekartetes Spiel gespielt wurde. War Patrizia Thalmanns desolater Zustand nur vorgetäuscht? Würde sie bei der Identifizierung sagen, dies sei nicht die Leiche ihres Mannes? Wollte der echte Hubertus Thalmann auf mysteriöse Weise untertauchen?

Nein, jetzt ging ihre Fantasie mit ihr durch.

Zum Glück gab es DNA-Analysen. Im Falle eines Falles mussten sie Thalmann darüber identifizieren.

Ein ungutes Gefühl überkam Molly. Sie fuhr sich mit der Zunge über die Zähne und warf Malte einen düsteren Blick zu.

Auch er wirkte befremdet von der Vorstellung, die Patrizia Thalmann ihnen präsentierte.

»Frau Thalmann.« Er setzte beide Ellenbogen auf den Tisch, stützte das Kinn auf die verschränkten Hände und gab sich einen nachdenklichen Anschein. »Nehmen wir mal an, Ihr Mann ist zuerst nach Grünendeich gefahren. Zu wem könnte er da gefahren sein? Kennt er in dem Ort jemanden, den er besuchen wollte?«

»Ja, selbstverständlich. Er fährt doch nicht aus purer Lust und Laune dahin. Wer fährt schon nach Grünendeich, wenn er da nicht jemanden besuchen will?«

»Wie heißt denn die Person, zu der Ihr Mann fahren wollte?«

»Claus C. Radowitz. Claus mit C.«

»Wofür steht das C des zweiten Vornamens?«, fragte Malte.

»Für Conrad.«

Molly übernahm das Gespräch wieder. »In welchem Verhältnis steht Herr Radowitz zu Ihrem Mann?«

»Verhältnis?« Patrizia lehnte sich zurück und schüttelte indigniert den Kopf. »Sie sind Studienfreunde und politische Weggefährten. Beide sind in derselben Partei. Sie treffen sich ab und zu und arbeiten gemeinsam Strategien aus, um meinen Mann nach vorne zu bringen.«

»Nach vorne?« Molly ahnte, dass es auch bei Frau Thalmann um die Karriere ging.

»Mein Mann will in der Politik mehr Verantwortung übernehmen. Er ist seit Langem mit seiner Kunst- und Literaturagentur erfolgreich selbstständig. Jetzt plant er den nächsten Karriereschritt. Er will Senator werden.«

Dass Patrizia von ihrem Mann im Präsens sprach, irritierte Molly vollends. Am besten erschien ihr, baldmöglichst Claus C. Radowitz anzurufen, um sich zu vergewissern, ob Thalmann doch lebte und bei ihm war.

»Wann hat Ihr Mann sich auf den Weg zu Herrn Radowitz gemacht?«, fragte sie vorsichtig.

»Am Samstagnachmittag. Ungefähr um halb drei.«

»Um halb drei«, wiederholte Molly, und Patrizia nickte. »Haben Sie Ihren Mann seitdem gesprochen?«

Patrizia schüttelte den Kopf.

»Er hat sich nicht bei Ihnen gemeldet, um Ihnen mitzuteilen, dass er am Ziel angekommen ist?«

»Nein.«

Ratlos sah Molly Malte an. Auch er hatte für diese Situation nur ein Schulterzucken übrig.

»Haben Sie die Adresse und die Handy-Nummer von Herrn Radowitz für uns?«, fragte Molly.

»Ja, hab ich.«

Patrizia suchte ein Adressbuch aus ihrer überdimensionalen Handtasche. Es war eins von der Art, wie Molly es seit mindestens zwanzig Jahren nicht mehr führte: ein Büchlein aus liniertem Papier mit einem Buchstabenregister, eingefasst von kunstvoll verzierten Pappdeckeln und mit einem Lederrücken versehen.

Die Witwe klappte das Buch beim Buchstaben R auf und schob es Molly hin. »Da, sehen Sie selbst. Rufen Sie ihn ruhig gleich an.«

»Haben Sie nach dem Tod Ihres Mannes noch nicht mit ihm telefoniert?«, fragte Malte.

»Doch, sofern mein Mann wirklich tot sein sollte.«

»Und?«

Patrizia japste kurz nach Luft. »Hubertus ist nicht bei ihm.« Ihre Augen füllten sich mit Tränen. »Aber er wollte hinfahren. Und wenn er es nicht getan hat, dann ist nur sie daran schuld. Dieses Flittchen, diese Schnepfe, diese ...«

Also doch! Molly atmete auf. Sie hatten es tatsächlich mit einer hartnäckigen Realitätsverweigerung vonseiten Patrizia Thalmanns zu tun, nicht mit einer Verwechslung des Toten.

»Wann haben Sie mit Herrn Radowitz gesprochen?«

Patrizia tupfte sich mit einem Taschentuch über die Oberlippe. »Am Sonntagmorgen.«

»Wussten Sie da schon vom Tod Ihres Mannes?«

Die Befragte schüttelte den Kopf. »Nein. Davon habe ich erst später erfahren. Ich war ziemlich früh aufgewacht und ... Es ist doch mein Wagen, den Hubertus genommen hat. Und ich habe so ein System auf meinem Handy, mit dem ich sehen kann, wo der Wagen sich gerade befindet.«

»Eine Tracking-Software«, warf Malte ein.

Patrizia nickte. »Da habe ich den Standort des Wagens gesehen. Aber es war nicht der, den ich erwartet hatte. Wenn ich ehrlich sein soll, ich hatte nicht daran geglaubt, dass der Wagen bei Claus auf dem Grundstück stehen würde. Ich war sicher, dass ich ihn in Travemünde finden würde. In der Kaiserallee. Aber da war er auch nicht. Er stand an der Straße nach Timmendorf.«

»Das System«, sagte Molly, »hat ihn an der Straße zwischen Ratekau und Hemmelsdorf neben einem Feld angezeigt. Da ist Ihr Mann ausgestiegen.«

»Muss wohl so sein.« Patrizia schnäuzte sich lautstark die Nase. »Dabei hat er mir gesagt, er fährt nicht zu ihr.«

»Sie sprechen von Frederika von Rosien?«

Patrizia stierte ins Leere. »Ja.«

»Wusste Ihr Mann«, fragte Malte, »dass Sie diese Tracking-Software nutzen?«

»N-Nein.«

»Aha.« Malte wartete vergeblich darauf, dass Patrizia noch eine Erklärung dazu abgeben würde.

»Ihr Mann war zu einer Lesung von Frederika von Rosien eingeladen«, sagte Molly so einfühlsam wie möglich. Ihre Worte sollten nicht nach Vorwurf klingen. »Warum haben Sie ihn nicht begleitet? Waren sie nicht mit eingeladen?«

»Ja und nein. Die Einladung war an uns beide adressiert. Nur deshalb habe ich überhaupt davon erfahren. Ich mache die Post nur dann auf, wenn sie an mich allein oder an Hubertus und mich adressiert ist. Im Anschreiben wurde aber nur mein Mann angesprochen.«

Molly kam ein Verdacht. Frederika von Rosien hatte darauf spekuliert, dass Patrizia die Einladung öffnete.

»Meinen Sie, das war Absicht?«

»Klar war das Absicht. Dieses Luder ist hinterlistig durch und durch. Wir waren mal Konkurrentinnen kurze Zeit. Aber Hubertus hat sich für mich entschieden. Glauben Sie mir, das hat die Rosien mir nie verziehen. Sie wollte ihn wiederhaben, gerade jetzt, wo er selbst dabei ist, den großen Karrieresprung zu machen.«

Patrizia mochte recht haben, doch Molly wollte sich an den Spekulationen nicht beteiligen.

»Haben Sie nie darüber nachgedacht, Ihren Mann zu der Lesung zu begleiten?«, fragte sie. »Sie hätten auch für sich selbst eine Karte reservieren können. Die Veranstaltung war für alle Gäste offen, nicht nur für die, die von Frederika von Rosien eingeladen wurden.«

Patrizia sah sie empört an. »Fahre ich nach Timmendorfer Strand, um dieser Hexe zuzuhören und ihr am Ende auch noch begeistert zu applaudieren? Niemals.«

»Gab es wegen dieser Sache Streit zwischen Ihnen und Ihrem Mann?«

»Ja.« Patrizia spielte an den Knöpfen ihrer Kostümjacke. »An dem Abend, als ich Hubertus die Einladung gezeigt habe, hat er zuerst wütend reagiert, weil ich das Schreiben geöffnet hatte. Aber ich konnte doch nichts dazu, dass unser beider Namen auf dem Umschlag standen. Das hat er schließlich eingesehen. Dann haben wir noch mal gestritten, weil er beschlossen hat, die Einladung anzunehmen.«

»Er hat gesagt, er wollte an der Veranstaltung teilnehmen?«, fragte Malte. »Also hatte er doch den Plan, nach Timmendorfer Strand zu fahren.«

»Das hat er nur kurz in Erwägung gezogen. Mir zuliebe hat er am nächsten Tag seine Meinung geändert.«

Malte stöhnte leise auf. Er wollte etwas sagen, doch Molly stoppte ihn mit einem harschen Blick. Bei dem, was er von sich geben wollte, konnte es sich nur um einen seiner verbalen Ausrutscher handeln, der die Befragte unnötig brüskiert hätte.

»Frau Thalmann, was hat Herr Radowitz gesagt, als Sie ihn gestern Morgen nach Ihrem Mann gefragt haben?«

»Er hat gesagt, Hubertus sei auf dem Weg zu ihm gewesen. Das sei nachweisbar. Mein Mann hat ihm nämlich von unterwegs telefonisch mitgeteilt, dass er geblitzt worden ist, irgendwo an der Straße, die den Elbdeich entlangführt. Warum er dann nicht bei ihm angekommen ist, wusste Claus auch nicht.«

»Augenblick mal.« Molly massierte sich die Schläfen. Die Geschichte wurde ihr zu abenteuerlich. »Frau Thalmann?«, sagte sie zaghaft. »Dürfen mein Kollege und ich Sie mal kurz alleine lassen?«

»Ja, klar.«

Molly forderte Malte, der wie angewurzelt dasaß, mit einer Geste auf, ihr auf den Flur zu folgen.

Patrizia sah ihnen mit leerer Miene hinterher.

Molly zog Malte in eine Ecke des Ganges. Die Tür zum Besprechungszimmer behielt sie im Auge. »Blickst du da noch durch?«, fragte sie. »Der Thalmann wird von Frederika von Rosien nach Timmendorf eingeladen. Er gibt vor, nach Grünendeich zu fahren, also in eine ganz andere Richtung. Dann wird er auf dem Weg dahin geblitzt, und wenig später stirbt er kurz vor Timmendorf?«

»Mir wird ganz schwindelig, wenn ich die Thalmann reden höre«, gab Malte zu. »Ich verstehe das ganze Geschehen nicht. Ich lass gleich nachprüfen, ob Thalmann wirklich am Sonnabendnachmittag geblitzt wurde. Dann rechnen wir durch, ob es möglich ist, dass er zum Zeitpunkt X auf dem Weg in ein Kaff südlich der Elbe in eine Radarfalle geraten und zum Zeitpunkt Y an der Ostsee sterben konnte. Wenn die Zeiten passen, muss Claus Conrad Radowitz, der Mann mit den zwei C, uns die Sache ein bisschen näher erklären.«

»Mir ist es ein Rätsel«, sagte Molly, »warum er Patrizia Thalmann nicht noch am selben Abend angerufen hat. Es kann ihm nicht entgangen sein, dass sein Kumpel nicht bei ihm zu Hause eintraf. Wenn sie sogar miteinander telefoniert haben, während Thalmann zu ihm unterwegs war, müsste er sich Sorgen gemacht haben, warum er nicht ankam. Hat er aber offenbar nicht. Sonst hätte er die Ehefrau angerufen.«

»Oder die Polizei«, sagte Malte. »Er hätte sich erkundigen können, ob es einen Unfall gegeben hat.«

»Noch was.« Molly sortierte ihre Gedanken. »Findest du es nicht auch merkwürdig, dass Frau Thalmann keinen Anruf ihres Mannes erwartet hat? Kein Durchklingeln mit der Meldung ›Ich bin heil angekommen, mach dir einen schönen Abend‹?«

Malte nickte vor sich hin. »Die ganze Geschichte kommt mir vor wie ein Theaterstück. Ich weiß nur noch nicht, wer welche Rolle spielt.«

Molly atmete erleichtert auf. »Dein Bauchgefühl und meins gehen heute wunderbar konform. Lass uns doch mal recherchieren, wie sich das Verhältnis zwischen Claus mit C und Patrizia mit Z gestaltet.«

Sie kehrten zu Patrizia Thalmann zurück.

»Wir haben Ihnen gar nichts zu trinken angeboten«, bemerkte Molly. »Möchten Sie einen Kaffee?«

»Eine Cola wäre schön. Die zieht meinen Kreislauf schneller wieder hoch. Ich bin ziemlich geschafft nach all der Aufregung.«

»Das kann ich absolut nachvollziehen.«

Molly telefonierte mit einem Kollegen und ließ der Besucherin eine Flasche Cola und ein Glas bringen. In der Zeit, bis das Getränk geliefert wurde, nahm sie Patrizias Adressbuch an sich und notierte die Anschrift und die Telefonnummern von Claus Radowitz.

Patrizia ließ die braune Brause in ihr Glas gluckern und nahm einen großen Schluck. Ihr Gesicht lief rot an, als ihr die Kohlensäure in die Nase stieg.

Molly legte Block und Kuli weg. »Frau Thalmann, eigentlich sind wir mit unserem ersten Gespräch mit Ihnen durch. Was ich nur noch gerne wissen würde: Wie verstehen Sie selbst sich mit Herrn Radowitz?«

Patrizia blinzelte erschrocken. »Mit Herrn Radowitz? Sie meinen den da?« Sie deutete mit dem Kopf auf ihr Adressbuch.

Molly unterstellte insgeheim, dass sie mit der sinnlosen Frage Zeit gewinnen wollte.

»Genau den meinen wir. Treffen auch Sie sich gelegentlich mit ihm?«

»Öh, nein. Also, eigentlich nicht.« Patrizia errötete noch stärker als nach dem ersten Schluck Cola und griff schnell noch einmal nach dem Glas. »Es ist eher eine Männerfreundschaft.«

»Okay. Danke, Frau Thalmann. Wenn Sie möchten, bringt eine Kollegin von uns Sie in Ihr Hotel zurück.«

»Ach, danke, nein, es ist nicht weit. Ich glaube, ein bisschen frische Luft tut mir jetzt ganz gut.«

15

»Hi, Molly«, begrüßte Ben seine Chefin am Telefon.
»Gut, dass du anrufst. Gerade sind die ersten Ergebnisse
der KTU bei uns im System eingetrudelt. Ich hab schon
einen Blick reingeworfen und mit Maren Eggertsen gesprochen. Im Moment ist noch nichts Aufregendes dabei, sie bleiben am Ball. Ich selbst hab aber zu Hubertus
Thalmann im Internet herumgeschnüffelt.«

»Dann empfängst du uns hoffentlich mit fetter Beute«, rief Molly in die Freisprechanlage. »Ich bin gespannt. In zehn Minuten sind wir bei dir. Kannst du uns
noch einen Gefallen tun? Guckst du bitte, was das Internet über einen gewissen Claus C. Radowitz hergibt?«

»Mach ich gerne. Wie schreibt der sich genau?«

»Die Vornamen beide mit C. Der Nachname so, wie
man's spricht: ein Rad, ein O und ein Witz am Ende.«

»Hab's notiert. Ich lege sofort los. Bis gleich.«

Kaum hatte Molly das Gespräch beendet, klingelte
das Mobiltelefon, und eine unbekannte Handy-Nummer
blinkte auf dem Display auf. Wenige Sekunden später
wusste Molly, dass Cora Bernstorf sich hinter dieser Zif-
fernfolge verbarg.

»Ich rufe an wegen der Autobiografie von Frau von
Rosien«, erklärte Cora förmlich den Grund ihres Anrufs.
»Frau von Rosien hat mir mitgeteilt, dass Sie das Manuskript zu lesen wünschen. Sie hat mir aber nicht verraten, in welcher Form. Digital oder auf Papier?«

Während Molly noch überlegte, gab Malte die Antwort. »Am besten beides, Frau Bernstorf.«

»Bescheiden sind Sie gerade nicht.«

»Bescheidenheit war im Stellenprofil nicht vorgesehen, als ich mich beworben hab«, gab Malte zurück. »Da müssen Sie sich bitte bei der Polizeibehörde beschweren. Wann können wir mit der Übergabe der Autobiografie rechnen? Frau Rosien sagte was von morgen.«

»Frau von Rosien bitte, darauf legt sie großen Wert.« Cora klang, als fühlte sie sich persönlich herabgesetzt. »Ich könnte Ihnen den Ausdruck und einen USB-Stick mit der Datei morgen Vormittag vorbeibringen, wenn Sie mir sagen, wo ich Sie finde.«

Malte hob den Daumen und nickte Molly stumm zu. »Zu großzügig, dass Sie es uns vorbeibringen wollen.« Er nannte ihr die Adresse der Dienstvilla. »Ab neun Uhr treffen Sie uns da an. Die Datei können Sie auch schon vorab unserem Kollegen Benjamin Fink zusenden. Der ist sozusagen unser Frederika-von-Rosien-Spezialist.«

»Nein, das kann ich nicht«, erwiderte Cora energisch. »Ein Manuskript versende ich nicht per Mail, und ich möchte Sie bitten, das auch nicht zu tun, auch nicht innerhalb Ihrer Behörde. So was kriegt schnell mal Flügel und landet sonst wo. Das wäre eine Katastrophe, gerade im Fall dieser Autobiografie. Ich bringe Ihnen die Datei und den Ausdruck morgen gegen zehn vorbei.«

»Wäre schön«, sagte Molly, »wenn Sie bei der Gelegenheit ein halbes Stündchen Zeit für uns erübrigen könnten. Wir würden uns gern auch mit Ihnen über den merkwürdigen Todesfall unterhalten.«

»Ja«, sagte Cora schneller als erwartet. »Dazu bin ich natürlich bereit. Das könnte sogar sehr sinnvoll sein.«

»In welcher Hinsicht?«, fragte Malte.

Diesmal zögerte Frederikas PR-Managerin die Antwort lange hinaus. »Nun, das werden Sie schon noch erfahren. Ich möchte gern eine Nacht drüber schlafen, bevor ich mit Ihnen über das Thema rede.«

Malte verzog den Mund und zuckte unschlüssig mit den Schultern. »Klingt ziemlich geheimnisvoll.«

»Ich bin im Moment einfach noch ein bisschen unsicher. Also, morgen mehr. Bis dahin.«

Cora legte auf, bevor die Ermittler sich von ihr verabschieden konnten.

Molly fasste sich an den Kopf. »Was für ein Theater. Die scheint Angst zu haben, dass ihr zehn Jahre Zuchthaus drohen, wenn sie uns das große Geheimnis verrät. Hoffentlich kommt sie nicht mit einem Anwalt an.«

»Tja, verstehe einer die Frauen.« Malte bremste langsam ab und hielt vor der Dienstvilla an.

Ben hatte den Wagen anscheinend schon von Weitem herannahen sehen. Er stand im Flur und hielt seinen Kollegen die Tür weit auf.

Die Ermittler ließen sich an dem großen Tisch im Besprechungszimmer nieder. Molly beobachtete amüsiert, wie Ben stolz seine Unterlagen zurechtlegte, das Notebook öffnete und mit seinem Bericht begann.

»Hubertus Philipp Thalmann war ein Kunst- und Literaturagent. Er vertrat Maler und Schriftsteller vom Neuling bis zum Profi. Die Sparten Kunst und Literatur hat er räumlich voneinander getrennt betrieben. Ich habe mich jetzt nur auf die Literatur konzentriert.«

»Das hast du schlau gemacht«, meinte Malte.

»Die Agentur hat eine Handvoll renommierter Autoren unter Vertrag und ist zurzeit besonders darum bemüht, die Werke ihrer Künstler im Filmgeschäft unterzubringen. Thalmann hat vor einiger Zeit begonnen, ein Netzwerk von Filmproduzenten aufzubauen. Einer der Männer, die ihn in der Sache stark unterstützen, auch wenn über ihn noch kein Projekt zustande kam, ist ...« Ben strahlte seine Kollegen an. »Ihr glaubt es kaum: Der Mann heißt Claus C. Radowitz.«

»Sind die beiden beruflich so eng verbandelt?«, fragte Malte. »Ich dachte, das wäre eine private Beziehung.«

»Das eine schließt das andere nicht aus«, belehrte Molly ihn.

»Radowitz gilt als ausgesprochen umtriebiger Mann.« Ben stockte. »Habt ihr eine Ahnung, wofür das C steht? Dazu hab ich im Internet komischerweise nichts gefunden.«

»Das steht für Conrad«, sagte Malte.

Molly sah förmlich, wie es hinter Benjamins Stirn ratterte. »Claus und Conrad, beides mit C. Gab's das nicht auch mit K?«

Malte schob die Daumen lässig hinter seinen Gürtel. »Als der Radowitz getauft wurde, war der Buchstabe K wohl gerade ausgegangen.«

»Unsinn«, erwiderte Molly dröge. »Vermutlich hatte das K sich im Typenrad verheddert. Als der Mann geboren wurde, wurde auf dem Standesamt schließlich alles noch fein säuberlich mit der Schreibmaschine getippt.«

»Boah, echt?« Ben krümmte sich auf seinem Stuhl vor Lachen. »Ich dachte, Schreibmaschinen gab es im letzten Jahrhundert nur noch im Museum.«

»Ja«, sagte Molly melancholisch lächelnd. »Dahin sind sie im letzten Fünftel des zwanzigsten Jahrhunderts gewandert, aber bis zu der Zeit waren sie flächendeckend im Einsatz. Selbst ich habe noch munter darauf herum-getippt, als ich in der Ausbildung war.«

Ben schüttelte sich. »Das glaub ich jetzt nicht.«

»Doch«, sagte Molly, »ist aber so.«

»Krass.« Ben kratzte sich am Kopf.

Auf einmal fühlte Molly sich alt. »Lass uns nicht zu weit abschweifen«, forderte sie Ben auf. »Was hast du noch über Claus Radowitz rausgefunden?«

»Er war viele Jahre lang freiberuflich als Lektor und Korrektor tätig, auch für Autoren, die bei Hubertus Thalmann unter Vertrag standen. Radowitz schreibt auch selbst Bücher. Seine wenigen Romane hat er unter Pseudonym veröffentlicht, bei einem kleinen Bremer Verlag. Die sind aber nie sonderlich erfolgreich gewesen. Mittlerweile schreibt er in erster Linie Drehbücher. Er soll ein erstklassiger Dramaturg sein, heißt es. Und er hat gute Kontakte in die Filmbranche.«

»Wenn er so ein guter Dramaturg ist ...« Molly unterbrach sich. Ging wieder die Fantasie mit ihr durch, oder war es kriminalistische Intuition?

»Was ist dann?«, fragte Malte.

»Um das zu erklären, muss ich einen größeren Bogen schlagen. Stellt euch vor, die beiden Männer arbeiten aus irgendeinem Grund nicht mehr so gut zusammen. Der eine hat mit einem Mal ein Problem mit dem anderen. Ein gravierendes Problem. Es gibt ein Konkurrenzdenken oder Verwerfungen finanzieller Art.«

»Du meinst«, sagte Malte, »möglicherweise stand es Radowitz gegen Thalmann, und das nicht zu knapp?«

»Erraten. Thalmann wollte den Job im Senat haben. Damit wäre er Radowitz um mehrere Nasenlängen voraus gewesen. Das bedeutet gekränkte Eitelkeit.«

Malte zog die Stirn in Falten. »Hatte Radowitz denn auch Interesse an dem Posten des Kultursenators?«

»Das weiß ich nicht«, sagte Molly. »Ben, hat der Mann auch einen Wohnsitz in Hamburg?«

»Soweit ich weiß, ist er nur in Grünendeich gemeldet. Was anderes geht aus seiner Website nicht hervor.«

Malte schüttelte den Kopf. »Dann wäre ein Konkurrenzkampf wegen des politischen Postens nicht möglich gewesen. Aber was die beruflichen Aktivitäten in der Literatur betrifft, könnte es geknallt haben. Wir wissen inzwischen, wie eitel diese Leute sind.«

»Agenten noch viel mehr als Autoren«, warf Ben ein.

»Na, du musst es wissen«, frotzelte Malte. »Deine Mutti sitzt schließlich mitten drin.«

»Auch wenn sie nur Leserin ist, ein bisschen Ahnung hat sie schon«, verteidigte Ben seine Mutter. »Sie ist jedes Jahr auf der Leipziger Buchmesse und auf kleineren Messen in Berlin und Norddeutschland unterwegs. Im Gespräch mit Buchbloggerinnen und Verlagsangestellten kriegt sie einiges mit.«

»Schon gut«, besänftigte Malte ihn. »Wir haben keine Zweifel daran, dass sie sich in der Branche bestens auskennt. Molly, erzähl mal weiter. Was war der Gedanke, der dich über die dramaturgischen Fähigkeiten von Claus Radowitz stolpern ließ?«

»Angenommen«, fuhr Molly wohlüberlegt fort, »die beiden Herren sind auf einmal keine allerbesten Freunde mehr. Es gibt Zoff. Wenn Radowitz so ein exzellenter Dramaturg ist, hat er seinem Freund oder Ex-Freund Hubertus Thalmann, der sich neuerdings so weit von ihm weg entwickelt, womöglich einen hoch dramatischen Abgang aus dem irdischen Leben beschert.«

Ben und Malte schwiegen nachdenklich.

Nach einigen Momenten fand Ben als Erster seine Sprache wieder. »Das hätte was. Das würde bestimmt gut als Filmvorlage durchgehen.«

»Könnte es sein«, sinnierte Malte, »dass die Rosien einen ihrer Romane, vielleicht sogar ihre Autobiografie, verfilmen lassen will und dass die beiden Herren sich darüber zerstritten haben? Hat der Thalmann an Claus Radowitz vorbei einen Produzenten dafür gefunden, und der Radowitz war sauer, weil ihm damit eine satte Provision für einen Vertrag entging?«

»In dieser Branche kann alles sein«, sagte Ben.

Tausend Geistesblitze durchzuckten Mollys Hirn. Sie konnte sie gar nicht so schnell notieren, wie sie auftauchten und wieder erloschen.

»Trotz all dieser beruflichen Überlegungen«, sagte sie, während sie noch schrieb, »müssen wir aber auch damit rechnen, dass es ein Eifersuchtsdrama zwischen Hubertus und Patrizia Thalmann gab.«

»Oder damit«, ergänzte Malte, »dass es eins zwischen der Rosien und dem Thalmann gab. Wollte sie mehr von ihm, als er ihr geben wollte?«

»Warum hat er sich dann auf den Weg zu ihrer Lesung gemacht?«, fragte Molly.

»Weil er die Gelegenheit zu einer letzten Aussprache nutzen wollte?«

Molly tippte heftig mit der Mine ihres Kulis aufs Papier. »Wir müssen mit Claus Radowitz reden.«

»Moment mal eben«, sagte Ben. Sein Handy, das auf der Tischplatte lag, vibrierte und erzeugte dabei einen herzzerreißenden Ton. Er nahm das Telefon auf. »Ich hab meine Mutter nämlich auf den Fall angesetzt.«

Malte und Molly verdrehten die Augen.

Ben hörte seiner Mutter aufmerksam zu. Den Lauten nach zu urteilen, die er von sich gab, während sie redete, hatte die begeisterte Leserin tatsächlich etwas Interessantes entdeckt.

»Klasse, Mum«, sagte Ben. »Das erzähle ich meinen Kollegen gleich brühwarm. Wir sitzen gerade im Besprechungsraum zusammen. Das könnte eine erste heiße Spur in diesem Fall sein.«

Mit stolzgeschwellter Brust legte er das Smartphone wieder auf den Tisch. »Meine Mutter hat was rausgefunden.« Er machte eine Kunstpause und genoss die gespannte Aufmerksamkeit seiner älteren Kollegen. »In einem der Romane der Rosien wird ein Mord mit Pfeil und Bogen begangen. Das Opfer ist ein Mann, die Täterin eine junge Frau. Verübt wird der Mord auf einer blumenübersäten Wiese, einer Lichtung mitten in einem Wald.« Abwechselnd lächelte er Molly und Malte an. »Noch Zweifel an den Parallelen?«

Molly ließ sich die Worte durch den Kopf gehen. Pfeil und Bogen waren heutzutage höchst ungewöhnliche Mordwerkzeuge. Auf die Idee zu kommen, einen Menschen auf diese Weise umzubringen, dürfte wohl einen Denkanstoß von außen erfordern. Warum nicht durch einen Roman?

»Es kann kein Zufall sein«, sagte sie langsam, »dass ein Mensch aus Frederika von Rosiens Umgebung auf eine so seltsame Art umgebracht wird und genau diese Methode in einem ihrer Romane beschrieben wurde. Hat deine Mutter gesagt, wie der Roman heißt?«

»»Die Rache der Bogenschützin«.« Er lachte. »Wie auch sonst? Erschienen ist das Buch vor sechs Jahren.«

Molly schlug mit der Hand auf den Tisch. »Warum hat die Rosien uns nichts davon erzählt? Das kann sie nicht vergessen haben.«

»Wohl kaum«, sagte Malte süffisant. »Sollte es uns doch vergönnt sein, diese Frau am Ende unserer Ermittlungen von ihrem Thron runterzuholen?«

»Wir sprechen Cora Bernstorf morgen darauf an. Sie dürfte jeden der Romane der Rosien in- und auswendig kennen. Dann müssen wir die große Autorin noch mal aufsuchen und dringend auch mit Claus Radowitz sprechen. Ben, kannst du für uns einen Termin für eine Videokonferenz mit ihm machen? Wir haben nicht die Zeit, nach Grünendeich zu fahren, und im Moment auch keine Handhabe, ihn herzubeordern.«

»Klar, mach ich gerne. Für den Nachmittag?«

»Sechzehn Uhr, wenn es geht. Dann sollten wir wieder hier sein.«

Sie guckte auf die Uhr. »So, Kollegen, Feierabend für heute.« Sie stand auf und wollte noch kurz in ihr Büro hinauf.

Malte hielt sie am Treppenabsatz zurück. »Wie geht es Ole?«

»Das Fieber ist ein Stück weit runter, Gott sei Dank.« Molly senkte den Blick. »Ich fahre gleich zu ihm.«

16

Janna empfing Molly mit besorgter Miene. Sie beobachtete, wie Molly ihre Jacke ablegte und in der Garderobe
auf einen Bügel hängte, wie sie dann die Schuhe auszog
und ins Wohnzimmer schlich.

»Dein Gesicht und deine Körperhaltung sagen alles.«
Sie blieb im Türrahmen stehen. »Möchtest du noch was
essen?«

»Nein, danke.«

Molly schüttelte den Kopf. Sie ließ sich auf das Sofa
fallen und legte die Beine hoch. Der Appetit war ihr vergangen, und sie glaubte nicht, dass sie jemals wieder
welchen verspüren würde.

»Etwas zu trinken?«, fragte Janna.

Wieder verneinte Molly.

»Ich habe selbstgepressten Orangensaft, eisgekühlt«,
insistierte Janna. »Vitamine würden dir jetzt nicht schaden. Du brauchst etwas, was dir Kraft für die nächsten
Tage gibt.«

Molly lächelte zaghaft. »Na gut. Du gibst sonst doch
keine Ruhe.«

Janna eilte in die Küche, Gläser klirrten, die Kühlschranktür wurde geöffnet, und Molly glaubte, das Aroma der Orangen bis hierhin zu riechen.

»Du bist die Beste«, sagte sie, als Janna ihr das Glas
reichte und mit ihr anstieß, als wäre Sekt darin.

Janna ließ sich neben ihr auf dem Sofa nieder.

»War es so schlimm?«, fragte sie. »Geht es ihm so schlecht?«

»Ich kann nicht beurteilen, wie es rein medizinisch betrachtet um ihn steht. Er sieht so grauenhaft elend aus, dass ich größte Befürchtungen habe. Die Ärztin hat mir noch nicht allzu viel verraten können. Sie hoffen, dass die Antibiotika helfen und das Fieber in der nächsten Nacht, spätestens morgen im Laufe des Tages runtergeht. Wenn das nicht der Fall sein sollte ...«

Janna nahm ihre Hand und drückte sie. Sie hatte die Begabung, in den Momenten, in denen jedes gesprochene Wort unangebracht war, zu schweigen. Ihre Anwesenheit war Trost genug.

Dankbar erwiderte Molly den Druck.

»Ich habe bei ihm am Bett gesessen und seine Hand gehalten, so, wie du meine in diesem Moment hältst. Aber ich weiß nicht, ob er das gespürt hat. Er ist bewusstlos, er war so weit weg.«

»Natürlich hat er das gespürt.« Noch einmal drückte Janna zu. »Selbst Menschen, die im tiefsten Koma liegen, spüren, wenn Angehörige oder Freunde bei ihnen sind und sie berühren. Das gibt ihnen Kraft, das hält sie am Leben. Das sagt ihnen: ›Du bist nicht vergessen, wir geben dich nicht auf.‹ Es ist ungeheuer wichtig, dass du wieder zu ihm gehst und mit ihm sprichst und ihn berührst.«

»Danke, Janna.« Molly lehnte den Kopf zurück und schloss die Augen. »Manchmal überlege ich, wie das Leben wäre, wenn Ole nicht mehr bei uns wäre.«

Sie hörte auf zu reden. Weiter konnte sie nicht.

»Wenn es so kommen würde«, sagte Janna, »dann würdest du auch das bewältigen. Du weißt, ich bin immer bei dir. Du bist nicht allein. Aber ich kann deine Gefühle nachvollziehen. Als mein Mann im Sterben lag, habe ich gedacht, wenn er geht, bricht die Welt zusammen. Dann hört auch für mich das Leben auf.«

Molly nickte. Genau dieselben Gedanken hatte auch sie. Sie spürte, wie nah sie Ole immer noch war.

»Es ist so gut, zu wissen, dass ich hier leben darf und dass ich dich an meiner Seite habe.« Wieder stockte sie. »Es ist so verrückt«, sagte sie dann.

»Was denn? Was ist verrückt?«

»Meine Gedanken gehen von einem Extrem ins andere. Mal stelle ich mir vor, wie er tot in seinem Bett in der Klinik liegt. Wie ich mich von ihm verabschiede. Ich sehe mich auf der Beerdigung, und ich sehe ...«

»Was siehst du?«

»Ich sehe, wie ich ganz in Schwarz in die Dienstvilla gehe und weiterarbeite, als wäre die Welt nicht stehen geblieben. Als ginge das Leben weiter.«

»Na, siehst du. Und was ist das andere Extrem?«

»Da sehe ich mich mit Ole, wie wir Hand in Hand den Strand entlang spazieren. Erinnerst du dich noch, wie wir beide auf der Seebrücke standen und ich ihn zum allerersten Mal nach all den Jahren auf der See direkt vor uns im Motorboot gesehen habe und wie er plötzlich wieder verschwand?«

Janna lachte. »Und wie ich mich erinnere! Als wäre es gerade erst gewesen. Du verrücktes Huhn wolltest dich vor allen Leuten nackt ausziehen und ins Wasser springen, um ihm hinterher zu hechten. Das hätte am nächsten Tag eine tolle Meldung in der Zeitung gegeben. Bestimmt hätte dich auch noch jemand mit dem Handy fotografiert. Ich habe Blut und Wasser geschwitzt, als ich merkte, was du vorhattest. Was dachtest du eigentlich, wie du ihn hättest einholen sollen in seinem Boot?«

»Ich wusste doch nicht, dass er wieder fliehen würde«, entschuldigte Molly ihr Verhalten. »Aber jetzt, wo ich nicht weiß, ob er überlebt, wünsche ich mir, mit ihm zusammen auf dem Boot zu sein und mit ihm übers Meer zu fahren.«

Janna hob drohend den Finger. »Kommt mir aber alle beide gesund zurück.«

Molly schluckte.

Janna legte ihren Arm um sie.

Molly lehnte ihren Kopf an die Schulter der besten Freundin aller Zeiten und ließ den Tränen, in denen sich Hoffnung mit Verzweiflung mischte, freien Lauf.

17

Je weiter der Uhrzeiger sich von der Zehn auf dem Zifferblatt entfernte, desto nervöser wurde Malte.

»Sollen wir zu Cora Bernstorf fahren und sie holen?«, fragte er Molly und Ben, die bei ihm im Büro saßen.

»Es ist viertel vor elf«, sagte Molly. »Geben wir ihr noch ein Viertelstündchen, dann ruf ich sie an.«

»Und wenn sie sich nicht meldet? Während wir hier auf sie warten, kann sie schon längst in Dänemark sein.«

Ben machte große Augen. »Auf der Flucht? Aus Dänemark holen wir sie aber leicht zurück. Wir haben nette Kollegen in unserem Nachbarland, soweit ich weiß. Die werden uns helfen. Mit einem Europäischen Haftbefehl ist sie im Handumdrehen wieder in Deutschland.«

Als hätte sie gespürt, dass in der alten Villa an der Strandallee von Timmendorf gerade über ihr Schicksal nachgedacht wurde, rief Cora an.

»Tut mir wahnsinnig leid, dass ich so spät dran bin«, flötete sie, nachdem sie sich namentlich gemeldet hatte. »Ich habe Sie nicht vergessen. Es ist nur so viel auf einmal auf meinen Schreibtisch geflattert.«

Molly versuchte, gelassen zu bleiben und sich keine Blöße zu geben. »Kein Problem, Frau Bernstorf«, sagte sie gelangweilt. »Auch meine Kollegen und ich haben genug zu tun. Wir hätten es Ihnen allerdings nicht als unhöflich ausgelegt, wenn Sie sich eher gemeldet hätten. Dann hätten wir uns die Zeit besser einteilen können.«

»Ach, das tut mir leid. Sie haben völlig recht. Ich nehme alle Schuld auf mich. Manchmal bin ich eine kleine Chaotin. Aber in einer halben oder sagen wir: einer dreiviertel Stunde mache ich mich auf den Weg. Am besten einigen wir uns auf zwölf Uhr. Passt Ihnen das?«

»Ja«, sagte Molly zähneknirschend, »das passt gerade noch. Die Adresse hatte ich Ihnen genannt. Ich hoffe, Sie wissen noch, wo Sie sie abgelegt haben?«

»Ich hab sie zu dem Termin in meinem Handy gespeichert«, erwiderte Cora. »Ach, das wollte ich Ihnen noch sagen: Ich würde ungern zu Ihnen auf die Dienststelle kommen. Wenn ich in Ihren Räumen säße, hätte ich das Gefühl, ich bin verhaftet worden. Können wir den Ort unseres Treffens bitte verlegen?«

Molly verdrehte die Augen und atmete durch. »Wohin wollen Sie uns beordern?«

»Beordern, so würde ich das nicht nennen. Das Café auf der Seebrücke wäre eine schöne Location. Das ist doch ganz bei Ihnen in der Nähe, und die machen sowieso erst um zwölf Uhr auf. Da hätte es gar keinen Sinn gehabt, wenn ich früher gekommen wäre.«

»So kann man das auch sehen«, kommentierte Molly. »Wir treffen uns also um zwölf vor dem Café auf der Seebrücke. Aber keine Sekunde später. Sonst müssten wir mit diesen eleganten silbern und blau lackierten Autos mit dem weithin sichtbaren Blaulicht nach Ihnen fahnden lassen. Das wäre nicht gut fürs Image.«

Für eine Sekunde hatten Mollys Worte ihrer sonst so eloquenten Gesprächspartnerin die Sprache verschlagen. Dann räusperte Cora sich. »Das sehe ich allerdings genauso wie Sie«, sagte sie und beeilte sich, aus der Leitung zu kommen.

»Der Dame hast du aber gezeigt, wer der Herr im Hause ist«, sagte Malte mit gerecktem Daumen.

»Fragt sich nur, wie lange das anhält«, meinte Molly. »Wir müssen nachher aufpassen, dass nicht sie das Gespräch führt, sondern wir.«

»Soll ich mitkommen?«, fragte Ben.

»Um die Rededauer zu messen und Frau Bernstorf das Stopp-Schild zu zeigen, wenn sie uns zu lange zutextet?«, fragte Malte. »Nee, mein Lieber, du bist Weltmeister im Recherchieren, besonders im Bereich der Literatur. Du bleibst bitte hier und fragst deine Mutti nach weiteren spannenden Textstellen aus. Sie hat doch bestimmt alle Romane von Frederika von Rosien gelesen, und den einen oder anderen Passus könntest du selbst mitbekommen haben. Erzähl mir nicht, du hättest noch nie in eins ihrer Bücher hineingeschnuppert.«

»Die Schmöker rühr ich nicht an«, protestierte Ben. »Meine Mutter hat tausend Lesezeichen in ihren Büchern stecken. Nicht nur da, wo sie gerade aufgehört hat, zu lesen, sondern auch da, wo sie sprachlich besonders schöne Stellen gefunden hat, die sie nochmal lesen möchte. Wenn du eins ihrer Bücher aufklappst, fallen die alle raus. Das hab ich einmal gemacht. Nie wieder. Du hättest meine Mutter schimpfen hören sollen.«

»Okay. Dann lass dir von ihr erzählen, was sie gelesen hat. Kann sie uns das Kapitel mit der Bogenschützin, die den Mann ermordet, kopieren und zusenden?«

»Meine Mum ist heute zu Besuch bei einer Freundin in Flensburg«, sagte Ben. »Reicht es, wenn sie das morgen macht?«

»Na klar«, sagte Molly. »Besser morgen als gar nicht.«

»Prima. Ich sag ihr Bescheid.«

»Hat sie vielleicht auch Buchbesprechungen dazu?«, fragte Malte. »Ich meine nicht diese Rezensionen in den Online-Portalen, in denen die Leser sagen, was ihnen gefallen oder auch nicht gefallen hat. Ich meine Besprechungen von Literaturkritikern, die ein bisschen was zum Hintergrund der Geschichte erzählen.«

Molly merkte Ben an, wie er mit jedem von Maltes Sätzen größer wurde. Er hob das Kinn, streckte den Rücken durch und machte ein wichtiges Gesicht.

»Meine Mutter ist seit Jahren Mitglied in einem Literaturzirkel. Kann durchaus sein, dass sie so was hat. Wenn nicht sie, dann vielleicht jemand anderes aus ihrem Kreis.«

Molly war begeistert. Wo fand man heutzutage noch junge Männer, die so voller Stolz und Wärme von ihrer Mutter sprachen und so viel Bewunderung für deren anspruchsvolles Hobby aufbrachten? Wenn sie einen Sohn hätte, es müsste einer sein wie Ben.

»Wäre toll, Ben«, sagte sie, »wenn du deine Mutter danach fragen könntest. Wir selbst haben die Zeit nicht, uns darum zu kümmern. Aber dieses Kapitel könnte ein Schlüssel zu unserem Fall sein.«

Ab und zu gab Maltes Computer ein Klingelsignal von sich, ein Zeichen dafür, dass er wieder eine Mail erhalten hatte. Malte machte das nervös. Er wandte sich seinem Schreibtisch zu und überflog die Ansicht der Eingangsmails auf dem Monitor.

»Ich hätte noch ein paar Nachrichten zu beantworten«, sagte er und warf einen Blick auf die Uhr. »Ich schlage vor, Molly, wir ziehen uns für eine halbe Stunde zurück. Dann treffen wir uns unten und düsen rüber zum Café.«

»Gute Idee«, sagte Molly, die wusste, dass auch bei ihr noch einige Mails auf die Beantwortung warteten.

Sie stand auf und wollte an der Seite von Ben Maltes Büro verlassen, als der seine Kollegen zurückrief.

»Wartet mal eben. Ich sehe hier gerade eine Mail von der KTU. Molly, die hast du auch bekommen.«

»Lies doch mal vor«, erwiderte sie.

Aufgeregt zitierte Malte daraus. »Guckt euch das an. Patrizia Thalmann, unsere Witwe, hat nicht erst am Sonntagmorgen mit dieser Tracking-Software nach ihrem Männe gefahndet. Die Neugier hat sie schon am Sonnabendnachmittag dazu angetrieben, zu gucken, wohin er fährt.«

»Das kann doch wohl nicht wahr sein«, rief Molly aus. »Irrtum ausgeschlossen?«

»Wenn du es nicht glaubst, frag Maren Eggertsen. Sie selbst hat es uns weitergeleitet. Ihre Leute haben die Elektronik des Wagens ausgelesen, mit dem Hubertus Thalmann gefahren ist. Die Software hat mit der von Patrizia Thalmanns Handy kommuniziert und ihr verraten, wo der Wagen sich gerade aufhielt. Du weißt, das geht über Satellit. So häufig, wie sie seinen Standort geprüft hat, ist jeder Irrtum oder Zufall ausgeschlossen.«

Bens Wangen wurden rosa vor Eifer. Er nahm einen Stuhl und zog ihn an die Seite von Maltes Drehstuhl. Den Rücken angespannt, setzte er sich auf die Kante und beugte sich vor. Mit stieren Augen las er das Schreiben, das Maren geschickt hatte.

Molly stellte sich hinter ihre Kollegen und stützte sich auf die Rückenlehnen der beiden Stühle. Auch sie guckte gebannt auf den Monitor und las das Schreiben mit vor Staunen geöffnetem Mund.

Einer der Technik-Experten der KTU hatte die Software ausgelesen und eine Liste zusammengestellt, um wie viel Uhr Patrizia von wo aus Kontakt mit der Software ihres Wagens aufgenommen hatte und an welcher Stelle der Wagen sich zum jeweiligen Zeitpunkt befand.

»Wenn ich das richtig interpretiere«, sagte Molly, »hat sie selbst die ganze Zeit bei sich zu Hause gesessen.«

»Das ist richtig«, sagte Malte. »Der Standort, von dem die Abfrage ausging, war immer derselbe, und es sind die Koordinaten ihres Hauses.«

Auch Molly zog sich einen Stuhl heran, setzte sich und ging konzentriert die Liste durch.

»Die hat wirklich alle fünf bis zehn Minuten nachgesehen, wo ihr Mann sich gerade herumtrieb«, sagte sie fassungslos. »Was hat sie sich dabei gedacht? Wenn er auf einer Autobahn ist, ist er auf einer Autobahn. Wozu will sie dann alle paar Minuten wissen, wie weit er vorangekommen ist?«

»Höchst verdächtig«, sagte Ben. »Die muss was Bestimmtes vorgehabt haben. So was macht man nicht aus Langeweile.«

Vor Aufregung zerkaute Molly ihren Daumennagel und biss sich dabei versehentlich zu tief ins Fleisch. »Autsch«, rief sie aus und besah sich den Daumen.

Malte reichte ihr ein Papiertaschentuch. »Damit dir nicht das Blut auf dein weißes Sweatshirt tropft. Wäre optisch unschön bei einer Kriminalkommissarin.«

Ohne hinzusehen, nahm Molly das Tuch entgegen. »Patrizia Thalmann hat den Mord geplant«, sagte sie langsam. Mit dem Zeigefinger gab sie den Takt des Satzes vor, und jedem Wort ließ sie eine winzige Pause folgen. Dann klickte etwas in ihrem Kopf, und sie fuhr hastig fort. »Sie muss Helfer gehabt haben. Mit denen stand sie die ganze Zeit über in Kontakt. Die haben bei dem Feld gestanden und auf ihr Opfer gewartet. Patrizia hat sie laufend informiert, wo ihr Mann sich gerade befand. So konnten sie sich auf den Punkt genau vorbereiten.« Sie schlug Malte auf die Schulter. »So könnte es gewesen sein. Oder hast du eine andere Erklärung?«

»Klingt plausibel«, sagte Malte. »Ist nur schade, dass wir die Rosien nicht in die Finger kriegen, wenn deine These sich bewahrheiten sollte. Aber wenn sie es nicht war, war sie es eben nicht. Sollen wir uns überhaupt noch mit der Bernstorf treffen oder lieber gleich Frau Thalmann noch mal zu uns zitieren?«

Molly überlegte keine Sekunde. »Wir reden erst mit Cora Bernstorf. Das gesamte Konstrukt ist mir noch zu verworren. Die Szene mit der Bogenschützin muss mit der Tat zu tun haben, da bin ich ganz sicher. Ich will den Hintergrund wissen. Das Buch der Rosien könnte uns das Motiv für den Mord verraten.«

»Und außerdem«, sagte Ben in seiner manchmal altklugen, wenn auch immer liebenswerten Art. »Was Molly gerade vorgetragen hat, ist eine ziemlich gewagte Hypothese. Wenn die öffentlich wird und sich am Ende zeigt, dass ihr danebenliegt ... Das kann heikel werden.«

»Du schon wieder«, winkte Malte ab.

»Aber er hat recht.« Molly nickte ihrem jungen Kollegen anerkennend zu. »Schluss jetzt, Malte. Die übrigen Mails musst du später lesen. Sonst kommen wir zu unserem Termin zu spät, und den Triumph möchte ich der Bernstorf nicht gönnen.«

»Moment noch«, sagte Ben. »Habt ihr das hier auch gesehen?« Er tippte mit dem Finger auf den Monitor.

»Was denn?«, fragte Molly beim Hinausgehen.

»Claus Radowitz hat Hubertus Thalmann im Auto angerufen. Zu einer Zeit, als er noch auf der Autobahn, aber schon kurz vor Ratekau war.«

»Frau Thalmann hat uns von einem Telefonat der beiden Herren erzählt«, erklärte Molly ihm. »Laut Radowitz hat Hubertus Thalmann bei der Gelegenheit erwähnt, dass er auf dem Weg nach Grünendeich geblitzt worden ist. Dass er zum Zeitpunkt des Gesprächs schon so dicht an der Ostsee war, wusste ich nicht. Wir werden mit Radowitz darüber sprechen.«

18

Eine Möwe stand an diesem Mittag im Mittelpunkt der Urlauber und Tagesausflügler, die sich auf den Weg zum Restaurant ›Wolkenlos‹ gemacht hatten, das am Ende der Seebrücke beim Hotel Seeschlösschen lag. Auf der hölzernen Brüstung ruhend, sonnte sie sich, das braun gesprenkelte Gefieder aufgeplustert, um sich vor dem kalten Wind zu schützen.

Molly blieb stehen und zeigte auf das Tier. »Guck dir an, wie die sich dreht und wendet. Wie ein Fotomodell. Jeden, der ihr ein Handy entgegenhält, lacht sie an.«

»Die macht den Job nicht zum ersten Mal«, meinte Malte. »Unter den Möwen der Lübecker Bucht ist sie vermutlich fast so ein Star wie Frederika von Rosien.«

»Pass bloß auf«, warnte Molly ihn. »Wenn die Möwe die Rosien kennt, hackt sie dir gleich die Augen aus.«

»Vermutlich dürfte ich ihr dafür nicht mal böse sein.«

Malte faltete die Hände vor der Brust zusammen und verneigte sich vor der Möwe, als wollte er sich bei ihr entschuldigen.

»Huhuuuh«, ertönte es vom Ufer her.

»Da ist sie«, raunte Molly ihrem Kollegen zu.

Beide drehten sich um. Molly rang sich ein Lächeln ab und winkte Cora Bernstorf verhalten zu.

Cora stürmte ihnen entgegen. Sie hatte eine Tasche über die Schulter gehängt und drückte sich eine lederne Mappe an die Brust.

»Also, am besten gehen wir in den Wintergarten. Da ist es am gemütlichsten. Ich habe mir schon überlegt, was ich Ihnen erzählen möchte. Wir werden sicher einen unterhaltsamen Nachmittag haben.« Es würde kommen, wie Molly befürchtet hatte: Cora würde versuchen, das Gespräch an sich zu reißen.

»Der Unterhaltung wegen wollten wir uns nicht mit Ihnen treffen«, schoss Malte quer, als er Coras Hand schüttelte.

»Trotzdem kann es spannend werden.« Sie schenkte ihm einen Blick, auf den manch ein männliches Wesen sich etwas eingebildet hätte.

Malte jedoch konnte man damit nicht beeindrucken, und Molly fühlte sich vorgewarnt. Cora würde sie als Beiwerk betrachten, als Assistentin des Herrn Kriminalhauptkommissar.

Als die Begrüßungszeremonie abgearbeitet war, wies Molly mit dem Arm in Richtung des Restaurants. »Darf ich bitten?«, sagte sie und ging voran. Demonstrativ hielt sie Malte und Cora die Tür auf.

»Wir hätten gern einen Tisch für drei Personen«, sagte sie dem Mitarbeiter am Tresen.

»Gerne, bitte folgen Sie mir.« Er führte die neuen Gäste durchs Restaurant.

»Haben Sie was im Wintergarten frei?« Molly fragte nicht danach, um Cora einen Gefallen zu tun, sondern weil sie wusste, dass es dort ruhiger war.

Der Restaurant-Mitarbeiter blieb vor einem Tisch an der breiten Fensterfront stehen. »Wäre der recht?«

Cora klatschte entzückt in die Hände. »Wunderbar.« Sie nahm an der Seite Platz, von der aus sie über die See und den Strand in Richtung Scharbeutz blicken konnte.

Der Kellner reichte ihnen die Speisekarte.

»Danke«, sagte Molly höflich, aber bestimmt. »Wir sind nicht hier, um zu essen. Wir möchten nur etwas trinken.«

Sie suchte sich eine Teespezialität aus der Getränkekarte aus. Malte schloss sich ihr an.

Molly blickte Cora an. »Was darf es für Sie sein?«

»Ich bilde das Gegengewicht zu Ihnen. Kaffee, bitte.«

Molly meinte, nun genug Pflöcke eingeschlagen zu haben, um ihr zu zeigen, wer der Chef des Teams und der Dirigent des bevorstehenden Gespräches war.

Sie lehnte sich zurück und genoss den Blick über die See zum Niendorfer Hafen. Kleine Wellen ließen die Wasseroberfläche wie ein Waschbrett erscheinen. Möwen umschwirrten das Restaurant mit den rundum gläsernen Fronten und der großen Terrasse und guckten gierig, ob etwas für sie abfallen könnte.

Den Menschen, die auf den Balkons der Hotels und Ferienwohnungen die Ruhe und die Nähe zur Natur genießen wollten, zeigte ein plötzlich auftauchender Potenzprotz im Motorboot, was er draufhatte.

Cora beobachtete ihn fasziniert. »Ist das nicht toll? Wenn der mich mal mitnehmen würde ...«

Sie lächelte Malte an und zupfte das Dekolleté ihres Kleides zurecht.

Auch damit konnte sie den Kommissar nicht bezirzen. »Sie haben mitgebracht, worum wir Sie gebeten hatten?«, fragte er ungerührt.

»Wie?« Cora ließ ihre schmalen goldenen Armreifen klimpern. »Ach so. Sie meinen die Autobiografie.«

Sie öffnete die lederne Mappe und holte einen Stapel Papier heraus. Die Blätter waren zusammengeheftet.

»Bitte sehr.« Sie schob das Manuskript Malte zu.

Molly zog es zu sich heran und blätterte kurz darin herum. »An die digitale Version haben Sie auch gedacht? Und an die Liste der Leute, die den Titel kennen?«

Schmallippig öffnete Cora ihre Tasche und fischte ein Blatt Papier und einen USB-Stick daraus hervor. Sie hielt Malte den Stick hin. »Aber nur für Sie. Bitte auf keinen Fall die Datei an irgendwen weitergeben.«

Malte überließ es Molly, nach dem Stick zu greifen.

»Was versprechen Sie sich davon, diesen Text zu lesen?«, fragte Cora.

»Einiges«, erwiderte Molly.

Gern hätte sie hinterhergeschoben, dass Malte und sie die Fragen stellen würden. Doch Cora war keine Verdächtige. Sie musste nicht mit ihnen hier sitzen. Ihr Zusammentreffen war freiwilliger Art.

Sie gab sich einen Ruck und versuchte, einen freundlicheren Ton anzuschlagen. »Sie kennen den Inhalt, nehme ich an.«

»Ja, natürlich. Ich muss ihn später in der Öffentlichkeit verkaufen. Ich bin die Verbindung zu den Medien – zu den Kulturredaktionen großer Zeitungen und diverser Radiosender.«

»Dann können Sie uns sicher dabei helfen, den Aufwand zu reduzieren, den wir fürs Lesen des gesamten Textes brauchen würden«, sagte Malte mit Blick auf den beträchtlichen Umfang der ausgedruckten Lebenserinnerungen. »Gibt es aus Ihrer Sicht Kapitel, die wir uns im Hinblick auf den Tod von Hubertus Thalmann ansehen sollten?«

Cora gab sich völlig unbedarft. »Ich wüsste nicht, was für Kapitel das sein sollten. Frau von Rosien hat den

Tod von Herrn Thalmann nicht in ihrer Biografie vorausgesehen, wenn Sie das meinen.«

»Aber Herr Thalmann wird doch bestimmt erwähnt«, warf Molly ein.

Cora wurde unsicher. »In der Vergangenheit, ja.«

»Er hat vor Jahren eine Rolle im Leben von Frau Rosien gespielt«, stellte Molly heraus. »Und die beiden haben den Kontakt über die Jahre aufrechterhalten.«

»Sporadisch, ja«, ergänzte Cora.

Malte rückte etwas zur Seite, damit der Kellner ihnen die Kännchen mit Tee und Kaffee und die Tassen hinstellen konnte. Er bedankte sich und wartete, bis der Mann sich wieder entfernt hatte.

»Wie wir wissen«, sagte er, »sind daraus Pläne für die Zukunft entstanden.«

Cora fuchtelte mit den Händen in der Luft herum, als wollte sie andeuten, dass seine Aussage etwas vage war. »Na ja, was heißt Pläne? Frederika spinnt immer ein bisschen herum. Sie ist eine enorm kreative Frau, die tausend Ideen im Kopf hat und viele Flausen dazu.« Cora lachte angestrengt. »Sie glauben nicht, wie oft ich sie bremsen muss, damit sie nicht zu viel dummes Zeug zu realisieren versucht. Auch als erfolgreicher Mensch sollte man auf dem Teppich bleiben.«

Molly hatte den Ausführungen interessiert zugehört. »Um was für Ideen geht es dabei, und was meinen Sie konkret mit Flausen?«

»Romanideen. Es sind Themen dabei, die kann man der Leserschaft nicht verkaufen. Und dem Verlag schon gar nicht. Frederika liebt es von Zeit zu Zeit, die Menschen zu provozieren.«

»Das betrifft die Ideen. Und die Flausen?«

Cora lehnte sich zurück und verdrehte die Augen. »Die gute Frederika von Rosien träumt davon, ihre Bücher weltweit zu verkaufen. Sie will eine von den ganz großen Literatinnen werden, deren Bücher verfilmt werden. Am liebsten natürlich in Hollywood.«

»Und damit wollte sie in Hamburg anfangen?«

Cora blickte Molly verdattert an. »In Hamburg? Wie kommen Sie darauf?«

»Wegen Herrn Thalmann. Er hat Verbindungen zu Filmproduzenten.«

»Ach, das meinen Sie. Ja, in der Tat. Aber Thalmann war doch nur eine relativ kleine Nummer. Er fing ja gerade erst einmal an, seine Finger in Richtung Film auszustrecken. Das dauert, bis man da Fuß gefasst und Beziehungen aufgebaut hat. Ob Frederika das überhaupt noch erlebt hätte, ist die Frage.«

Molly konzentrierte sich auf Coras Mimik. Sie wirkte aufgesetzt, so, als gäbe die Frau sich Mühe, jede Muskelfaser bis hin zu den Ohrläppchen zu steuern.

»Sie meinen also, um einen Filmvertrag ging es Frau von Rosien nicht, als sie Herrn Thalmann zu ihrer Lesung eingeladen hat.«

»Nein.« Cora schüttelte den Kopf. »Ich denke, da war etwas anderes im Spiel.«

Malte stützte ungeduldig die Arme auf den Tisch. »Und was, wenn ich fragen darf?«

Sein Gegenüber legte die Hände in den Schoß und zuckte mit den Schultern. »Ich weiß nicht, ob es angebracht ist, darüber zu reden.«

»In einem Mordfall«, sagte Molly, »sollte jedes Thema offen angesprochen werden, das dazu beitragen könnte, den Fall zu lösen.«

Cora zögerte. »Nur wenn ich davon ausgehen kann, dass das vertraulich bleibt. Niemand darf erfahren, dass ich Sie darauf gestoßen habe.«

»Wir müssen Ihnen aber jetzt nicht unser Ehrenwort geben?«, fragte Malte provokant. »Nun kommen Sie, reden Sie frei heraus.«

»Ich will es mal so ausdrücken.« Cora knetete ihre Hände und sah sich nach allen Seiten um, als befürchtete sie, dass jemand am Nebentisch mithören könnte. Dann beugte sie sich vor und senkte die Stimme. »Es gab in jüngster Zeit ... Es gab eine gewisse Konkurrenz zwischen den Herren Hubertus Thalmann und Bastian Mohnhausen.«

Da war es heraus.

Molly schmunzelte in sich hinein. Dass es eine Affäre zwischen Frederika von Rosien und Bastian Mohnhausen gab, hatte sie doch gleich geahnt.

»Seit wann gab es diese Konkurrenz?«, fragte sie.

»Noch nicht sehr lange«, gab Cora zu. »Ein paar Wochen. Ich finde aber, die Frage des Zeitraums ist weniger wichtig. Relevant ist doch nur, wie heftig sie war.«

Molly verschränkte die Arme. »Okay, dann stelle ich die Frage anders. Wie heftig war die Konkurrenz, wie groß war sie?«

»Wenn Sie mich fragen ...« Cora legte Daumen und Zeigefinger wie eine Zange um den Stiel des Kaffeelöffels und rührte maniert in ihrer Tasse herum. »Ziemlich heftig. Sie müssen sich das mal vorstellen: Der eine, Thalmann, kommt aus einer soliden Familie. Er ist ein Bildungsbürger, von Unmengen von Büchern umgeben. Einer, der ein Faible für Kunst und Literatur entwickelt hat, für Theater, Film und Malerei und ...«

»Ich kenne Herrn Thalmanns Hintergrund, was Familie und Bildung betrifft«, unterbrach Molly die Aufzählung, die ihr zu langatmig wurde. »Ich habe lange Zeit in Hamburg gelebt und hatte eine lokale Tageszeitung mit umfassendem Kulturteil abonniert.«

»Gut, dann ist das soweit klar. Aber Herrn Mohnhausen kennen Sie nicht.«

»Das wird sich in den nächsten Minuten ändern«, sagte Malte voraus.

Cora lächelte süffisant. Sie genoss sichtlich die Aufmerksamkeit, die ihr von den Ermittlern zuteilwurde.

»Er ist ein Zirkuskind.«

Cora machte eine Pause. Ihre Blicke wanderten wieselflink zwischen den Gesichtern von Molly und Malte hin und her. Ihrer Mimik, dem Zucken der unteren Augenlider und der Mundwinkel, war die Ungeduld anzusehen, mit der sie eine Reaktion erwartete.

»Was hat er gemacht?«, fragte Malte gelangweilt. »Löwendompteur gespielt oder Drahtseilakrobat?«

Cora hatte einen Wirbel in den Kaffee gerührt. Sie ließ den Löffel los. »Sie werden es nicht glauben, wenn ich es Ihnen erzähle.« Sie hielt den Atem an.

»Versuchen Sie's«, forderte Malte sie zum Weiterreden auf.

Endlich platzte es aus Cora heraus. »Er war Messerwerfer.«

Die Ermittler schwiegen.

Molly ging davon aus, dass Malte dieselben Gedanken kamen wie ihr. Konnte ein Messerwerfer auch mit Pfeil und Bogen umgehen? Bewahrte ein ehemaliger Zirkusartist seine Waffen noch heute bei sich zu Hause auf, im Keller oder in einer Truhe versteckt?

»Seit wann«, tastete Molly sich heran, »ist Herr Mohnhausen nicht mehr beim Zirkus?«

»Das ist schon eine Weile her, dass er aufgehört hat.«

Molly seufzte. »Wie lange genau? Ein Jahr, fünf Jahre, zehn oder mehr?«

»Das müssen Sie Herrn Mohnhausen selbst fragen. Er ist länger bei Frederika, als ich bei ihr bin, und das sind mittlerweile acht Jahre. Sie hat ihn irgendwo aufgelesen. Das ist übrigens typisch für sie: Sie sucht sich gerne Menschen aus, die ihr nicht das Wasser reichen können, und bindet sie an sich.«

»Warum tut sie das?«, fragte Molly. »Es steckt sicher ein tieferer Sinn dahinter.«

Cora zuckte mit den Schultern. »Aus Angst vor sozialer Konkurrenz? Aus Furcht davor, nicht mehr alleine ganz oben auf dem Sockel zu stehen? Wenn man Schwächere um sich hat, hat man nichts zu befürchten.«

»Und wie ist das mit Ihnen?«

Die Frage war Malte spontan über die Lippen gekommen, und sie hatte ihre Berechtigung.

»Mit mir?« Cora guckte Malte mit einem Anflug von Entrüstung an. »Denken Sie etwa, ich käme aus der Gosse?«

»Im Moment kann ich mir kein Bild davon machen«, erwiderte Malte mutig. »Ich frage einfach nur und bin gespannt auf die Antwort.«

»Menschen wie Frederika brauchen auch den einen oder anderen Vertrauten um sich, mit dem sie sich auf Augenhöhe austauschen können.«

»Ich vermute«, sagte Molly, »das waren in diesem Fall Sie und Herr Thalmann.«

Cora strahlte. »Das war in erster Linie ich.«

Der Kellner kam und fragte, ob er noch etwas bringen dürfe.

Molly bestellte sich ein Stück Schokoladentorte. Malte schloss sich an. Cora verneinte lächelnd mit dem Hinweis, sie setze alles daran, ihre Figur zu halten.

»Ich erkläre das immer so«, fuhr Cora fort, als der Kellner die Bestellung aufgenommen hatte. »Die einen sind Frederikas Gefolgsleute, die anderen ihre Berater. Die einen dienen ihr, mit den anderen verdient sie.«

Malte stützte einen Ellenbogen auf den Tisch, die andere Hand in die Hüfte, sah hinaus und überlegte scharf. »Dann hatten diese beiden Männer grundverschiedene Funktionen im Leben der Frau Rosien.«

»Von Rosien«, sagte Cora beiläufig. »Ja, das hatten sie. Das sehen Sie ganz richtig.«

»Und trotzdem waren sie Konkurrenten?«

Cora seufzte. »Ich glaube, Herr Graf, Sie haben nicht durchschaut, worum es ging. Die Konkurrenz bezog sich nicht auf das Berufliche. Sie war privater Natur.«

»Ach so, ja.« Malte nickte verständig.

Molly schaltete sich wieder ein. »Wurde die Rivalität zwischen Thalmann und Mohnhausen offen ausgetragen? Haben Sie das beobachtet?«

»Nein, nein.« Cora hob die Hände. »Soweit ich weiß, sind die beiden Männer sich nie begegnet. Aber Bastian spürte die Gefahr, die ihm durch Thalmanns erneutes Auftauchen in Frederikas Leben drohte.«

»Woran hat Herr Mohnhausen das gespürt?«

»Frederika sprach auf einmal nur noch von ihrer alten Liebe. Morgens Hubertus, mittags Hubertus, abends Hubertus. Ein anderes Thema gab es nicht mehr. Das hat Bastian zu denken gegeben. Er musste damit rechnen, eiskalt abserviert zu werden. Sie wissen doch bestimmt, welchen Ruf Frederika hat.«

Molly wandte sich dem Fenster zu.

Die Sonne stand mittlerweile im Süden. Sie warf ihre milchigen Strahlen aufs Meer. Die Möwen segelten mit weit ausgebreiteten Flügeln gemächlich darüber hinweg. Es war ein Bild wie aus einem Mystery-Film. Fehlten nur noch die Nixen, die dem Wasser entstiegen, um ihr algendurchwachsenes Haar am Strand in der Sonne zu trocknen.

Sie drehte sich wieder um und kehrte gedanklich in das Gespräch mit Cora und Malte zurück.

»Wir werden sowieso mit Herrn Mohnhausen reden. Dann werden wir das Thema ansprechen.«

Erschrocken sah Cora sie an. »Sie haben mir aber versprochen ...«

»Versprochen haben wir gar nichts«, erinnerte Malte sie. »Aber keine Sorge. Bisher hat uns noch jeder, mit dem wir uns unterhalten haben, von sich aus die Geheimnisse offenbart, die andere uns bereits über ihn verraten hatten. Das werden wir auch bei ihm hinbekommen.«

»Ich weiß auch schon, wie«, fügte Molly weise lächelnd hinzu.

Der Schokoladenkuchen wurde serviert, und Cora gingen die Augen über. Doch sie blieb eisern, als Molly ihr anbot, auch ein Stück für sie zu bestellen.

»Ich hätte noch eine Frage«, sagte Molly, während sie einen Bissen von der Torte abtrennte. »Sie betrifft einen Roman, den der Verlag von Frau von Rosien vor sechs Jahren veröffentlicht hat. Es geht um ›Die Rache der Bogenschützin‹.«

»Aha.« Cora wich ihrem Blick aus. »Was wollen Sie dazu wissen?«

Malte kam Molly mit der Antwort zuvor. »Kommt Ihnen der Titel nicht merkwürdig vor? Ich meine, wir haben es mit einem Mord zu tun, der mit Pfeil und Bogen ausgeübt wurde, und Frau von Rosien hat ein Buch mit diesem Titel geschrieben. Ist das purer Zufall?«

»Ach, so sehen Sie das. Den Roman hatte ich gar nicht mehr so präsent. An den Inhalt erinnere ich mich natürlich, auch wenn der inzwischen verblasst ist. Da gibt es eine Szene, die dem Buch auch den Titel gegeben hat. In der trifft ... Wie war das noch?«

Cora sah angestrengt aus dem Fenster und nahm sich einige Sekunden Zeit, bis sie sich wieder den Ermittlern zuwandte. »Jetzt erinnere ich mich wieder. Eine junge Frau zielt mit Pfeil und Bogen auf einen Mann und trifft ihn tödlich. Mitten ins Herz.« Sie nickte. »Sie haben recht. Das ist eine unübersehbare Parallele zu den Todesumständen von Hubertus Thalmann. Nur dass in diesem Fall eine Frau den Mord begeht.«

»Sie gehen also davon aus«, folgerte Molly, »im Fall von Hubertus Thalmann war der Täter ein Mann?«

»Wer weiß? Ich kann es wirklich nicht sagen. Aber welche Frau hätte die Kraft, so eine Tat zu begehen?« Unsicher guckte sie die Ermittler an. »Man braucht doch Kraft für einen tödlichen Schuss mit Pfeil und Bogen, oder nicht? Die hat doch eher ein Zirkusmann.«

Molly und Malte antworteten nicht.

»Ich weiß natürlich nicht, wer es war.« Cora zuckte mit den Schultern, als wüsste sie nun selbst nicht weiter.

»Wie ist Frau von Rosien überhaupt auf diese Szene gekommen?«, fragte Molly unvermittelt.

»Also, wenn Sie jetzt glauben, sie hätte ihre eigene Idee von damals am vergangenen Samstag an Hubertus Thalmann vollzogen, dann irren Sie sich gewaltig. Sie waren doch höchstpersönlich bei der Lesung dabei, Frau Bleck. Und in der Zeit, in der Frederika die Lesung gehalten hat, ist Hubertus ums Leben gekommen, oder nicht? Sie kann es gar nicht gewesen sein. Ich selbst war die ganze Zeit bei ihr und vorher und hinterher auch. Ich kann bezeugen, dass sie es nicht war.«

Molly zeigte mit dem Finger auf sie. »Sie waren nicht die ganze Zeit bei ihr. Sie haben Frau von Rosien in der Nähe des Veranstaltungsortes abgesetzt und sind erst später dazu gekommen. Wie lange war Frau von Rosien ohne Ihre Anwesenheit bei uns? Ungefähr eine Dreiviertelstunde, meine ich. Wo waren Sie in der Zeit?«

Ungläubig sah Cora die Ermittler an. »Sie verdächtigen mich also doch. Man glaubt es nicht! Ich war bei einer Freundin. Sie hatte mir vor einiger Zeit ein Buch geliehen, das ich ihr zurückgebracht habe. Sie wird es bezeugen. Wollen Sie die Telefonnummer haben?«

»Wenn Sie so lieb wären?«, sagte Molly. »Es dient Ihrer eigenen Sicherheit. Damit haben Sie ein wasserdichtes Alibi.«

Cora holte einen kleinen Notizblock aus ihrer Handtasche, schrieb den Namen und die Nummer auf ein Blatt und riss es ab.

Molly nahm den Zettel entgegen und steckte ihn ein. »Diese Szene, in der die Frau den Mann mithilfe des Pfeils tötet, finde ich sehr ungewöhnlich. Daher noch einmal die Frage: Wie kam Frau von Rosien darauf?«

Cora senkte den Blick. »Auch da muss ich Sie um Verschwiegenheit bitten. Die Szene hat Frederika sich nämlich nicht selbst ausgedacht. Sie stammt von Fine Ebers. Dadurch ist Fine überhaupt erst in Frederikas Team gelandet.«

»Das müssen Sie uns bitte genauer erklären.«

Cora trank den Rest ihres Kaffees aus. »Das ist schnell geschehen. Fine hat früher als Kellnerin in einem Café in Lübeck gearbeitet. Aber der Job hat sie gelangweilt, und sie hat eine blühende Fantasie. Deshalb hat sie in ihrer Freizeit Geschichten erfunden und aufgeschrieben.«

»Dann ist sie eine Kollegin von Frau von Rosien?«

»Nein, so kann man das nicht nennen. Fine hat wahnsinnig viele Ideen, aber sie ist keine begnadete Autorin. Sie hat allerdings viel gelesen, vor allem Romane über Frauenschicksale, und die Bücher von Frederika hat sie verschlungen. Eines Tages hatte sie selbst die Idee zu einem Frauenroman, aber sie wusste, dass sie kein Buch würde schreiben können. Also hat sie Frederika die Geschichte der Bogenschützin in einer Kurzform zukommen lassen und sie gefragt, ob sie nicht Interesse hätte, daraus einen Roman zu entwickeln.«

»Da hat Frau von Rosien zugeschlagen.«

»Sofort«, sagte Cora. »Es war eine hoch emotionale, ergreifende Geschichte. Die konnte Frederika nicht ablehnen. Sie hat daraufhin ein Abkommen mit Fine getroffen. Sie stellt ihr dauerhaft Kost und Logis zur Verfügung. Dafür tippt Fine ihre Romane ab. Frederika spricht ihre Texte nämlich in ein Diktiergerät, und dann braucht sie jemanden, der sie niederschreibt.«

»Ich nehme an«, sagte Malte augenzwinkernd, »bei der Gelegenheit optimiert Frau Ebers die Texte von Frau von Rosien noch ein wenig.«

»Wo denken Sie hin?«, konterte Cora entrüstet. »Ich sag doch, Fine Ebers ist keine Autorin. Aber fürs Abtippen ist sie gut zu gebrauchen. Da ist sie absolut zuverlässig, und sie arbeitet sauber und korrekt.«

»Wie beruhigend für Frau von Rosien«, kommentierte Malte mit seinem verdeckten Sarkasmus.

Molly kam noch einmal auf den Inhalt des Kapitels zurück. »Aus welchem Grund hat die junge Frau in dem Roman eigentlich den Mann getötet?«

»Ein unschönes Erlebnis«, sagte Cora leise, als handelte es sich um eine wahre Begebenheit. »Die Frau, um die es geht, war Opfer einer Vergewaltigung durch eine Gruppe Betrunkener geworden. Der Mann, den sie später getötet hat, war der Anführer dieser Gruppe.«

»Wie kam Frau Ebers auf diese Szene?«, fragte Molly besorgt. »Ich hoffe, sie hat das nicht selbst erlebt und in dieser Geschichte verarbeitet.«

»Nein, keine Sorge«, erwiderte Cora. »Sie hatte einen Traum, kurz nachdem sie nach Lübeck gezogen war. Sie war durch einen Wald an der Trave gejoggt und hatte sich verlaufen. Es war bereits dunkel, als ihr eine Gruppe von Männern begegnete. Zuerst hatte sie Angst, dass sie ihr was antun würden. Zum Glück haben sie ihr sehr freundlich beschrieben, wie sie nach Hause zurückkommt. Aber in der Nacht darauf hat sich ihr Unterbewusstsein mit der Gefahr beschäftigt, und diese schlimme Szene hat sich in ihrem Traum abgespielt. Sie müssen wissen, Fine ist ein sehr scheuer und ängstlicher Mensch. Da entwickeln sich solche Fantasien leicht. Am nächsten Tag hat sie die Szene aufgeschrieben und Frederika zugesandt, weil sie ein Motiv für ein bewegendes Frauenschicksal darin sah.«

Molly verspeiste den Rest ihres Kuchens und wischte sich die Mundwinkel mit der Serviette ab. »Langsam wächst mein Interesse an den Büchern von Frau von Rosien. Ich glaube, ich werde mit der ›Rache der Bogenschützin‹ beginnen. Ich werde meiner Freundin Janna gleich sagen, dass sie mir das Buch bestellen soll.«

Cora lächelte bittersüß. »Es wird Ihnen sicher gefallen – so aus der Perspektive einer Kriminalkommissarin betrachtet.«

»Kriminalhauptkommissarin«, korrigierte Malte sie. »Was dem einen sein ›von‹, ist dem andern sein ›Haupt‹.«

Cora sah auf die Uhr. »Oh, die Zeit läuft mir mal wieder davon. Wenn Sie nichts dagegen haben, würde ich mich gerne auf den Rückweg machen.«

»Von uns aus steht dem nichts im Weg«, sagte Malte. »Oder, Molly?«

»Nein. Meine Fragen sind alle beantwortet. Grüßen Sie Frau von Rosien von uns, und bitte sagen Sie Herrn Mohnhausen noch nichts davon, dass wir ihn bald sprechen möchten. Wir werden uns in den nächsten Tagen spontan mit ihm in Verbindung setzen. Wenn Sie nur so freundlich wären, uns seine Adresse und Telefonnummer zu geben?«

»Und die Telefonnummer von Frau Ebers«, schob Malte hinterher.

»Frau Ebers hat kein Telefon«, sagte Cora. »Sie können Sie über Frau von Rosien erreichen oder auch über mich.« Sie notierte die Daten von Bastian Mohnhausen und verabschiedete sich von den Ermittlern.

Stumm blieben Molly und Malte auf ihren Stühlen sitzen, bis sie sicher waren, dass Cora, der sie den Rücken zukehrten, das Restaurant verlassen hatte.

»Das war ein ergiebiges Gespräch«, sagte Malte.

Molly nahm ihre Tasche von der Stuhllehne, steckte das Manuskript, den USB-Stick, Handy, Stift und Notizblock ein und stand auf. Von all dem, was sie heute Mittag erfahren hatte, fühlte sie sich wie erschlagen.

Noch einmal sah sie zu den Möwen hinüber, die auf der Brüstung der Terrasse saßen und auch sie zu beobachten schienen.

»Ich hätte nicht gedacht, dass Frau Bernstorf uns so viel offenbaren würde.«

»Ich schätze«, sagte Malte beim Hinausgehen, »die Loyalität zu Frederika von Rosien ist nicht ganz so groß, wie die Autorin glaubt.«

Molly schmunzelte. »Da ist wohl was Wahres dran.«

»Mir scheint, Frau Bernstorf würde den Gärtner gerne ins Gefängnis bringen. Warum hat sie auf seine Zeit als Messerwerfer hingewiesen?«

Malte blieb an der Brüstung der Seebrücke stehen und blickte auf den Meeresgrund.

Molly stellte sich neben ihn. Auch ihre Blicke verloren sich auf dem von Algen grünlich schimmernden Boden. »Ich frage mich, ob das nicht bloß eine Finte war.«

»Eine Finte?«

»Ich glaube, sie hat uns den Mohnhausen nur als Köder hingeworfen. Der schöne Bastian hätte zwar ein Mordmotiv, allerdings nur, wenn es stimmen sollte, dass Thalmann sein Rivale war. Aber war er das wirklich?«

Sie hob den Kopf und sah zum Horizont.

»Du hast recht. Ich selbst halte Mohnhausen für zu souverän und freiheitsliebend. Aus Eifersucht würde der keinen Mord begehen. Einem Mann wie ihm ist es keine Frau wert, für etliche Jahre hinter Gitter zu gehen.«

»Es könnte ein ganz anderes Motiv hinter der Tat stecken«, überlegte Molly weiter.

»Das mag sein.« Malte lachte durch die Nase. »Aber Eifersucht wäre so herrlich klassisch. Was sollte das andere für ein Motiv sein?«

Molly drehte sich um und lehnte sich mit dem Rücken gegen die Brüstung. »Erinnerst du dich an Frau Bernstorfs Hinweis, es sei sicher sinnvoll, dass wir die Biografie lesen?«

»Klar.«

»Sie konnte uns aber keine Stelle nennen, die Aufschluss darüber geben könnte, warum Thalmann sterben musste.«

Malte ließ sich ihre Worte durch den Kopf gehen. »Das Manuskript liegt uns jetzt vor.« Er zeigte auf Mollys Tasche, in der das ausgedruckte Exemplar lag.

Molly löste sich von der Brüstung und wandte sich der Strandpromenade zu. »Wir werden Ben darauf ansetzen.«

19

»Ihr seht ein bisschen geschafft aus«, empfing Ben seine Kollegen, als sie die Dienstvilla wieder betraten.

»Wir sehen nicht nur so aus«, sagte Malte. »Anders als du.« Er zwickte ihn in den Oberarm. »Scheinst wohl heute besonders ausgeschlafen zu sein.«

»Das macht die frische Luft. In der Mittagspause hab ich mir einen Ausflug nach Travemünde gegönnt. Bei der Gelegenheit hab ich die Kaiserallee besichtigt.«

Malte ging an ihm vorbei auf die Treppe zu, während Molly bei Ben stehen blieb.

»Wolltest du dir mal ansehen, wo die Rosien wohnt?«, fragte sie.

»Wie ich dich kenne«, rief Malte von der Treppe herunter, »hast du gleich angeklingelt und dir ein Autogramm für deine Mutter und ihre Freunde aus dem Literaturzirkel geben lassen.«

»Das nicht. Aber ich hab mir auch die Umgebung angeguckt. Genauer gesagt, die Straße, in der Cora Bernstorf wohnt.«

»Den Strandredder?« Malte ging die Stufen wieder hinunter, die er bereits hinaufgestiegen war. »Gab es da was Besonderes zu bestaunen?«

»Och«, sagte Ben. »Ich wollte einfach nur mal sehen, wie sie lebt. Sie hat eine Wohnung in einem kleinen schnuckeligen Sechs-Parteien-Haus. Eine der Wohnungen steht gerade zum Verkauf, wie ich gesehen habe.«

Er grinste. »Fast hätte ich zugeschlagen. Mir fehlten nur ganz wenige Euro.« Er hob die Schultern und zeigte die geöffneten Hände, um zu verdeutlichen, dass die Summe, die ihm zum Kauf der Wohnung fehlte, doch ein beträchtliches Stück größer war, als er behauptete. »Keine schlechte Hütte, in der sie wohnt. Nicht so nobel wie die der Rosien, aber immerhin.«

»Sie verdient bestimmt eine Menge Geld«, meinte Malte. »Die Öffentlichkeitsarbeit, die sie macht, scheint ganz ordentlich zu sein.«

Molly pflichtete ihm bei. »Wenn sie nicht gut wäre, würden die beiden nicht schon so viele Jahre zusammenarbeiten.« Ihr Handy vibrierte und erinnerte sie damit an die bevorstehende Videoschaltung.

»Lass uns in mein Büro gehen, Malte. Wir haben gleich den Termin mit Radowitz. Es bleibt doch dabei?«, fragte sie Ben.

»Er hat den Termin bestätigt. Ich hab schon alles soweit vorbereitet. Ihr müsst die Sitzung nur noch eröffnen.«

Molly seufzte. »Nur noch ...«

»Soll ich dir helfen?«, fragte Ben.

Er wartete die Antwort nicht ab und ließ sich auch von Malte nicht bremsen, der meinte, dass er das schon regeln könne.

Gemeinsam betraten sie Mollys Büro. Molly und Malte setzten sich so vor den Bildschirm, dass Ben zwischen ihnen Platz hatte und die Konferenz einberufen konnte. Er begrüßte Claus Radowitz, übergab an Molly und zog sich in sein Büro im Erdgeschoss zurück.

»Guten Tag, Herr Radowitz«, begann Molly. »Schön, dass Sie Zeit für uns haben.«

»Ist doch selbstverständlich.« Er räusperte sich und trank einen Schluck Wasser aus einem übervollen Glas, das auf seinem Schreibtisch stand.

In der Hand hielt er ein oder mehrere übereinander liegende Blätter. So ausgestattet, wirkte er, als wollte er ein längeres Referat halten.

Molly hoffte, dass er spontan auf ihre Fragen antworten und nicht etwa vorgefertigte Antworten auf nicht gestellte Fragen vom Blatt ablesen würde.

Radowitz irritierte es anscheinend, dass weder Molly noch Malte mit der Befragung begann. Beide Ermittler ließen erst einmal in Ruhe den Eindruck auf sich wirken, den Radowitz machte. Für sie war es ungewohnt, einem Zeugen auf digitalem Weg zu begegnen.

Ungeduldig rückte Radowitz mit seinem Stuhl näher an den Bildschirm heran. »Sie möchten mit mir über Hubertus sprechen, nehme ich an. Eine dumme Frage«, schob er hinterher. »Worüber sollten Sie sonst mit mir reden wollen?«

»Genau, Herr Radowitz, es geht um Herrn Thalmann«, erwiderte Molly. »Soweit wir informiert sind, wollte er am Sonnabendnachmittag zu Ihnen kommen und bei Ihnen übernachten.«

»Exakt.«

»Sind Sie sicher, dass er sich wirklich auf den Weg zu Ihnen gemacht hat?«

»Selbstverständlich.«

»Wieso sind Sie da so sicher?«, fragte Malte in leicht provokantem Ton.

»Er wurde ...« Radowitz verstummte, sein Gesicht verfärbte sich. »Er war mein Freund. Er hätte mich nie angelogen. Dafür waren wir zu vertraut miteinander.«

Die Antwort war im Vergleich zu denen auf die ersten beiden Fragen ungewöhnlich lang. Sie wirkte zu naiv für einen wie Radowitz und weckte Mollys Misstrauen.

»Gegen fünfzehn Uhr ist Herr Thalmann am Samstag von zu Hause losgefahren«, rechnete Molly ihrem Gesprächspartner vor. »Sein Wohnhaus steht in Blankenese. Überflüssig, das Ihnen gegenüber zu erwähnen. Sie sind sicher oft genug bei ihm gewesen. Für die Strecke von seinem Haus bis nach Grünendeich braucht man üblicherweise eine Stunde und fünfzehn Minuten. Herr Thalmann hätte also gegen viertel nach vier am Nachmittag bei Ihnen eintreffen müssen.«

Radowitz hob die Hand, um Einspruch zu erheben. »Sagen wir: frühestens um halb fünf. Denken Sie an den Elbtunnel. Da musste er durch, und das am Sonnabendnachmittag. Das ist kein Vergnügen. Wenn Sie Hamburg kennen, wissen Sie, wovon ich rede.«

Radowitz guckte fest in die Kamera, und Molly erwiderte den Blick mit einem eingefrorenen Lächeln.

»Okay, halb fünf. Gut, dass Sie mich an den Elbtunnel erinnern. Herr Thalmann wurde in Finkenwerder von einer Radaranlage geblitzt, und zwar gegen fünfzehn Uhr fünfundfünfzig.«

Radowitz reagierte nicht.

»Von Blankenese bis nach Finkenwerder fährt man, wenn man glatt durchkommt, eine gute halbe Stunde. Der Verkehr im Elbtunnel erklärt, warum er erst so spät südlich der Elbe war.«

»Dazu kann ich nichts sagen«, erwiderte Radowitz.

»Nein?«

Molly wartete ab, ob ihre einsilbige Frage den Mann verunsicherte. Doch Radowitz hatte ein Pokerface aufgesetzt. Sie unterstellte insgeheim, dass er sich innerlich auf unangenehme Fragen eingerichtet hatte.

»Hat er nichts von dem Blitzer gesagt, als Sie ungefähr eine Stunde später miteinander telefoniert haben?«

Claus C. Radowitz machte ein Gesicht wie jemand, der vor Publikum eine Hand auf eine heiße Herdplatte gelegt hatte und sich den Schmerz vor den Zuschauern nicht anmerken lassen wollte.

»Haben wir das, miteinander telefoniert? Ich erinnere mich nicht daran.«

»Ja«, rief Malte aus, »diese Gedächtnislücken kennen wir. Knoblauchpillen sollen dagegen helfen. Aber jetzt mal im Ernst, Herr Radowitz. Sie waren ein guter Freund von Hubertus Thalmann. Das Telefonat, von dem hier die Rede ist, wann war das? Genau um siebzehn Uhr dreiundzwanzig, sagen unsere Kollegen von der KTU. Es war das letzte Gespräch, dass Sie mit ihrem Freund in diesem Leben geführt haben. Und Sie erinnern sich nicht daran? Auch nicht daran, dass Sie Patrizia Thalmann erzählt haben, dass Ihr Freund Ihnen gegenüber erwähnt hat, in die Radarfalle geraten zu sein?«

Malte kroch fast in den Monitor. Sein Gesicht musste Radowitz in diesem Moment bedrohlich erscheinen. Der Mann stemmte die Hände gegen die Tischkante und rückte ein Stück von seinem Schreibtisch ab.

Molly schob Malte sanft zur Seite. »Ihr Anruf, Herr Radowitz, ist im Telefonprotokoll des Smartphones von Herrn Thalmann registriert. Wir mussten nicht lange danach suchen. Und dass Sie nichts mehr davon wissen, nehmen wir Ihnen nicht ab. Warum haben Sie Ihren Freund angerufen? Was haben Sie beide miteinander besprochen?«

Radowitz massierte sich die Schläfen. »Entschuldigen Sie, ich bin ein bisschen übermüdet. Hubertus und ich, wir kannten uns seit einer Ewigkeit. Sein Tod hat mich – ich will nicht sagen: aus der Bahn geworfen, aber doch schwer getroffen. Geradezu erschüttert. Das erklärt vielleicht den gedanklichen Aussetzer meinerseits.«

Der Mann lenkte ab.

»Das verstehen wir. Trotzdem wäre es schön, wenn Sie uns eine Antwort auf unsere Frage geben würden.«

Er nickte mit kleinen, ruckartigen Bewegungen. »Das Thema unseres Gesprächs. Also ...« Er rieb sich mit beiden Händen das Gesicht, kniff die Augen ein paarmal zusammen und riss sie plötzlich weit auf. »In erster Linie wollte ich mich erkundigen, wo er war.«

Er stockte.

»Sie wussten, wohin er unterwegs war?«

Radowitz nagte an seiner Unterlippe. »Ich möchte mich eigentlich nicht dazu äußern. Es war eine Sache zwischen Hubertus und Patrizia. Ich will die Ehe nicht gefährden.«

»Das ist nur noch schwer möglich«, erinnerte Malte ihn. »Frau Thalmann ist verwitwet.«

»Ja, aber solange Hubertus noch nicht unter der Erde ist ... Man soll über Tote nicht schlecht reden.«

»Sie sollen nicht schlecht über ihn reden«, maulte Malte. »Sie sollen uns bitte die Wahrheit sagen. Vergessen Sie nicht: Es geht um den Mord an Ihrem Freund. Oder ...« Malte lehnte sich genüsslich zurück. »Sind Sie etwa in die Tat involviert? Sie müssen sich natürlich nicht selbst belasten. Aber ein Geständnis kommt bei Richtern immer gut an.«

Radowitz rutschte auf seinem Stuhl herum.

»Mit der Tat habe ich selbstverständlich nichts zu tun. Daher kann ich mich auch nicht selbst belasten.«

Molly merkte ihm an, dass er in einer Zwickmühle steckte. Sie beschloss, ihm auf die Sprünge zu helfen.

»Warum ist Hubertus Thalmann nicht bei Ihnen in Grünendeich angekommen? Er war doch auf dem Weg in die Richtung. Sonst wäre er nicht in Finkenwerder in die Radarfalle geraten. Was hat ihn dazu bewogen, auf halber Strecke umzukehren und an die Ostsee, nach Timmendorf, zu fahren? Und warum haben Sie Frau Thalmann nicht am Samstag noch darüber informiert, dass er nicht bei ihnen eingetroffen ist?«

Radowitz rang mit sich. »Es war von Anfang an so geplant«, gestand er schließlich. »Wir hatten das im Vorfeld besprochen. Ich hatte an dem Wochenende lediglich eine Alibi-Funktion. Sie müssen wissen, Hubertus war öfter beruflich unterwegs, und Frau Thalmann ist krankhaft eifersüchtig. Sie konnte eine Furie werden, wenn ihr Mann wegen einer Reise ihr Misstrauen weckte. In solchen Fällen hat mein guter Name immer herhalten müssen. Wenn Hubertus bei mir war oder wenn er das zumindest behauptet hat, war Patrizia beruhigt.«

»Dass Frau Thalmann eifersüchtig ist«, sagte Malte, »ist uns nicht verborgen geblieben. Ich vermute aber, sie hatte auch Grund dazu.«

Radowitz wiegte sich in den Schultern. »Wie man's nimmt. Da war die Sache mit Frederika von Rosien. Die hat Patrizia schwer belastet. Man konnte nicht vernünftig mit ihr darüber reden.«

»Hatten die zwei ein Verhältnis?«, fragte Malte geradeheraus. »Frau von Rosien und Herr Thalmann, waren die ein Paar?«

Radowitz schluckte. »Sie waren mal eins. Früher. Das ist ewig her. Patrizia war immer die weniger attraktive, weniger spektakuläre Frau. Aber genau das hat Hubertus letztlich dazu gebracht, sich für sie zu entscheiden. An der Seite von Frederika wäre er untergegangen. Eine Zeit lang hat auch Patrizia versucht, berühmt zu werden, aber das ist gründlich in die Hosen gegangen.«

»Womit hat sie das versucht?«, fragte Molly.

»Sie wollte Schauspielerin werden.«

»Ich dachte, sie hat Literatur studiert?«

»Ja«, sagte Radowitz in gequältem Ton. »Ja, das hat sie. Aber sie hat das Studium nicht zu Ende gebracht. Sie merkte, dass sie gegen Frederika niemals ankommen würde. Freda, wie wir sie an der Uni genannt haben, hat schon immer furiose Referate geschrieben. Wenn sie sie vortrug, hingen alle an ihren Lippen. Das war frustrierend für Patrizia. Deshalb hat sie das Studium im fünften Semester geschmissen und mit dem Unterricht an einer Schauspielschule begonnen.«

»Mit Abschluss?«, fragte Malte.

Radowitz atmete ein, als läge eine schwere Last auf seiner Brust. »Nein, auch das hat sie nicht durchgehalten. Sie hatte wohl Talent, aber es war nicht überwältigend. Überall spielte sie nur die zweite Geige. Das hat sie vollends demoralisiert. Deshalb hat sie beschlossen, sich auf die Rolle der Ehefrau und Mutter zu stürzen.«

»Wobei sich das mit dem Mutterwerden auch nicht realisieren ließ, wie wir wissen«, sagte Malte.

Radowitz hob die Achseln. »An irgendeinem Punkt ist Patrizias Leben leider einfach steckengeblieben. Sie kam nicht vor und nicht zurück.«

»Hat sie letztlich den Seitwärtsgang eingelegt?«

Radowitz guckte verwundert in die Kamera. »Wie meinen Sie das?«

»Ist sie aus dem üblichen gesellschaftlichen Schema ausgebrochen? Was meinen Sie: Hat sie sich aus Eifersucht und Frust zu einer Tat verleiten lassen?«

»Sie wollen damit sagen, Sie halten es für möglich, dass sie ihren eigenen Mann ermordet hat?«

»Könnten Sie sich das vorstellen? Ein Motiv hätte sie. Theoretisch könnte sie ihren Mann am Sonnabend auf seinem Weg überwacht und ihm aufgelauert haben.«

Radowitz spielte den Naivling. »Überwacht? Wie hätte Sie das anstellen sollen?«

»Zum Beispiel mit einer Tracking-Software? Ist heutzutage ein Kinderspiel. Damit lässt sich fast jedes Auto leicht im Blick behalten. Thalmanns Wagen, der ja seiner Frau gehört, hat ein Navigationssystem, und wir haben Erkenntnisse, dass es eine Überwachung gab.«

»Durch Frau Thalmann?«, fragte Radowitz ungläubig.

Malte hob die Hände. »War nur so eine Überlegung.«

Die Miene von Claus Radowitz versteinerte. »Das ist absurd. Sie hat ihren Mann geliebt, sie brauchte ihn.«

»Wie«, fragte Molly, »stehen Sie selbst zu Frau Thalmann? Verstehen Sie sich mit ihr genauso gut, wie Sie sich mit Hubertus verstanden haben?«

Radowitz schüttelte energisch den Kopf. »Wir haben nie viel miteinander zu tun gehabt. Hubertus und ich haben eine Männerfreundschaft gepflegt, was sich schon aus der Tatsache ergab, dass ich immer Junggeselle geblieben bin. Ich fand das Leben unkomplizierter so«, fügte er erklärend hinzu.

»Sie müssen sich deswegen nicht entschuldigen«, sagte Malte lachend. »Ich gehöre derselben Fraktion an.«

Ein dankbares Lächeln huschte über das Gesicht des Befragten.

Bevor die beiden noch auf die Idee kamen, Brüderschaft zu trinken, schaltete Molly sich wieder ein. »Wie ist denn Ihr Verhältnis zu Frederika von Rosien?«

»Zu Frederika? Neutral, würde ich sagen. Ich habe mit ihr so gut wie nichts zu tun. Wir sind uns nach dem Studium vielleicht noch zwei, drei Mal begegnet. Mehr ist da nicht.«

Molly nahm die Aussage zur Kenntnis. »Aber die Beziehung zwischen Herrn Thalmann und Frau von Rosien, die war nicht nur beruflicher Natur.«

Absichtlich hatte Molly ihre These nicht als Frage formuliert.

»Das ist ein Gerücht«, ereiferte Radowitz sich. »Das ist der Angst dieses Mannes entsprungen, der Frederika den Rasen harkt.«

»Sie sprechen von Bastian Mohnhausen?«

»Wenn der Gärtner so heißt, ja, dann spreche ich von Bastian Mohnhausen. Was der Mann sich einbildet!«

Wütend fuhr Radowitz sich durchs Haar.

»Auch er hat ein Verhältnis mit Frau von Rosien«, schleuderte Molly ihm entgegen.

»Was heißt ›auch er‹?« Unangenehm berührt schob Radowitz das Notebook mit der Videokamera ein Stück zur Seite.

»Nicht zu weit wegschieben«, sagte Malte. »Sonst sind Sie gleich aus unserem Sichtfeld entschwunden.«

»Sorry.« Noch einmal griff Radowitz nach seinem Glas, trank zwei Schlucke und stellte es wieder ab. »Hubertus hat mir erzählt, Frederika hätte ihn vor Bastian Mohnhausen gewarnt. Sie soll das scherzhaft getan haben. Aber ich bin mir nicht sicher, ob es wirklich ein Scherz war. Ich glaube, Typen wie der verstehen keine Witze, wenn es um eine Frau wie Frederika geht.«

Molly stützte das Kinn in die Hand. »Dann muss es aber eine gewisse Annäherung zwischen Herrn Thalmann und Frau von Rosien in jüngster Zeit gegeben haben. Sonst wäre die Eifersucht grundlos.«

Radowitz schnaufte laut durch. »Eine gewisse Annäherung vielleicht. Frederika hat Hubertus in den letzten Wochen Avancen gemacht. Nicht sehr ernsthaft, würde ich sagen, aber es war ein Versuch.«

»Den Herr Thalmann auch als solchen verstanden hat?«, fragte Molly.

Die Unterhaltung nahm einen Verlauf, der Radowitz offenbar physisch schmerzte. Er wand sich auf seinem Stuhl und sah nach rechts und links, als suchte er nach einem Fluchtweg. »Er hat es gemerkt. Es war kaum zu übersehen, worauf Frederika hinauswollte. Aber mehr noch, als Hubertus für sich zurückzugewinnen, wollte sie seine geschäftlichen Verbindungen nutzen. Der Rest wäre nur Beiwerk gewesen. Das wäre nicht lange gutgegangen. Deshalb hätte Hubertus sich darauf nicht eingelassen. Glaube ich zumindest.«

»Darüber nachgedacht hat er aber?«, bohrte Molly hartnäckig nach.

»Nicht wirklich. Vielleicht einen Moment. Die berufliche Zusammenarbeit erschien ihm allerdings interessant. Es passiert nicht alle Tage, dass man von einer so berühmten Autorin kontaktiert wird, um sie gegenüber Verlagen zu vertreten, im Ausland bekannt zu machen und ihre Romane für die Verfilmung anzubieten.«

»Wusste Frau Thalmann von all diesen Plänen?«

Radowitz sank auf seinem Stuhl zusammen wie ein Schwerverbrecher, der entlarvt worden war. »Durch einen dummen Zufall hat sie mal ein Gespräch zwischen Frederika und ihrem Mann mitbekommen. Und dann hat sie auch eins zwischen Hubertus und mir belau... – ähm, zufällig mit angehört.«

Molly schmunzelte, wurde aber sofort wieder ernst. »Hat sie ihrem Mann eine Szene gemacht?«

»Welche Frau hätte das nicht getan?«

»Wann war das?«, fragte Malte.

»Ungefähr ... Also, das war im September.«

»Seit wann ist Frau von Rosien mit Herrn Mohnhausen zusammen?«

»Zusammen?« Radowitz guckte konsterniert.

»Bitte, Herr Radowitz. Wir sind informiert.«

Radowitz schnaufte ergeben. »Er ist seit etlichen Jahren der Mann an ihrer Seite. Frederika umgibt sich gern mit Menschen, die in gewisser Weise von ihr abhängig sind. Das heißt: Zuerst macht sie sie von sich abhängig, dann geht sie eine Verbindung mit ihnen ein. Das betrifft den Gärtner genauso wie Cora und dieses Mädchen, das bei ihr unterm Dach wohnt.«

»Fine Ebers?«

»Ja, genau die.«

»Wissen Sie mehr über die beiden Frauen?«

»Nein, Frau Bleck, über die kann ich Ihnen nichts sagen. Und auch über den Gärtner weiß ich nicht mehr als das, was ich gerade von mir gegeben habe. Aber bitte ...« Er hob die Hände. »Wenn Sie mit dem Mann reden – ich habe nichts gesagt.«

Malte lächelte milde. »Natürlich nicht, Herr Radowitz. Wir haben auch nichts gehört.«

»Wie ist das eigentlich mit Ihnen?«, fragte Molly zum Abschluss. »Hätten Sie Frau von Rosien nicht auch gern unter Vertrag genommen? Es heißt, Sie hätten die besseren Kontakte zu Filmproduzenten.«

»Besser als wer?«

»Als Ihr Freund Hubertus.«

»Ach.« Radowitz tat die Frage mit einer Geste ab. »So berühmt sind meine Kontakte in die Filmbranche noch nicht. Bis die gereift sind, sitzt Frederika in einer Seniorenresidenz und erntet die Früchte ihres Schaffens.«

Die Ermittler bedankten sich bei Claus Radowitz und verabschiedeten sich von ihm. Malte beeilte sich, Mikrofon und Kamera auszuschalten.

»Schauspielerin hat die Thalmann gelernt.« Er schlug sich mit der Hand auf den Schenkel. »Dann hat sie uns ihre Realitätsverweigerung vorgespielt. Lass uns sofort einen Termin mit ihr machen.«

20

Im Hotelfoyer in Travemünde

Das Hotel, in dem Patrizia und ihre Freundin sich ein-
gemietet hatten, war vom Allerfeinsten. An der Strandpromenade gelegen, bot es einen traumhaften Blick auf
die Ostsee. Es war von weiten Wiesen umgeben, sodass
die Gäste vor der Betriebsamkeit, die die Touristen bei
schönem Wetter an Strand und Promenade verursach-
ten, weitgehend abgeschirmt blieben.

»Darf ich Sie auf einen Saft ins Restaurant einladen?«,
fragte Patrizia mürrisch.

»Ins Restaurant folgen wir Ihnen gern«, sagte Molly.
»Die Einladung müssen wir aufgrund unseres Beamten-
status allerdings ablehnen.«

Patrizia nahm die Antwort zur Kenntnis, ohne auch
nur mit der Wimper zu zucken. Molly hatte den Eindruck, dass sie nicht traurig war.

Die Ermittler folgten ihr in den stilvoll eingerichteten
Gastraum.

Patrizia zeigte auf einen Tisch an einem der Fenster.
»Es ist leider zu kalt, um auf der Terrasse zu sitzen.
Aber hier drinnen ist es auch ganz nett.« Sie nahm Platz
und bestellte sich bei der Kellnerin, die sofort an den
Tisch kam, ein Glas Orangensaft.

»Für uns dasselbe bitte«, sagte Malte.

Patrizia zog in vornehmem Erstaunen die Augenbrauen hoch. »Sie beide dürfen sich aber gegenseitig einladen?«

»Es gibt kein Gesetz, das uns Kollegen einen freund-
schaftlichen Umgang miteinander verbietet«, sagte Malte. »Zumindest ist mir bisher keins bekannt.«

»Warum wir noch einmal mit Ihnen sprechen möchten«, ging Molly dazwischen, »das ist Ihr Verhältnis zu
Frederika von Rosien.«

Als sie den Namen der Schriftstellerin aussprach, verzog Patrizia das Gesicht, als hätten die Ermittler ihre
Erzfeindin mit an den Tisch gebeten. »Also, ›Verhältnis‹
würde ich das nun nicht gerade nennen.«

»Sie wissen aber, was wir meinen.«

»Frederika ist eine alte Bekannte von uns aus Studienzeiten. Das ist alles, was es dazu zu sagen gibt.«

Malte beobachtete die Kellnerin, die die Bestellung
brachte und deren fröhliches Wesen ihn zu einem ver-
haltenen, aber für Molly unübersehbaren Flirtversuch
verleitete. Allerdings ging sie nicht darauf ein.

»Wir haben anderes gehört«, sagte er, während er der
Restaurantmitarbeiterin interessiert hinterherblickte.

Molly stieß ihn unauffällig mit dem Ellenbogen an,
um seine Aufmerksamkeit wieder umzulenken.

»So.« Patrizia spitzte die Lippen. »Was Sie gehört haben, muss aber nicht mit der Realität übereinstimmen.«

Malte schenkte seine ganze Achtsamkeit wieder der
Witwe, die heute in dunkles Blau gekleidet war. »Interessiert es Sie gar nicht, was wir gehört haben?«

»Wenn es mit Frederika zu tun hat, ehrlich gesagt:
nein. Es kursieren viele Gerüchte über sie und mich, seit
Jahren schon. Ich habe keine Lust mehr, mich damit zu
befassen.«

»Es könnte allerdings sein, dass der Staatsanwalt sich
näher damit befassen möchte, wenn er davon erfährt.«

Da war wieder eins dieser Zauberworte gefallen, die so manchem Befragten die Zunge lockerten.

»Na, dann erzählen Sie schon, was kursiert jetzt wieder über Frederika und mich?«

»Es heißt«, begann Molly, »dass es eine gewisse Konkurrenz zwischen Ihnen und Frau von Rosien gab. Eine Konkurrenz, die Ihren Mann betraf.«

Patrizia lächelte und atmete erleichtert auf. »Ach, das. Das ist aber schon ewig her.«

»Es soll mit einem Mal wieder aufgelebt sein«, widersprach Molly. »Vor Kurzem erst, im September.«

Patrizia merkte offenbar, dass die Ermittler besser informiert waren, als sie vermutet hatte. Ihre Körperhaltung wurde starrer, und sie machte ein gewollt freundliches Gesicht.

»Sie meinen die berufliche Geschichte. Die Zusammenarbeit, die Frederika meinem Mann angeboten hat.«

Die Ermittler nickten und warteten darauf, dass Patrizia weitersprach.

Sie schwieg, während sie ein Motorboot beobachtete, das in hohem Tempo über die See düste und einen Schwarm Möwen aufschreckte.

»Frederika ist ein hintertriebenes Stück«, presste Patrizia zwischen schmalen Lippen hervor und guckte die Ermittler wieder an. »Sie hat es nie verwunden, dass ich ihr Hubertus vor der Nase weggeschnappt habe. So attraktiv war sie dann doch nicht für ihn. Sie hat es wieder versucht.« Sie lehnte sich zurück. »Und wenn Sie glauben, Hubertus hätte seine Entscheidung mit den Jahren bereut und hätte sich nach ihr zurückgesehnt, dann irren Sie gewaltig. Sie hat sich völlig überschätzt, als sie dachte, sie brauchte nur mit dem Finger zu schnippen.«

»Wie es aussieht«, sagte Molly, »wollte Ihr Mann aber auf das berufliche Angebot von Frau von Rosien eingehen. Sonst hätte er sich nicht auf den Weg zu ihr gemacht. Und er scheint kein Vertrauen zu Ihnen gehabt zu haben, sonst hätte er Sie intensiver in seine Pläne eingeweiht. Das hat er doch nicht getan, oder?«

»Er wollte meine Nerven schonen. Hubertus war ein sehr rücksichtsvoller Mensch.«

»Daran haben wir keine Zweifel«, sagte Malte versöhnlich. »Aber so ganz überzeugt bin ich noch nicht, dass er nicht auch aus privaten Gründen an die Ostsee fahren wollte. Mir kommt das Geheimnis, dass er Ihnen gegenüber aus diesem Ausflug gemacht hat, zu groß vor, um aus reiner Rücksichtnahme entstanden zu sein.«

Patrizias Blicke sprühten Gift.

»Mal von Frau zu Frau«, sagte Molly leise. »Könnte nicht eine gewisse Portion Eifersucht Ihrerseits im Spiel gewesen sein? Und die Angst, Ihren Mann nach so vielen Jahren doch noch an Frederika zu verlieren?«

»Haben Sie eine Ahnung«, platzte es so laut aus Patrizia heraus, dass ein älteres Paar, das zwei Tische weiter saß, neugierig zu ihnen hinübersah. Patrizia senkte die Stimme um einige Nuancen und beugte sich über den Tisch. »Kennen Sie Bastian Mohnhausen?«

»Vom Ansehen ja«, sagte Molly. »Wir sind ihm mal auf dem Grundstück von Frau von Rosien begegnet.«

»Die beiden sind ein Paar. Ein sehr ungleiches, wie man leicht erkennt. Er tigert ständig um sie herum, und sobald sich ein anderer Mann seinem Goldstück nähert, faucht er und schlägt ihn in die Flucht.«

»Sie wollen damit sagen«, folgerte Molly, »er würde keinen anderen Tiger in seinem Revier dulden?«

»Niemals. Der geht über Leichen, radikal. – Oh!« Patrizia zuckte zurück und schlug sich die Hand vor den Mund. »Das hab ich jetzt nicht gesagt.«

Malte ließ sich von dem simulierten Schrecken nicht beeindrucken. Wahrscheinlich fiel ihm, genau wie Molly, gerade der Schauspielunterricht ein, den Patrizia Thalmann einst genossen hatte. So ganz mochte sie vom Theaterspielen wohl nicht lassen.

Er fixierte Patrizia mit seinen Blicken. »Sie glauben aber doch nicht, Bastian Mohnhausen hätte Ihren Mann umgebracht? Dann hätten Sie nicht bis heute geschwiegen, Frau Thalmann. Dann wären Sie mit diesem Verdacht sofort zu uns gekommen.«

»Ich habe doch zuerst gar nicht geglaubt, dass mein Mann der Tote ist.« Sie sackte ein wenig in sich zusammen. »Ich war heute Vormittag bei ihm in der Gerichtsmedizin. Er ist es tatsächlich, ich habe ihn identifiziert.«

Sie holte ein Taschentuch aus ihrer Handtasche und tupfte sich damit die Lider ab. Tränen konnte Molly jedoch keine entdecken, weder in den Augen noch auf den Wangen.

»Vor einigen Wochen«, fuhr Patrizia mit tragischer Miene fort, »habe ich ein Gespräch zwischen meinem Mann und Claus Radowitz mitbekommen. Hubertus hat Claus erzählt, dass er telefonisch mit Frederika über ihre beruflichen Pläne, die sie mit ihm hatte, gesprochen hat. Sie hat ihm dabei Avancen gemacht. Er hat sie gefragt, ob er sie so verstehen solle, dass sie auch die private Beziehung wiederaufnehmen möchte. Daraufhin habe sie nur gelacht und gemeint, er brauche keine Angst vor ihr zu haben, Bastian dulde keine Götter neben sich.« Sie seufzte laut. »Dieser Mann ist aber auch ein Tier.«

»Sie kennen ihn?«, fragte Molly, erstaunt über diese letzte Bemerkung.

Patrizia nahm eine Serviette aus dem Halter und faltete sie zu einem kleinen Quadrat. »Nein, nein. Aber ich weiß, dass er mal Messerwerfer war. In einem Zirkus.«

»Das klingt, als wäre er gefährlich«, sagte Malte.

»Kann man so sehen.«

Patrizia schüttelte sich in den Schultern, als machte sie der Gedanke an Bastian Mohnhausen nervös.

»Frau Thalmann.« Maltes Stimme klang auf einmal schneidend. So schneidend, dass Patrizia merklich zusammenschrak. »Unsere Kriminaltechniker haben etwas herausgefunden.«

»Einen Hinweis auf den Mörder?«

Patrizia guckte ihn mit übertriebener Neugier an. Da kam wieder die Schauspielerin in ihr zum Vorschein.

»Wir können das im Moment noch nicht einordnen. Aber vielleicht können Sie uns weiterhelfen. Die Software im Wagen Ihres Mannes, der ja eigentlich Ihr Wagen ist, hat am Samstag, während er unterwegs war, ständig mit einem Handy kommuniziert.«

Patrizia blieb der Mund offen stehen. »Ach, das ist ja merkwürdig«, brachte sie stockend hervor, als sie den ersten Schock überwunden hatte.

Hitze stieg in ihr auf. Molly beobachtete, wie das Blut vom Dekolleté aufwärts in die kleinen Äderchen am Hals floss und dort rosige Flecken bildete.

»Alle fünf bis zehn Minuten hat jemand abgefragt, wo der Wagen sich gerade befindet.«

Die anscheinend nicht sonderlich traurige Witwe versuchte, ihre Unsicherheit zu verbergen. »Aha. Merkwürdig. Wer kann das denn gewesen sein?«

192

»Sie zum Beispiel. Mit Ihrem Handy.« Malte zog amüsiert die Augenbrauen hoch.

»Ich – mit meinem Handy?«

Patrizia hing mit einem Mal schlaff auf ihrem Stuhl. Sie schluckte so stark, dass Molly meinte, sie würgte.

Plötzlich lachte sie hysterisch. »Ja, ich weiß. Am Samstag, da war ich so nervös. Ich habe im Wohnzimmer in meinem Sessel gesessen und gelesen, und ich hatte das Handy auf meinem Schoß, weil ich ständig auf einen Anruf von Hubertus wartete. Ich hatte also ein Buch in der einen Hand, und mit der anderen habe ich über das Smartphone gestrichen, ohne hinzugucken. Dabei muss ich versehentlich die App aktiviert haben, mit der ich den Standort meines Wagens abfragen kann. So muss das gewesen sein. Anders kann ich mir das nicht erklären.«

Molly war sprachlos über die Dreistigkeit, mit der Patrizia diese mutmaßliche Lüge vorbrachte.

Malte schien es genauso zu gehen.

»Sie glauben mir doch?«, fragte Patrizia ebenso naiv wie hoffnungsvoll.

»Selbstverständlich«, sagte Molly und lächelte bitter. »Wie könnte es anders gewesen sein als so, wie Sie es uns gerade geschildert haben?«

Molly und Malte tranken ihre Saftgläser leer, bezahlten und verabschiedeten sich von Patrizia. Die Witwe blieb sitzen. Sie spürten ihre bösen Blicke im Rücken.

»Die ist noch kälter als Frederika von Rosien«, sagte Molly leise, als sie eilig das Hotel verließen. »Ich hätte nicht geglaubt, dass es das gibt.«

»Das Schlimme daran ist«, sinnierte Malte, »mit der Nummer kriegt jeder gute Anwalt sie raus aus dem Verdacht. Auch wenn kein Richter ihr das abnehmen würde, man kann ihr nicht das Gegenteil beweisen. Wir müssten schon das Geständnis des Helfers haben, der mit ihr zusammengearbeitet hat.«

»Es waren zwei Helfer«, erinnerte Molly ihn. »Womöglich ein Mann und eine Frau.«

»Der Mann dürfte Mohnhausen gewesen sein«, sagte Malte. »Also doch Mohnhausen. Und wer noch?«

Molly trat ins Freie und sog die frische Luft ein, die von der See herüberwehte. »Fine Ebers?«

Malte pfiff durch die Zähne. »Morgen haben wir volles Programm.«

21

Ben war wieder einmal in aller Frühe am Arbeitsplatz erschienen. Er lief bereits auf Hochtouren, als erst Molly und unmittelbar nach ihr Malte eintraf.

»Neues von der KTU«, empfing er die beiden. »Sie haben ein Haar gefunden.«

»In welcher Suppe?«, spöttelte Malte.

»In der Erde auf dem Feld, auf dem Thalmann ermordet wurde. Direkt neben der Stelle, an der jemand gelegen haben muss. Sie haben es analysiert. Es ist das Haar einer Frau. Wollt ihr es sehen? Ich habe ein Foto.«

Malte folgte ihm ins Büro. »Was gibt es Spannenderes am Morgen als das Foto des Haares einer Meermaid?«

»Was bist du merkwürdig drauf heute«, kommentierte Ben die Sprüche seines Kollegen. »Schlecht geschlafen?« Er setzte sich an seinen Computer, öffnete eine Datei und zeigte auf den Monitor. »Hier, guckt es euch an.«

Molly stellte sich neben Malte und betrachtete das Bild. Was sie sah, war ein langes, leicht gewelltes braunes Haar.

»Sieht aus«, sagte sie nachdenklich, »als stammte es aus der Mähne von Frederika von Rosien.«

»Irgendwie schon«, sagte Malte. »Aber glaubst du, sie ist auf dem Feld gewesen, bevor Thalmann ums Leben kam?«

Molly schüttelte den Kopf. »Ich weiß, sie kann es nicht gewesen sein. Aber die Ähnlichkeit ist auffällig.«

Malte stand regungslos da, einen Arm angewinkelt. Mit den Fingern klimperte er auf dem Kinn herum wie auf einem Klavier. Er stierte auf den Monitor, als hätte er noch nie zuvor ein Haar gesehen.

»Was ist los?«, fragte Molly.

»Die Elfe, die bei der Rosien im Haus herumschwirrt, dieses zarte Reh ...«

»Du sprichst von Fine Ebers.«

Malte nickte. »Die hat auch solche Haare.«

Er hatte recht. Fine hatte so ähnliches Haar wie Frederika von Rosien.

»Man muss wohl ein Mann sein, um sich das Haar einer Frau zu merken, die sich so bescheiden im Hintergrund hält«, zog Molly ihn auf.

»Ihr fahrt doch heute nach Travemünde«, sagte Ben. »Dann habt ihr jetzt außer den Gesprächen mit der Rosien und ihrem Gärtner noch einen dritten Termin. Damit lohnt sich der Ausflug erst recht.«

»Ich hätte auch mit zwei Gesprächen keine Langeweile gehabt«, maulte Malte. »Aber nett, dass du dir Sorgen um unsere Auslastung machst. Hoffentlich ertrinkst du selbst nicht in Tristesse, so ganz allein im Haus.«

Ben grinste. »Nö, nö. Ich weiß schon, womit ich mir die Zeit vertreiben werde.«

Molly und Malte verließen die Dienstvilla, um zu Frederika von Rosien zu fahren. Den Besuch hatte Molly am Abend zuvor noch mit der Autorin vereinbart, die erstaunlich entgegenkommend darauf reagiert hatte.

»Ist schon ein bisschen merkwürdig«, meinte Malte, der wieder die Rolle des Chauffeurs übernahm, »dass sie uns so bereitwillig Zeit einräumt. Wenn ich daran denke, wie abweisend sie bei unserer ersten Begegnung war ...«

»Vielleicht verarbeitet sie uns in der Fortsetzung ihrer Autobiografie«, erwiderte Molly mit ironischem Lächeln. »Oder aber sie hat inzwischen selbst ein Interesse daran, zu erfahren, wer Thalmann auf dem Gewissen hat.«

Malte bog in die Bundesstraße 76 ein und beschleunigte sportlich. »Glaubst du, sie träumt davon, Patrizia Thalmann im Gefängnis zu besuchen?«

»Keine Ahnung. Aber ich könnte mir vorstellen, dass derjenige, der Thalmann umgebracht hat, ihr mit der Tat gehörig in die Suppe gespuckt hat. Sie muss ein konkretes Ziel mit ihrem alten Studienfreund im Blick gehabt haben, und ich denke, sie ist eine Frau, die es nicht gut ertragen kann, wenn man ihre Pläne durchkreuzt.«

»Noch dazu auf so endgültige Weise«, unterstrich Malte ihre Worte.

Molly ließ die herbstlich karge Küstenlandschaft auf sich wirken und versuchte, innerlich abzuschalten. Bei Frederika von Rosien musste man mit allem rechnen. Sie konnte am Abend offen und freundlich sein und am nächsten Tag abweisend wie Jannas Bratpfanne mit der Antihaft-Beschichtung. An einer so egozentrischen und launischen Person wollte sie sich nicht aufreiben. Das beste Gegenmittel in so einem Fall war Gelassenheit.

Auch den Gedanken an Ole schob sie fort. Sie hatte gestern Abend in der Klinik angerufen und erfahren, dass er aus dem künstlichen Koma geholt worden war. Heute Abend wollte sie zu ihm fahren, wenn sein Zustand es erlaubte. Bis dahin hieß es: Zähne zusammenbeißen, durchhalten und alles daransetzen, die Mordsache Hubertus Thalmann zu lösen.

Auch Malte schien schwere Gedanken zu hegen. Er suchte während der Fahrt nicht gerade das Gespräch.

Kurz vor der Ortseinfahrt von Travemünde verließ er die Bundesstraße und schlängelte sich durch einige Straßen in Richtung See. Vor Frederikas Villa ließ er den Wagen ausrollen.

»Da sind wir«, sagte er und schnaufte, als stünde ihm eine Last bevor.

Frederika hatte sie anscheinend am Fenster erwartet. Sie trat aus der Tür, als Molly und Malte aus dem Wagen stiegen. Mit einem breiten Lächeln stand sie auf dem Podest der Treppe. Molly befürchtete schon, sie würde ihnen gleich Küsschen auf die Wangen drücken, sobald sie zu ihr emporgestiegen waren.

Das Gartentor summte, und Malte drückte es auf. »Die ist verdächtig freundlich«, raunte er Molly zu.

»Nix dabei denken«, flüsterte sie zurück. »Guten Tag, Frau von Rosien.« Sie winkte zu der Autorin hinüber.

»Willkommen in meinem Haus«, rief Frederika ihnen zu. Sie schlang die Arme um ihren Oberkörper und schüttelte sich. »Was für ein feucht-kaltes Wetter haben Sie mitgebracht.« Sie trat in den Flur und hielt die Tür auf. »Kommen Sie rein. Fine kocht gerade Kaffee.«

»Danke«, sagte Molly, »aber der Kaffee ist nicht nötig. Wir möchten Sie nicht allzu lange aufhalten. Wir haben heute eine lange Liste abzuarbeiten.«

Fine erschien wie ein Schatten im Flur. Sie trug ausgebleichte Jeans und ein filigran geblümtes Shirt.

Molly begrüßte sie, nicht ohne einen Blick auf ihre Frisur zu werfen. Malte hatte recht: Das Haar beider Frauen war verblüffend ähnlich beschaffen, und beides glich dem Asservat vom Tatort.

Frederika warf Fine einen kühlen Blick zu. »Kaffee, diesmal nur für mich.«

Fine verneigte sich und verschwand so schnell und leise, wie sie erschienen war.

Frederika geleitete die Besucher wieder in den Blauen Salon und bat sie, Platz zu nehmen. Sie schloss die weit offen stehende Terrassentür.

»Ich hoffe, Sie haben schon einen Verdacht«, sagte sie mit einer Lockerheit, die Molly verblüffte. »Mir liegt viel daran, den Tod von Hubertus gesühnt zu sehen.«

»Wir sind nah dran«, behauptete Malte mit einer Sicherheit, die Molly die Sprache verschlug. »Sie wissen vermutlich, der Mörder kommt meist aus dem engeren Umfeld des Opfers, aus der Familie oder dem Freundes- und Bekanntenkreis.«

»Und manchmal auch aus der Nachbarschaft«, fügte Frederika lächelnd hinzu.

»Wie kommen Sie darauf?«, fragte Malte.

Frederika setzte sich auf das schwarze Ledersofa. Sie trug ein eng anliegendes Kleid aus schillerndem rotem Stoff. Der Saum endete weit über dem Knie, und als sie sich hinsetzte und die Beine übereinanderschlug, zog er sich auf atemberaubende Weise gen Bauchnabel hoch.

Molly war sicher, das Outfit war Berechnung. So, wie Frederika am Sonnabend bei Janna wie eine Königin in einer goldenen Robe erschienen war, präsentierte sie sich heute Malte gegenüber wie die Sünde in Person.

»In meinem aktuellen Roman spielt ein böser Nachbar eine Rolle.«

»Ein Krimi?«, fragte Malte mit geheucheltem Interesse. Er schien bereit, sich von Frederika bezirzen und in ein privates Gespräch verwickeln zu lassen.

Molly knirschte mit den Zähnen.

Frederika lächelte. »Nein, es ist ein Frauenroman.«

»Aaah, ja.«

Maltes literarische Kenntnisse waren damit erschöpft, wie Molly zu ihrer großen Erleichterung feststellte.

Sie verschränkte die Hände im Schoß. Das gab ihr ein Gefühl der Konzentration, der Ruhe und Sicherheit. »Frau von Rosien, wir müssen noch mal auf die Thalmanns und Sie zu sprechen kommen.«

»Die Thalmanns‹ und mich?«, fragte Frederika übertrieben verwundert. »Wenn, dann hatte ich nur mit Hubertus zu tun. Abgesehen von einer kleinen Nebenrolle im Studium fand Patrizia in meinem Leben bisher nicht statt, und das wird sie auch in Zukunft nicht tun.«

»Genau deshalb sind wir hier«, sagte Molly. »Sie hatten vor, Ihren Kontakt zu Hubertus Thalmann zu intensivieren, beruflich, aber auch privat.«

Frederika fuhr auf ihrem Sofa hoch, als wollte sie gleich aufspringen. »Wer behauptet das?«

»Das spielt keine Rolle. Unsere Fragen an Sie lauten: Wie konkret waren Ihre Pläne mit Hubertus Thalmann bereits geworden? Und wie umfassend war Patrizia Thalmann darüber informiert?«

Frederikas Miene versteinerte. Sie sah hinaus, und Molly hatte den Eindruck, ihre Blicke tasteten jede Welle der Ostsee ab in der Hoffnung, irgendwo einen Halt zu finden. »Sie glauben, Patrizia könnte Hubertus ...«

»Hat Frau Thalmann Ihnen gegenüber jemals Protest eingelegt?«, fragte Molly weiter. »Hat sie Ihnen zu verstehen gegeben, dass sie bei den Plänen, die Sie mit Hubertus Thalmann ausgearbeitet haben, nicht mitspielen wird, und seien es nur die beruflichen Projekte?«

»Sie haben also wirklich Patrizia Thalmann im Verdacht.«

Malte tat die Frage ab. »Nicht unbedingt Frau Thalmann. Es könnte jemand aus ihrem Umfeld aktiv geworden sein. Ein Familienmitglied oder Freund, dem sie ihr Herz ausgeschüttet hat.«

»Das sind lediglich Hypothesen«, erklärte Molly dazu. »Reine Gedankenspiele. Es ist eine der vielen Möglichkeiten, die wir in Betracht ziehen müssen. Wir suchen nach Anhaltspunkten, ob es so gewesen sein könnte.«

Frederika gab sich ahnungslos. »Unsere Pläne waren ein Stück weit gediehen«, sagte sie. »Aber ich weiß wirklich nicht, was Hubertus Patrizia davon erzählt hat. In letzter Zeit war das Verhältnis der beiden nicht mehr so gut. Die Liebe und das Vertrauen waren verloren gegangen. Hubertus hat mir davon erzählt.« Frederika strich über den Saum ihres Kleides. »Deshalb war er auch nicht abgeneigt, zu mir nach Travemünde zu ziehen. Nicht ganz, verstehen Sie mich nicht falsch. Aber zwei, drei Tage pro Woche wäre er gerne hier gewesen, um mit mir zusammen zu sein und hier zu arbeiten.«

Fine huschte in den Raum, stellte einen Becher Kaffee auf dem Tischchen neben Frederikas Sofa ab und schlich wieder hinaus.

»Du denkst daran, das nächste Kapitel abzutippen?«, rief Frederika ihr hinterher.

Fine antwortete nicht. Sie verschwand aus dem Raum und schloss die Tür.

»Fine! Das nächste Kapitel. Hast du gehört?«

Wieder keine Antwort. Stattdessen Tritte, die darauf schließen ließen, dass Fine die Treppe nach oben ging.

Verlegen lächelte Frederika ihre Gäste an. »Manchmal ist sie wie ein kleines Kind. Sie hört einfach nicht. Aber solange sie tut, was sie soll ...«

Molly lauschte den verhallenden Tritten nach und beobachtete Frederikas Mienenspiel.

»Wollte Herr Thalmann seine Frau verlassen?«, fragte sie, als wieder Stille eingekehrt war.

Frederika kaute lange an einer Antwort.

»Was er privat vorhatte«, sagte sie endlich, »darüber haben wir nicht direkt gesprochen. Aber es lag nahe, dass es über kurz oder lang darauf hinausgelaufen wäre.«

»Wäre Frau Ebers davon betroffen gewesen, wenn Herr Thalmann mit Ihnen zusammengearbeitet hätte?«

Frederika tat, als überlegte sie. »In der Tat, diese Option hatte ich ins Auge gefasst. Fine ist schwierig geworden, und ich habe die Nerven nicht mehr, mit einem zickigen Etwas umzugehen. Hubertus hat in seiner Agentur hervorragende Mitarbeiter. Eine Dame aus seinem Team hätte die Arbeit von Fine übernehmen können.«

»Sie haben Frau Ebers aber doch auch einiges zu verdanken«, sagte Molly. »Ich denke an eine bestimmte Szene in Ihrem Roman ›Die Rache der Bogenschützin‹.«

Frederika riss die Augen auf. »Woher wissen Sie davon?«

Malte lächelte süffisant. »So was spricht sich herum. Wir haben Literaturexperten in unserem engeren Freundes- und Kollegenkreis.«

»Ach, interessant. Und die lesen meine Bücher?«

»Wer liest die nicht?«, fragte Malte, der Charmeur.

»Wie kam Frau Ebers auf die Idee mit dieser Szene?«, fragte Molly, um auch Frederikas Version zu hören.

Die Autorin kuschelte sich in die Ecke ihres Sofas. »Auch wenn ich im Moment nicht so gut auf meine Mitarbeiterin zu sprechen bin, muss ich zugeben: Fine hat ihre Qualitäten. Sie ist eine extrem zurückhaltende Person mit einem ausgeprägten Gerechtigkeitssinn. Vor einigen Jahren hat sie mal einen Film gesehen, in dem es eine grauenhafte Szene gab. Eine junge Frau ist abends in einem Park von einer Gruppe von Männern vergewaltigt worden. In der Geschichte gingen alle Täter trotz einer Anklage unbeschadet aus der Sache heraus. Die Frau selbst ist daran zerbrochen, wie Fine mir berichtete.«

»War das ein deutscher Film?«, fragte Malte, der begeisterte Kinogänger.

»Nein, ich glaube, das war eine amerikanische Produktion«, erwiderte Frederika. »In der Nacht nach der Filmvorführung hatte Fine einen Traum, in dem sie ein anderes Ende gesehen hat.« Frederika lachte kurz auf. »Es war wohl das Ende, das sie sich selbst für den Streifen gewünscht hätte. In ihrem Traum hat die Protagonistin des Films den Anführer der Gang mit Pfeil und Bogen getötet. Sie hat ihn mitten ins Herz getroffen, was natürlich symbolisch zu verstehen ist, denn dieser Mann und seine Kumpel hatten ihrerseits mit der Vergewaltigung das Herz der jungen Frau getötet.«

Molly suchte die Blicke ihres Kollegen. Cora hatte ihnen den Ursprung dieser Szene anders geschildert. Welche Version stimmte nun? War es am Ende weder die eine Variante noch die andere?

Hieß die Protagonistin dieser Szene in Wahrheit Fine Ebers? War Hubertus Thalmann der Widersacher gewesen? Hatte er Fines Lebensglück auf dem Gewissen, und hatte sie späte Rache geübt?

Malte erwiderte ihren Blick und nickte ihr zu. Während Molly noch in ihren Überlegungen verfangen war, nahm er das Gespräch wieder auf.

»Dann ist die Szene ein Plagiat?«, fragte er, als ginge es ihm darum, eine Frage des Urheberrechts zu klären.

»Nein, ein Plagiat ist das nicht. Fine hat die Idee des Films übernommen, sie hat sie in ihrem Traum verändert, und die abgewandelte Geschichte hat sie mir weitererzählt. Ich habe die Idee aufgenommen und inhaltlich in einen völlig anderen Zusammenhang gesetzt. Das ist legitim, ich habe das rechtlich klären lassen. In meinem Roman geht es um eine Frau, die sich nach der Vergewaltigung mithilfe einer Therapeutin zu einer starken Persönlichkeit weiterentwickelt. Der Kontext ist bei mir ein ganz anderer als in der Ursprungsversion. In dem Film ging es laut Fine mehr um die Männer, die eine seelisch zerstörte Frau zurücklassen und nach der Tat mit ihren Familien weiterleben, als hätten sie niemals etwas verbrochen.«

Frederika redete wie ein Wasserfall. Ihre Wangen hatten Farbe angenommen, und sie gestikulierte temperamentvoll wie eine Literaturstudentin, die in der Abschlussprüfung gegen kritische Professoren ankämpft, um nicht am Ende durchzufallen.

Molly hörte ihr lächelnd zu. Sie war sicher, die Tatsache, dass Frederika eine prägnante Szene aus einem Film in einem ihrer Romane verwendet hatte, würde Bens Mutter anders interpretieren, als die Autorin es tat.

Aber das stand auf einem anderen Blatt.

»Warum haben Sie uns von sich aus nichts von dieser Szene erzählt?«, fragte Molly. »Als Sie erfahren haben, auf welche Weise Hubertus Thalmann ums Leben gekommen ist, müssen Sie doch sofort daran gedacht haben, dass Sie genau so eine Situation einmal in einem Ihrer Romane beschrieben haben. Ist Ihnen nie der Gedanke gekommen, dass Sie mit diesem Text die Vorlage für den Mord gegeben haben könnten?«

»Der Mord an Hubertus hat sich aber doch nicht so abgespielt wie in meinem Buch. Die Übereinstimmungen bestehen, soweit ich weiß, lediglich darin, dass ein Mann ums Leben kommt, weil ein Pfeil sein Herz durchbohrt. Es steht ja nicht einmal fest, ob der Pfeil von einer Frau abgeschossen wurde. Oder haben Sie doch schon einen konkreten Verdacht?«

Die Ermittler ließen die Frage im Raum verhallen.

Plötzlich verlor Frederikas Gesicht deutlich an Farbe. »Sie sind so still«, sagte sie. »Zählen Sie gerade eins und eins zusammen?«

Wieder verweigerten Molly und Malte die Antwort.

»Hat Frau Ebers mitbekommen, welche Pläne Sie mit Herrn Thalmann hatten?«, fragte Molly, nachdem die lange Stille im Raum ihre Wirkung nicht verfehlt hatte.

»Nicht so richtig.« Frederikas Stimme klang schwach und elend. Fahrig rutschte die Autorin auf die Sofakante vor, schüttelte ein bunt bezogenes Kissen auf und steckte es sich in den Rücken. »Sie hat wohl mitbekommen, dass Hubertus und ich am Telefon über die Verteilung bestimmter Aufgaben gesprochen haben. Ob sie verstanden hat, worum es ging, kann ich nicht beurteilen.«

»Sie hat Sie nicht darauf angesprochen?«

»Nein. Sie hat im Türrahmen gestanden, während ich mit Hubertus sprach. Das habe ich allerdings erst gemerkt, als das Telefonat zu Ende war. Wie viel sie mitbekommen hat und ob sie sich ihren Reim darauf machen konnte – ich habe keine Ahnung.«

Molly ließ Frederika keine Sekunde aus den Augen. »Heute sind Sie sicher froh, dass Sie Fine Ebers nicht vollends in Ihre Pläne eingeweiht haben. Sie hätte sich sonst bestimmt schnell einen anderen Job gesucht. Und dann stünden Sie jetzt, wo es mit Herrn Thalmann und seinem Team nichts werden kann, ganz alleine da.«

Frederika nahm einen Ohrring ab und klipste ihn wieder an. Auf Mollys Frage fiel ihr keine Antwort ein.

»Was wäre aus Cora Bernstorf geworden, wenn Sie Ihre Pläne mit Thalmann umgesetzt hätten?«

Frederika sah Molly an, als verstünde sie nicht, worauf die Kommissarin hinauswollte. Dann tippte sie sich mit zwei Fingern an die Stirn. »Ach, Sie meinen, ob Cora weiter für mich hätte arbeiten können? So weit waren unsere Pläne noch nicht gediehen, dass wir darüber gesprochen hätten. Hubertus war voll ausgelastet. Er musste die Dinge selbst erst einmal durchdenken und neu strukturieren. So eine Kooperation vorzubereiten braucht Zeit. Das geht nicht von heute auf morgen.«

Auch Malte hockte nun auf der Kante seines Sessels. »Sagen Sie, es geht uns im Prinzip nichts an, aber was hat Herr Mohnhausen dazu gesagt, dass Hubertus Thalmann hierhin ziehen wollte?«

»Bastian Mohnhausen?« Frederika zog eine Grimasse und lachte. »Wie kommen Sie denn jetzt auf den?«

Als hätte er gehört, dass sein Name gefallen war, tauchte der Gärtner plötzlich im Garten auf. Er zog einen elektrischen Rasenmäher hinter sich her, postierte ihn an einer Rasenkante, warf den Motor an und schob den Mäher über das Grün.

Malte deutete mit dem Kopf hinaus. »Machen Sie uns nichts vor. Ein Mann wie der Mohnhausen begnügt sich doch nicht damit, Ihnen das Laub zu harken und den Rasen zu mähen.«

»Also, das geht mir ein Stück zu weit«, protestierte Frederika. »Das ist eine Einmischung in mein Privatleben, die ich nicht hinnehmen kann.« Sie wandte sich Molly zu, als erhoffte sie sich Unterstützung von Frau zu Frau. »Das muss ich doch auch nicht, oder? Was sagen Sie dazu?«

Molly zuckte mit den Schultern und machte eine Miene, als täte es ihr leid, dass sie ihr in diesem Punkt nicht beistehen könne.

»Wenn es um Mord geht, Frau von Rosien, kennen wir leider keine Grenzen. Da müssen wir in jeden Winkel schauen, um eine Spur zu entdecken, die uns zum Täter führen könnte.«

Frederika sprang vom Sofa auf und zupfte den Saum ihres Kleides herunter.

»Sie tun gerade so, als wäre ich von potentiellen Mördern umgeben. Patrizia, Fine, Bastian ... Ich bezweifle, dass ich das hinnehmen muss. Und außerdem, ich will heute noch an meinem neuen Roman weiterarbeiten. Wenn ich Sie bitten dürfte, mich alleine zu lassen?«

»Das nenne ich ein gutes Timing«, sagte Malte und stand ebenfalls auf. »Auf alle Fragen, die wir an Sie hatten, haben wir Antworten erhalten.«

»So ganz werden Sie uns allerdings noch nicht los«, sagte Molly. »Wir würden uns gerne mit Frau Ebers unterhalten. Sie ist doch noch im Haus?«

»Das wohl, aber sie hat zu tun.«

»Wir auch, Frau von Rosien«, erwiderte Malte mit einer Miene, die alles besagte.

Die Atmosphäre, die ins Ungemütliche abzugleiten drohte, glich Molly mit einem Lächeln und ihrer sanften Stimme aus. »Wo können wir mit Frau Ebers sprechen?

Haben Sie einen Raum, den wir nutzen können, oder sollen wir sie zu uns aufs Kommissariat einladen?«

Mit unbewegter Miene stellte Frederika sich an die Treppe.

»Fine? Kommst du mal runter? Die Kommissare möchten mit dir reden.«

Eine Tür wurde geöffnet.

»Moment«, rief Fine hinunter.

»Warten Sie bitte einen Augenblick«, sagte Frederika zu den Ermittlern und verschwand in einem Nebenraum.

Malte stellte sich dicht neben Molly. »Nur eine Antwort ist sie uns schuldig geblieben«, raunte er ihr ins Ohr. »Sie hat uns nicht gesagt, warum sie uns die Szene aus der ›Rache der Bogenschützin‹ verschwiegen hat.«

»Stimmt«, flüsterte Molly. »Sie ist um die Antwort herumgeeiert. Ich denke, sie will jemanden aus ihrem Umkreis decken.«

»Wer das wohl sein mag?«, fragte Malte mit vielsagendem Blick und deutete mit dem Kopf zur Treppe, über die Fine gerade zu ihnen herunterkam.

22

Fine blieb unschlüssig auf der untersten Treppenstufe stehen und sah die Ermittler an.

Molly wollte ihr etwas Aufmunterndes sagen, doch im selben Augenblick trat Frederika von Rosien wieder aus dem Raum, in den sie zuvor entschwunden war.

Sie öffnete die Tür weit. »Sie können sich hier reinsetzen. Das ist das Zimmer, in dem ich normalerweise Kulturredakteure oder meine Lektorin empfange.«

Sie nickte einmal, als müsse sie sich selbst bestätigen, dass die Ermittler nun mit Fine in diesem Raum reden durften. Dann ging sie in den Blauen Salon zurück und schloss zu Mollys Erstaunen die Tür hinter sich.

Molly bat Fine Ebers in das Zimmer, das mit Tischen und Stühlen ausgestattet war, die von stilbewussten Designern entworfen worden waren.

»Bitte nehmen Sie Platz«, forderte sie die junge Frau auf, die völlig neben der Spur zu laufen schien.

Fine zog einen Stuhl vom Tisch und setzte sich. Dabei fixierte sie die Ermittler mit ihren Blicken, als wären sie Schlangen, die sich jeden Moment auf sie stürzen und ihr einen tödlichen Biss versetzen könnten.

»Wo waren Sie an dem Abend, als Frau von Rosien die Lesung in Timmendorfer Strand gehalten hat?«, fragte Molly in einem gänzlich unverfänglichen Plauderton. »Frau Bernstorf hat Frau von Rosien begleitet. Hatten Sie selbst keine Lust, mit dabei zu sein?«

»Ich hatte für Frederika zu tun«, erwiderte Fine.

»An einem Samstagabend?«, fragte Malte.

»Ist das so ungewöhnlich?«

Mit der Gegenfrage hatte Malte nicht gerechnet. Fine hatte ihn für einen Augenblick mundtot gemacht.

Molly sah sich im Raum um. »Eine edle Einrichtung ist das hier«, sagte sie, um den Druck von Fine zu nehmen, der aus ihrem Gesichtsausdruck sprach. »Ich finde diese Villa durch und durch stilvoll, von außen betrachtet genauso wie von innen. Das ist sicher ein angenehmer Arbeitsplatz.«

Fine deutete ein Nicken an.

»Sie wohnen auch hier im Haus?«, fragte Molly.

Wieder nickte Fine leicht.

»Ihr Job bei Frederika von Rosien scheint mir sehr vielseitig zu sein.«

»Ja.«

Immerhin – ein ganzes Wort.

Molly versuchte es weiter. »Sie übernehmen Aufgaben im Haushalt wie auch im Büro?«

»Ja.«

»Sind Sie schon lange für Frau von Rosien tätig?«

Fine nickte.

»Wie lange genau?«

»Sieben Jahre.«

»Auf den Tag genau?«, versuchte Malte, sie zu einigen Worten mehr zu provozieren.

Doch Fine schüttelte nur den Kopf.

Molly verspürte eine Hilflosigkeit, die sie in Gesprächen mit Zeugen oder Verdächtigen noch nie erlebt hatte. Die Leute waren entweder pampig, oder sie sprudelten über. Manche drohten mit einem Anwalt. Andere versuchten, selbst die Gesprächsführung zu übernehmen. Dass jemand so teilnahmslos vor ihnen saß, hatte sie noch nie erlebt. Wie konnte man diesen Menschen dazu bringen, sich auf ein Gespräch einzulassen?

»Wie sind Sie zu dieser Anstellung gekommen?«, fragte Molly.

»Ich bin nicht bei Frau von Rosien angestellt«, erwiderte Fine. »Ich bin freie Mitarbeiterin.«

Okay, das war eine Antwort. Allerdings nicht die, die sie hatte hören wollen. Molly beschloss, den Plauderton abzustellen und ans Eingemachte zu gehen.

»Vor sechs Jahren ist ein Buch von Frau von Rosien erschienen, ein Roman mit dem Titel ›Die Rache der Bogenschützin‹.«

Wie ein Blitz lief ein Zucken über Fines Gesichtszüge, dann saß sie wieder wie versteinert da.

»In dem Text«, fuhr Molly fort, »gibt es eine Passage, die auf Ihre Mitwirkung zurückgehen soll.«

Keine Regung in der Miene ihres Gegenübers. Fine verharrte in ihrer Haltung wie eine sitzende Statue.

»Ich rede von einer Szene, in der eine junge Frau einen Mann mit Pfeil und Bogen tötet.«

Molly machte eine Pause, um Fines Reaktion zu beobachten. Doch es gab nichts außer schmalen Lippen.

»Wir haben in den letzten Tagen zwei verschiedene Versionen gehört, wie diese Szene entstanden sein soll«, fuhr sie fort. »Beide Male sind Sie im Spiel. Nach der einen Version haben Sie sich nach der abendlichen Begegnung mit einer Gruppe von Männern in einem Wald zu der Geschichte inspirieren lassen. Nach der anderen basiert die Szene auf einem Traum, den Sie hatten, nachdem Sie einen brutalen Film gesehen haben.«

Fine dachte einige Augenblicke nach. »Was soll ich dazu sagen?«, fragte sie unbeteiligt.

Bis zu diesem Punkt hatte Malte das Frage-und-Antwortspiel stumm beobachtet. Nun prustete er lautstark und deponierte seine verschränkten Arme mit einem dumpfen Geräusch auf dem Tisch.

»Wir würden gern erfahren, wie die Wahrheit lautet. Was war die Ursprungsversion für diese Szene?«

Fine hatte nur ein hilflos anmutendes Kopfschütteln für ihn übrig. »Es tut mir leid, ich weiß das nicht mehr. Es dürfte mindestens sieben Jahre her sein, dass mir die Geschichte eingefallen ist.«

»Ist seitdem so viel geschehen in Ihrem Leben, dass sie es vergessen haben?«, fragte Molly.

Sie stellte die Frage in einem Ton, der keinen Zweifel daran ließ, dass sie das Gegenteil des Gesagten meinte. Was sollte einem Menschen schon widerfahren sein, der tagaus, tagein um Frederika von Rosien herumschwirrte, ihr den Kaffee ans Bett brachte, die Kleidung von Fusseln befreite und ihre diktierten Texte abtippte?

»Ja«, antwortete Fine wieder, und Molly zweifelte am Umfang des Wortschatzes dieser Frau.

»Sie haben die Szene nicht zufällig selbst erlebt?«

»Ich? Nein.«

Molly wusste nicht mehr weiter. Wie konnte man dieses Wesen, das einfach nicht zu packen war, aus der Reserve locken?

»Was haben Sie gedacht, als Sie gehört haben, dass Hubertus Thalmann auf dieselbe Weise ums Leben gekommen ist wie der Mann in Ihrer Szene?«

»Ich kenne die Details der Tat nicht«, sagte Fine. »Ist es wirklich dieselbe Weise?«

Malte verlor die Geduld. »Frau Ebers, bitte.«

»Sind Sie sicher«, fragte Fine mit scheuem Blick, »dass eine Frau Hubertus Thalmann getötet hat?«

Die Ermittler schwiegen.

Fine gewann Oberwasser. »Sehen Sie, das könnte ein Unterschied zwischen meiner Szene und der Wirklichkeit sein. Betrachten Sie bitte auch das Motiv der Tat. Der Mann in meiner Szene wurde ermordet, weil er eine Frau vergewaltigt hat. Glauben Sie, dass Hubertus Thalmann zu so einer Tat fähig gewesen wäre?«

Molly fiel keine Erwiderung darauf ein. Fine Ebers war raffinierter, als sie es ihr jemals zugetraut hätte.

Triumphierend sah Fine die Ermittler an. »Ich denke, das sollte reichen, um jeglichen Zusammenhang zwischen der Szene, die ich mir ausgedacht habe, und dem Mord an Thalmann in Zweifel zu ziehen.«

»Kannten Sie Herrn Thalmann?«, fragte Malte. »Sind Sie sich jemals im Leben begegnet?«

»Nein«, sagte Fine entschieden. »Ich wüsste nicht, dass er mir mal über den Weg gelaufen wäre.«

Sie wartete ab, ob die Ermittler eine weitere Frage stellen würden. Doch Molly und Malte staunten schweigend über diese Frau, die nach außen so schutzlos wirkte, in ihrem Inneren aber eine Mauer errichtet hatte, die kaum zu durchbrechen war.

»Führen Sie sich bitte immer vor Augen«, dozierte Fine, »dass Dichtung und Wahrheit, auch wenn sie sich manchmal ähneln, sehr unterschiedliche Quellen haben können. Ich persönlich habe viele Ideen, und ich erzähle ein und dieselbe Geschichte gerne mal auf die eine, mal auf die andere Weise. Das ist kein Verbrechen, und daraus müssen auch keine entstehen.«

»Danke für den Nachhilfeunterricht«, sagte Molly. »Darf ich fragen, was Sie früher gemacht haben, bevor Sie zu Frau von Rosien gekommen sind?«

»Gekellnert.«

Da war sie wieder, die Einsilbigkeit, die Fine Ebers so perfekt beherrschte.

»In Travemünde?«

»In Lübeck und in anderen Städten.«

»Woher sind Sie gebürtig?«, hakte Molly nach.

»Spielt das für Ihre Ermittlungen eine Rolle?«

»Eventuell«, sagte Malte. »Vor allem aber interessiert es mich, welcher Ort auf dieser Welt Menschen hervorbringt, die es derart perfekt beherrschen, Antworten auf Fragen, die ihnen gestellt wurden, zu umgehen.«

Fine lächelte wie Mona Lisa. »Das ist eines meiner Hobbys. Die Menschen sind so neugierig. Sie vergessen dabei, dass es Artgenossen gibt, die nicht gern über sich reden.«

»Gibt es einen konkreten Grund dafür, dass Sie so verschwiegen sind?«, fragte Molly.

Fine guckte sie ernst an. »Wenn ich jetzt Ja sage, sind Sie wieder unzufrieden, und wenn ich Nein sage, glauben Sie mir nicht.«

»Gut«, sagte Molly und meinte das Gegenteil. »Lassen wir das. Kommen wir noch mal auf unsere erste Frage zurück. Können Sie uns jemanden nennen, der bezeugen kann, dass Sie am Samstagabend zwischen sechzehn und zwanzig Uhr hier im Haus waren?«

Fine legte einen Finger an die Lippen und blickte zur Decke. »Wenn es einen geben sollte, kann das nur Bastian Mohnhausen sein. Er war eine Zeit lang draußen im Garten. Kann sein, dass er mich im Büro gesehen hat.«

Malte sah sie lange an. »Das wäre dann ein Alibi.«

»Ich hatte allerdings die Vorhänge zugezogen«, sagte Fine leise. »Aber es brannte Licht.«

23

Mürrisch nahm Bastian Mohnhausen Platz. »Ich hab zwar keine Ahnung, was Sie von mir erwarten. Aber wenn Sie nicht wissen, was Sie mit Ihrer Zeit anfangen sollen, fragen Sie nur munter drauflos.«

Malte lehnte sich entspannt zurück. »Ich glaube nicht, dass es vergeudete Zeit ist, mit Ihnen zusammenzusitzen. Es gibt einen Menschen, dem ist ganz besonders daran gelegen, dass Sie sich zu der Frage äußern, ob Sie ihn am vergangenen Samstag gesehen haben.«

Bastian krümmte den Rücken und streckte den Kopf ein wenig vor. »Cora?«

»Kalt.«

Malte lachte gekünstelt und schüttelte den Kopf. Er schien ein Machtspielchen mit dem schönen Bastian austragen zu wollen, der heute im Vergleich zu seinem ersten Zusammentreffen mit den Ermittlern unsicher wirkte, auch wenn er das zu überspielen versuchte.

»Frederika?«, fragte Bastian zweifelnd.

Malte wiegte den Kopf hin und her. »Warm.«

»Dann meinen Sie Fine.«

Malte schlug mit der Hand auf den Tisch. »Sie haben's erraten. Blieb ja auch nicht mehr viel übrig.«

»Wissen Sie«, fragte Molly, »wo Frau Ebers sich am vergangenen Samstag zwischen sechzehn und zwanzig Uhr aufgehalten hat?«

»Bin ich ihr Kindermädchen?«

216

Wieder einer, der mit Gegenfragen antwortete. Molly biss die Zähne zusammen. »Haben Sie Frau Ebers in der fraglichen Zeit hier im Haus gesehen?«

Bastian schniefte und wischte sich mit dem Handrücken unter der Nase entlang. »Nö. Glaube nicht.« Dann sah er auf und zuckte mit den Schultern. »Oder doch? Möglich ist es. Ich weiß es nicht mehr. Ich sehe sie ab und zu, wenn sie auf ihrem Balkon ist oder am Fenster steht. Aber Datum und Uhrzeit merke ich mir nicht.«

»Nee«, sagte Malte, »schon klar. Ist jetzt auch nicht so wichtig. Es geht nur darum, ob sie für den Mord an Hubertus Thalmann infrage kommt. Wo waren Sie eigentlich zu der fraglichen Zeit?«

»Ich?« Mit einem Ruck setzte Bastian sich gerade hin. »Ich war hier.« Er deutete mit der Hand auf den Rasen. »Ich war im Garten. Da ist immer was zu tun bei so einem großen Grundstück.«

»Haben Sie Zeugen?«, fragte Molly.

Bastian duckte sich wieder weg. »Die Leute, die über die Strandpromenade spaziert sind, dürften mich gesehen haben.«

Malte streckte die Beine von sich. »Wir können über die Medien nach Zeugen suchen. Ob die Leute, die am Wochenende hier herumspaziert sind, sich aber die Uhrzeit notiert haben, zu der Sie hier gewesen sein wollen?«

Bastian stieß einen leisen Fluch aus. Dann fiel ihm etwas ein. »Fine. Sie hat an dem Abend in ihrem Büro gesessen. Das ist der Raum neben diesem, hier unten im Erdgeschoss. Sie hat das Gerät abgehört, auf dem Frederika ihr die nächsten Kapitel diktiert hatte, und hat die Texte abgetippt.«

»Haben Sie sie in dem Raum gesehen?«, fragte Molly.

»Das nicht. Die Vorhänge waren zugezogen, aber das Fenster war gekippt, und die Aufnahme lief ab.«

»Fine und Sie haben nicht miteinander gesprochen?«

Bastian stutzte. »Nee, gesprochen haben wir nicht.«

Molly stellte sich die Situation vor. Bastian im Garten. Er hört die Aufnahme mit Frederikas Stimme, sieht Fine aber nicht. Er denkt sich lediglich seinen Teil.

Damit hatte Fine kein Alibi. Aber auch Bastian hatte keins.

»Sie haben ein Auge oder auch zwei auf Frau von Rosien geworfen«, sagte Molly ihm auf den Kopf zu.

Seine Augen wurden schmal und finster und fingen an, zu funkeln wie zwei kleine Vulkane. »Was hat das mit Ihrem Fall zu tun?«

»Die Beziehung zwischen Ihnen und Frau von Rosien ist nicht nur ein gutes Verhältnis zwischen Chefin und Mitarbeiter. Da läuft mehr zwischen Ihnen beiden.«

»Ich bin nicht der Mitarbeiter von Frau Rosien«, erklärte Bastian stolz. »Ich bin selbstständiger Gärtner, ich arbeite für viele Kunden. Frederika ist nur einer davon.« Er grinste verlegen. »Aber wenn Sie es schon bemerkt haben ...« Er zeigte eine Spur von Stolz. »Warum sollte ich leugnen, dass ich Frederika gefalle?«

»Und Frau von Rosien offenbar auch Ihnen, Herr Mohnhausen«, schob Malte hinterher. »Sie sind ja auch eine interessante Persönlichkeit«, versuchte er es mit einer Schmeichelei von Mann zu Mann. »Sie haben eine berufliche Vergangenheit hinter sich, die ziemlich aus dem Rahmen fällt.«

Bastian blieb der Mund offen stehen. »Sie meinen den Zirkus?«, fragte er und winkte ab, als Malte nickte. »Das war nur eine kurze Episode. Nach der Ausbildung wollte ich Abenteuer erleben. Das geht nur im Zirkus oder als Fremdenlegionär. Und ich bin nun mal ein friedlicher Mensch. Als Söldner in fernen Ländern Krieg führen – ein Kumpel von mir hat das gemacht. Er wollte mich mitnehmen, aber meine Sache war das nicht.«

»Aha«, sagte Malte. »Deshalb sind Sie Messerwerfer geworden. Weil Sie so friedliebend sind.«

»Was hätte ich sonst machen sollen?«, entrüstete Bastian sich. »Punktgenau zielen kann ich sogar im sturzbesoffenen Zustand. Schwindelfrei dagegen bin ich nicht. Seilartist hätte ich also nicht werden können. Und für einen Clown hab ich nicht die richtige Mentalität. Das wäre wohl eher was für Sie.«

»Den Clown geben wir in unserem Job zwangsweise oft genug«, frotzelte Molly und holte zu einem Schlag aus. »Wenn Sie aber so gut mit dem Messer zielen können, wie Sie behaupten, können Sie es dann auch mit Pfeil und Bogen?«

Bastian wurde bleich wie die Wand. »So was habe ich noch nie in der Hand gehalten«, presste er hervor.

»Wenn es so ist ...« Molly ließ den Satz offen. »Wenn Ihnen einfallen sollte, wer glaubhaft bezeugen kann, Sie am Sonnabend zwischen sechzehn und zwanzig Uhr hier im Garten gesehen zu haben, melden Sie sich bitte bei uns. Falls Sie in Verdacht geraten sollten, mit dem Mord zu tun zu haben, kann es nicht schaden, wenn Sie ein hieb- und stichfestes Alibi vorweisen können.«

»Ich horch mal rum«, erwiderte Mohnhausen.

Molly stand auf und ging zur Tür des Besprechungsraumes. »Kommen Sie aber nicht auf die Idee, einen Kumpel anzuhauen, der uns eine Lüge auftischt. Damit schießen Sie sich nur selbst ins Knie.«

»Nee, nee.« Auch Bastian erhob sich. Er schob die Hände in die Taschen und zog die Schultern hoch.

Malte tätschelte ihm kollegial den Rücken. »Schönen Tag noch. Und das mit dem Clown war gar keine so schlechte Idee. Ich denk mal drüber nach.«

Verdattert blickte Bastian ihnen hinterher.

Frederika kam aus dem Blauen Salon, als die Ermittler auf den Flur traten. Molly war sicher, dass sie jedes Wort, das sie gesprochen hatten, mitgehört hatte.

Sie ließen sich von der Hausherrin zur Tür geleiten.

An der Treppe, die in den Vorgarten führte, blieb Frederika stehen und legte die Hände ineinander. »Wie geht es nun weiter?«

Malte wandte sich ihr zu, während Molly die ersten Stufen hinabging. »Wir werden die Aussagen analysieren, die wir heute zusammengetragen haben. Wir melden uns, wenn wir weitere Fragen haben. Bis dahin wünschen wir frohes Schaffen.«

Molly stand bereits am Wagen, als Malte die Türen aufschloss. Sie konnte es kaum erwarten, dieses Grundstück zu verlassen.

»Hier möchte ich nicht wohnen«, sagte sie, als sie im Auto saß und den Sicherheitsgurt anlegte. »Für kein Geld der Welt.«

»Aber die Villa würdest du nehmen, wenn man sie dir schenken würde«, frotzelte Malte.

Molly warf noch einmal einen Blick auf das Haus. »Darüber ließe sich diskutieren. Aber die Räume müssten von oben bis unten gründlich desinfiziert werden. Mir hängen zu viel Verlogenheit, Eitelkeit und Geheimniskrämerei da drin.«

24

Im Dachgeschoss von Frederikas Villa

Nach dem Gespräch mit den Kommissaren war Fine die Treppe mehr hinauf getaumelt als gestiegen. Sie hatte gerade noch die Kraft besessen, die Tür hinter sich zu schließen und sich in ihren Sessel fallen zu lassen.

Noch immer waren die Ermittler im Haus. Sie hatte gehört, wie die zwei Frederika darum gebeten hatten, auch Bastian hereinzurufen, um mit ihm sprechen zu können. Frederika war auf die Terrasse gegangen und hatte Bastian ins Haus beordert. An der Lautstärke, mit der sie die Terrassentür zugeworfen hatte, nachdem er eingetreten war, konnte Fine messen, wie Frederikas Stimmung zurzeit war.

Die Ermittler brachten Unruhe in diese stille kleine Welt. Den Kommissaren musste vom Beginn der Recherchen an klar gewesen sein, dass Frederika nicht als Mörderin von Hubertus infrage kam. Sie hatte das perfekte Alibi. Und doch wurde Frederika von Tag zu Tag nervöser. Wohl, weil sie ahnte, dass der Täter oder die Täterin ganz in ihrer Nähe saß.

Zu gern hätte Fine gewusst, welche Fragen die Ermittler Bastian gerade stellten. Ob er aussagen würde, dass er sie am Samstagabend im Haus gesehen hatte? Wenn ja, konnte sie aufatmen. Aber was, wenn nicht?

Fine nahm alle Kraft zusammen und erhob sich aus dem tiefen, weichen Sessel, der ihr sonst so viel Geborgenheit gab. Heute kam er ihr vor wie ein Grab.

Sie ging zu der Blumenvase, in der sie ihr Smartphone versteckt hielt. Mit dem Gerät in der Hand kroch sie ins Bett und zog sich die Decke über den Kopf. Sie wählte die einzige Nummer, die sie in den Kontaktdaten gespeichert hatte: die von Juliane.

»Bist du gerade allein im Büro?«, fragte sie. »Hast du einen Augenblick Zeit für mich?«

»Ja, klar, rede nur«, sagte die Literaturagentin besorgt. »Was ist passiert? Du klingst, als wärst du unter Druck.«

»Ich muss hier weg«, brachte Fine leise hervor. »So schnell wie möglich. Kann ich bei dir unterschlüpfen?«

Juliane überlegte keine Sekunde. »Natürlich. Komm her, wann immer du willst. Ich hab es dir schon vor einiger Zeit angeboten. Das Zimmer, das ich dir versprochen habe, ist im Handumdrehen hergerichtet.«

Fines Herz entkrampfte sich. Wie viel angenehmer klang Julianes Stimme im Vergleich zu der einer Frederika von Rosien!

»Ich werde gleich meine Sachen zusammenpacken«, sagte Fine. »Das ist schnell erledigt. Dann muss ich nur noch den richtigen Zeitpunkt für mein Verschwinden abpassen. Ich melde mich später wieder bei dir.«

Ohne ein weiteres Wort zu verlieren, beendete sie das Gespräch und kroch unter der Bettdecke hervor.

Sie drehte sich um die eigene Achse.

Was gehörte ihr schon? Sie war mit einem Minimum an Kleidung hergekommen, und seit sie hier lebte, hatte sie fast nichts dazugekauft. In Gedanken war sie immer auf der Flucht gewesen.

Nun musste es also wieder sein.

Der Entschluss war gefasst, und erneut fing ihr Herz an zu pumpern.

Jetzt kam es darauf an, keine Aufmerksamkeit, keinen Verdacht zu erregen. Frederika durfte nicht merken, wie sie in ihrer kleinen Wohnung im Dachgeschoss hin und her lief.

Fine schlich auf Zehenspitzen übers Parkett, nahm einen Stapel Wäsche aus dem Kleiderschrank und trug ihn aufs Bett. Zurück am Schrank, nahm sie Pullover und Shirts heraus und deponierte sie in zwei weiteren Stapeln daneben. Zuletzt legte sie die Jeans ans Fußende des Bettes und stellte die Schuhe daneben.

Sorgfältig verstaute sie all ihre Kleidung in einem alten, kantigen Koffer aus braunem Leder, den sie zu Beginn ihres neuen Lebens auf einem Flohmarkt erstanden hatte.

Die wenigen Kosmetika, die sie nutzte, würde sie erst später, kurz vor ihrer Flucht, in die Toilettentasche packen. Bis dahin würde sie sie womöglich noch brauchen.

Noch einmal sah sie sich im Raum um.

Den eBook-Reader würde sie in ihrer Handtasche unterbringen. Den Radiowecker hatte Frederika ihr geschenkt, den Fernseher ebenfalls. Beides würde sie zurücklassen. Genauso wie die Blumenvase, die ihr all die Jahre über als Versteck fürs Handy gedient hatte.

Blieb nur noch das Wichtigste. Der einzige Gegenstand, den sie niemals hergeben würde.

Sie huschte ins Bad, öffnete das Schränkchen, in dem die Handtücher untergebracht waren, die ebenfalls Frederika gehörten, und holte die Trophäe hervor.

Neun Jahre war es her, dass sie sie gewonnen hatte. Sorgfältig hüllte sie das Stück in ein T-Shirt. Sie fühlte sich dabei wie eine Mutter, die ihr Baby in ein warmes Tuch hüllt, um es vor Kälte und Nässe zu schützen.

Sie schob die Kleidung im Koffer etwas auseinander und legte die Trophäe in die Mulde. Vorsichtig klappte sie den Deckel zu und ließ die Schnappverschlüsse einrasten. Den Koffer stellte sie lautlos in die Ecke hinter dem Fußende des Bettes, dorthin, wo er all die Jahre über gestanden hatte. Nun musste sie nur noch auf den Moment warten, in dem sie allein im Haus war.

Sie rief sich die Gepflogenheiten von Bastian und den Terminkalender von Frederika ins Gedächtnis. Morgen hatte Bastian, wie immer am Donnerstag, in Niendorf bei einem älteren Ehepaar zu tun. Und Frederika wollte sich am Mittag mit einem Redakteur in Haffkrug treffen.

Noch einmal nahm sie das Smartphone zur Hand. »Juliane? Ich komme morgen Mittag.«

Im Hintergrund bellte Julianes ungestümer Labrador Retriever, als hätte er die Stimme erkannt und freute sich auf den Gast.

»Ich hol dich gern mit dem Auto ab«, rief Juliane in dem Bemühen, ihren Hund zu übertönen. »Dann musst du dich nicht mit dem Koffer abschleppen.«

Fine überlegte, ob sie nicht ein Taxi rufen sollte. Doch dann nahm sie Julianes Vorschlag an.

»Weißt du was?«, fragte Juliane aufgeräumt. »Dann fahren wir zuerst nach Lübeck und kleiden dich ganz neu ein. Du läufst seit Jahren in denselben Sachen herum. Es wird Zeit, dass sich das ändert.«

Fine konnte sich mit dem Gedanken nur schwer anfreunden, sah aber ein, dass es angebracht war, und gab nach. »Na gut.«

»Schön«, sagte Juliane erleichtert. »Gib mir morgen Bescheid, wenn ich losfahren soll.«

25

Zurück in der Dienstvilla

»Ben steckt mit beiden Händen tief im Internet«, stellte Molly mit einem Blick in das Büro ihres jungen Kollegen fest.

»Bin gleich fertig«, raunte er ihr über die Schulter zu. »Setzt euch schon mal in den Besprechungsraum.«

Malte wagte sich zu ihm vor und lugte ihm über die Schulter. »Was machst du denn da? Hast du was Spannendes gefunden?«

Ben drängte ihn mit dem Ellenbogen zurück. »Ich sag doch, ihr sollt euch schon mal hinsetzen. Bin gleich soweit.«

Malte folgte Molly in den Raum. Anders als sie war er zu unruhig, um sich hinzusetzen. Er tigerte auf und ab, bis Ben sich endlich zu ihnen gesellte.

»Mit einem schlauen Zettel in der Hand«, stellte Malte süffisant fest. »Hast du so viel herausgefunden, dass du es dir nicht merken kannst?«

Mit unbewegter Miene legte Ben seine Unterlagen auf den Tisch und setzte sich hin. Er schob die Ärmel seines Pullis zurück. »Wenn du dich auch bequemen würdest, Platz zu nehmen, Malte, könnten wir anfangen.«

Artig setzte Malte sich neben Molly, faltete die Hände zusammen und versuchte, sich geduldig zu zeigen.

»Also.« Ben sah seine Kollegen an. »Über Bastian Mohnhausen habe ich nicht viel herausgefunden. Er ist in Lübeck geboren und bisher polizeilich nicht in Er-

225

scheinung getreten, abgesehen von Strafzetteln fürs Falschparken und für das Überschreiten der Geschwindigkeit um ein paar Kilometer pro Stunde.«

»Sprich: das ganz normale Bürgerverhalten«, folgerte Malte.

»Er weicht schon ein Stück weit von der Normalität ab«, widersprach Ben. »Meine Internet-Recherche hat ergeben, dass er viele Jahre in der Welt herumgereist ist. Das kann man aus seinen Posts und Kommentaren in seinem eigenen Profil und dem seiner Freunde auf Facebook und Instagram herauslesen.«

»Hat er sein Profil öffentlich gehalten?«, fragte Molly.

Ben nickte. »Jeder kann reingucken, die ganze Welt.«

Molly wandte sich an Malte. »Daraus lässt sich schließen, dass er keine großen Geheimnisse hat.«

»Oder dass er schlicht und ergreifend leichtsinnig ist«, meinte Malte dazu.

»Dass er einige Jahre als Messerwerfer mit einem Zirkus durch halb Europa getourt ist, wisst ihr ja schon«, fuhr Ben fort.

»Von halb Europa wussten wir nichts«, antwortete Malte. »Aber im Prinzip ist es das, was Cora Bernstorf uns mitgeteilt und Bastian Mohnhausen bestätigt hat. Das können wir also als erwiesen betrachten, ohne bei dem Zirkusunternehmen nachfragen zu müssen.«

»Steht irgendwo was von Bogenschießen?«, wollte Molly wissen.

»Nein, nicht im Zusammenhang mit ihm. Dazu, dass er das beherrschen würde, hat er selbst sich auch nie geäußert. Als er seine Zirkuszeit beendet hat, hat er seinen ursprünglich erlernten Beruf des Gärtners wieder aufgenommen.«

»Hast du ihn irgendwo im Internet oder in den Sozialen Medien mit der Rosien in verräterischer Nähe entdeckt?«, fragte Malte. »Oder mit Thalmann zusammen?«

»Nichts, nada, niente. Bedaure.«

»Schade«, sagte Molly mit einem bittersüßen, ironischen Lächeln. »Es hätte so gut gepasst – der schöne Gärtner als Mörder.«

»Kommen wir zu Fine Ebers«, sagte Ben und zog bedeutungsvoll die Augenbrauen hoch. »Auffällig ist, dass es keine Spuren von ihr gibt. Sie ist im Internet nirgendwo zu finden. Ein völlig unbeschriebenes Blatt.« Ratlos hob er die Schultern. »Ich meine, eine Frau in dem Alter, die ist doch normalerweise auf Facebook präsent.«

»Wie alt ist sie genau?«, fragte Molly.

»Dreiunddreißig. Sie kam in Düsseldorf zur Welt und ist sehr früh mit ihren Eltern nach Österreich gezogen. Da muss sie zur Schule gegangen sein, und wenn sie eine Ausbildung gemacht hat, dann wohl auch dort. Seit acht Jahren lebt sie in Schleswig-Holstein. Zuerst in Lübeck, aber nur kurze Zeit. Vor sieben Jahren ist sie in das Haus von Frederika von Rosien gezogen.«

»Zwischen der Zeit in Düsseldorf und der in Lübeck gibt es nichts?«, fragte Molly. »Auch nicht auf österreichischen Websites?«

Ben schnaufte laut und beugte sich über den Tisch. »Molly, Internet ist Internet. Wenn du nach einem Namen suchst, kriegst du alle Seiten angezeigt, auf denen er vorkommt. Wenn er aber nirgendwo vorkommt, kriegst du eben keine einzige Seite angezeigt, auch nicht, wenn du die Suchmaschine freundlich darum bittest, auch mal in Österreich nachzusehen.«

»Ist mir schon klar«, erwiderte Molly verärgert.

»Sei nicht traurig«, meinte Ben. »Ich bin noch nicht fertig. Das Beste kommt zum Schluss. Und das heißt ...«

Fragend guckte er Molly und Malte an.

Malte spielte das Spiel mit. »Cora Bernstorf?«

Ben grinste stolz und nickte. »Cora Bernstorf. Sie ist hoch verschuldet. Ich hab euch doch von dem Haus erzählt, in dem sie wohnt, und davon, dass eine der Eigentumswohnungen gerade verkauft wird. Es ist die Wohnung von Cora Bernstorf.«

»Woher weißt du das?«, fragte Malte. »Hast du beim Immobilienmakler herumspioniert?«

»Ich hab mich als Interessent ausgegeben und einen Termin mit ihm gemacht. Ich hab dem Makler vorgegaukelt, dass ich Banker bin, vor der Beförderung zum Abteilungsleiter stehe und es leid bin, immer nur meinen Kunden Darlehen für eine Immobilie zu gewähren.«

»Das hat er dir abgenommen?«, rief Malte aus. »Vom Immobilienkauf verstehst du doch gar nichts.«

»Das glaubst du. Ich habe einen Onkel, der sich super damit auskennt. Von dem hab ich schon viel gelernt. Ich will schließlich auch mal ein Haus kaufen. Und ich werde es schlauer anstellen als Cora Bernstorf.«

»Woher weißt du«, fragte Molly, »dass Frau Bernstorf sich finanziell übernommen hat?«

Ben grinste über das ganze Gesicht. »Der Makler hat Vertrauen zu mir gefasst, und er war ganz schön redselig. Er hat mir erzählt, dass die Bernstorf jahrelang über ihre Verhältnisse gelebt hat, um mit Frederika von Rosien mithalten zu können. Eine repräsentative Wohnung, teure Klamotten, Schmuck – ihr wisst schon, alles, was bei Frauen so dazugehört.«

»Ich sehe, du kennst dich aus«, sagte Molly lächelnd.

»Wusstet ihr«, fragte Ben, »dass der Ruf der Rosine nicht ohne Folgen für die berufliche Existenz von Cora Bernstorf geblieben ist?«

»Hübsch, die Umbenennung in ›Rosine‹«. Molly spitzte spöttisch die Lippen. »Aber wie wirkt sich der Ruf der Autorin auf die Bernstorf aus?«

»Frau Bernstorf muss sich bei dem Makler ausgeheult haben. Er war jedenfalls rundum gut informiert. Er sagt, die Rosien hat den Ruf, andere Menschen bis zum Äußersten auszunutzen und sie fallenzulassen, wenn der Kontakt nichts mehr bringt. Durch die lange Zusammenarbeit ist das Image der Bernstorf vergiftet. Kein Autor, kein Verlag und keine Literaturagentur will mit ihr zusammenarbeiten. Die Rosien als Berühmtheit wird in der Branche hofiert, aber die Bernstorf wird gemieden, als hätte sie eine ansteckende Krankheit.«

»Das heißt«, folgerte Molly, »wenn Frederika von Rosien beschließt, sich mit Hubertus Thalmann und seiner Agentur zusammenzutun, riskiert Cora Bernstorf, auch von Frederika keine Aufträge mehr zu erhalten. Damit wäre ihre Existenz gefährdet.«

»Und ihre Schulden«, fügte Malte hinzu, »könnte sie erst recht nicht mehr begleichen. Wenn das kein Motiv ist, Thalmann an einer Zusammenarbeit mit der Rosien zu hindern – notfalls mit Gewalt.«

Ben bog die Schultern zurück und Molly bemerkte wohlwollend, dass er über sich hinauszuwachsen drohte.

»Das ist aber immer noch nicht alles«, verkündete er. »Ich habe die Freundin angerufen, bei der Cora Bernstorf am Samstag in der Zeit zwischen dem Absetzen von Frederika von Rosien vor Jannas Lesecafé und der Rückkehr kurz vor der Lesung gewesen sein will.«

»Hammer, wie du dich reinkniest in den Fall.« Malte rutschte auf seinem Stuhl herum. »Los, erzähl.«

»Die Freundin, eine gewisse Ilona Loscher, bestätigt, dass Frau Bernstorf bei ihr war. Sie hat ihr tatsächlich ein Buch zurückgegeben, das sie vor drei Wochen von ihr ausgeliehen hat. Ich habe Frau Loscher routinemäßig gefragt, ob Frau Bernstorf die ganze Zeit bei ihr gewesen ist. Was meint ihr, was sie gesagt hat?«

»Ben, frag nicht. Erzähl«, mahnte Molly ihn. »Wir stehen unter Druck, den Fall zu lösen.«

»Sie hat gesagt, Frau Bernstorf war die ganze Zeit bei ihr – mit Ausnahme einiger Minuten. Sie ist für kurze Zeit rausgegangen, um ein Telefonat zu tätigen. Das war wohl ein sehr geheimes Gespräch, hat Frau Loscher mir mit einem Augenzwinkern gesteckt. Dann ist sie wieder in die Wohnung zurückgegangen. Die Zeugin meint, in den fünf Minuten, wenn es überhaupt so viele waren, könnte Cora Bernstorf es wohl kaum fertiggebracht haben, zu dem Feld zu fahren, auf dem Hubertus Thalmann starb, ihn mit ruhiger Hand mit Pfeil und Bogen umzubringen und zurückzukommen.«

»Frau Loscher ist also überzeugt«, überlegte Molly, »Cora Bernstorf mit ihrer Aussage einen Gefallen getan zu haben.«

»Und wie. Sie meint, sie hat ihr ein Alibi gegeben.«

»Hab ich nicht gleich zu Beginn gesagt, jemand aus Frederika von Rosiens Umgebung hat den Mord in Auftrag gegeben?« Molly wandte sich an Malte. »Wir müssen das Telefon von Cora Bernstorf überprüfen. Wir werden sie bitten, uns die Nummer zu geben, die sie angerufen hat. Das kann die Spur zu den Mördern sein.«

Malte sprang auf. »Wir fahren sofort zu ihr.«

Molly folgte ihm hinaus. »Aber jetzt fahre ich«, sagte sie. »Du hast zu viel Dampf unterm Hintern. Das riecht nach einer saftigen Geschwindigkeitsüberschreitung.«

»Bitte«, erwiderte Malte beleidigt. »Wenn du glaubst, dass du ruhiger bist als ich.«

Molly hielt sich strikt an die erlaubte Geschwindigkeit, auch wenn es ihr schwerfiel. Es dämmerte bereits, als sie in Travemünde ankamen. Doch die Strecken zu Frederika und zu Cora kannte sie inzwischen im Schlaf.

Kaum hatte sie vor dem Haus, in dem Cora Bernstorf lebte, gebremst, war Malte auch schon vom Beifahrersitz gesprungen. Er lief zur Haustür und klingelte.

Niemand öffnete.

»Der Anordnung der Klingeln nach«, flüsterte Molly, »muss Frau Bernstorfs Wohnung die im ersten Stock rechts sein.«

Während Malte an der Haustür stehen blieb, trat sie zurück und sah nach oben. Sie ging halb um das Haus herum und kehrte wieder zu Malte zurück.

»Sie scheint nicht da zu sein. Nirgendwo in der Wohnung brennt Licht.«

»Dann rufen wir sie an.«

Molly holte ihr Smartphone aus der Tasche und wählte Coras Nummer.

»Die geht nicht dran«, sagte sie verbiestert und steckte das Telefon wieder ein.

Malte fluchte. »Lass uns zum Wagen zurückgehen.«

Plötzlich klingelte Mollys Handy. Sie nahm es wieder hervor. »Frau Bernstorf? Wo sind Sie? Wir würden Sie gerne sprechen.«

»Mich sprechen?«, fragte Cora. »Ich bin beruflich in Hamburg. Ich komme heute erst sehr spät zurück.«

»Wann können wir Sie treffen?«, fragte Molly in einer Mischung aus Strenge, Gereiztheit und Freundlichkeit.

»Morgen irgendwann. Oder am besten übermorgen.«

»Übermorgen wäre uns zu spät. Wir haben eine eilige Frage. Wann sind Sie morgen im Haus?«

Cora ließ sich Zeit mit der Antwort. »Wenn es eilig ist, fragen Sie doch jetzt.«

»Das passt gerade nicht. Wir sind unterwegs, und wir brauchen ein bisschen Ruhe für das Gespräch. Wann morgen, Frau Bernstorf?«

»Das kann ich Ihnen morgen Vormittag sagen. Ich muss erst einige Telefonate führen. Danach rufe ich Sie an und schlage Ihnen eine Uhrzeit vor.«

»Melden Sie sich aber nicht zu spät«, mahnte Molly. »Wir erwarten Ihren Anruf spätestens um zehn. Einen angenehmen Aufenthalt in Hamburg, und kommen Sie gut zurück.«

Sie beendete das Gespräch und berichtete Malte, was Cora ihr mitgeteilt hatte.

»Wir warten aber keine Minute länger als bis zehn«, sagte Malte entschlossen.

»Keine Sekunde«, sagte Molly. »Wenn sie bis dahin nicht angerufen hat, stehen wir bei ihr auf der Matte.«

»Sollen wir ihr Handy überwachen lassen, um zu sehen, wo sie sich aufhält?«

Molly überlegte. »Das kriegen wir nicht durch. Du weißt doch: Datenschutz geht vor Täterschutz. Die Indizien reichen im Moment noch nicht aus. Nicht, bevor wir wissen, mit wem sie am Samstag telefoniert hat.«

»Na denn ...« Malte stapfte zum Wagen zurück.

26

Vorsichtig schlich Molly sich an Oles Zimmernachbarn vorbei, zog einen Stuhl ans Bett heran und ließ sich darauf nieder. Sie nahm Oles Hand, traute sich aber nicht, zuzudrücken.

Sie erschrak, als sie ihn betrachtete. Sein Gesicht war blasser als der Bettbezug. Immerhin, er hatte die Augen geöffnet, und die Farbe seiner Haut ließ darauf schließen, dass das Fieber tatsächlich zurückgegangen war.

»Guck nicht so traurig«, brachte Ole kraftlos hervor. Er lächelte dabei. »Die Ärzte sagen, so schnell wirst du mich nicht los.«

»Die Antibiotika haben gewirkt?«

Er nickte. »An einer Bauchfellentzündung sterbe ich nicht. Wenigstens nicht an dieser.«

Molly versuchte, zu lächeln. Es misslang. Sie traute sich nicht, zu fragen, wie es mit den Ergebnissen der pathologischen Untersuchung aussah. Die Ärztin war nicht zu sprechen gewesen, als sie die Station betrat.

Sie ließ Oles Hand los und suchte in ihrer Tasche nach etwas, ohne zu wissen, wonach. Es war so schrecklich, zwischen den Seilen zu hängen. Sie hatte Mühe, nicht in Tränen auszubrechen.

Ole zog ihren einen Arm zu sich und suchte wieder ihre Hand. »Ich mach eine Chemo. Ist alles halb so wild. Ein einziger Lymphknoten war befallen. Damit hab ich gute Chancen.«

Chemo. Lymphknotenbefall. Alles halb so wild ...

Die Worte strauchelten durch Mollys Kopf, sie hämmerten von innen gegen die Schädeldecke.

Ole drückte zaghaft ihre Hand. »Hey, lass den Kopf nicht hängen. Wir machen das mit der Chemo nur vorsichtshalber. Es ist nur zur Sicherheit. Ich schaff das, ich komm da durch.«

»Natürlich kommst du durch«, erwiderte Molly erschrocken. Sie musste sich zusammenreißen. Ole war krank, nicht sie. Wie konnte sie ihm das Gefühl vermitteln, dass sie an seinen Chancen zweifelte?

»Du hast mir gefehlt«, sagte Ole plötzlich. »Die ganze Zeit, seit ich mich aus deinem Leben zurückgezogen habe, hab ich nur noch an dich gedacht.«

»Ging mir nicht viel anders«, flüsterte Molly, und es war nicht gelogen. »Ich hab dich so lange entbehren müssen. Kaum warst du wieder da, warst du auch schon wieder weg. Ich hab mich gefragt, was für einen Sinn das hatte, dass ich dich zehn Jahre lang herbeigesehnt hab, wenn es dann einfach nicht mehr passen sollte.«

»Ich hab mich gefragt«, sagte Ole, »warum es nicht mehr gepasst hat.«

»Und? Hast du eine Antwort gefunden?«

Er deutete ein Nicken an. »Es hätte Zeit gebraucht. Die haben wir uns nicht gelassen. Wir haben erwartet, genau die Person anzutreffen, die wir zurückgelassen hatten. Das konnte nicht funktionieren. Die Jahre und die Ereignisse haben uns verändert.«

»Stimmt«, sagte Molly. »Eigentlich ist die Antwort ganz einfach. Ich wünschte mir, die Lösung wäre es auch.«

»Vielleicht ist sie es?«

»Ja, vielleicht.«

Molly sah zu dem milchig weißen Vorhang hinüber, der die beiden Betten in diesem Raum voneinander trennte. Als sie kam, hatte sie kaum registriert, wer in dem Bett hinter diesem Vorhang lag.

»Er schläft«, sagte Ole leise. »Er schläft fast den ganzen Tag. Dafür hält er nachts die Schwestern auf Trab.« Er schmunzelte. »Ich mach es genau umgekehrt.«

Dass Ole schon wieder scherzen konnte!

Molly spürte, wie ihr Tränen die Wangen hinab liefen. Sie konnte nichts dagegen tun. Sie war nicht einmal in der Lage, ein Taschentuch zur Hand zu nehmen und sie wegzuwischen.

Ein Krankenpfleger trat ein. Er grüßte Molly, ging zum Monitor an Oles Bett und nickte zufrieden. Lautlos zog er sich wieder zurück.

»Die Krankheit ...«, flüsterte Molly, und ihre Stimme zitterte erbärmlich. »Sie wird dich verändern.«

»Davon ist auszugehen. Dich aber auch. Und wer weiß, vielleicht schiebt sie uns wieder zusammen?«

Molly konnte nicht anders, sie musste lachen. »Du Optimist.«

»Hab ich von dir gelernt. Nicht verzweifeln, Molly.« Er strich ihr übers Haar. »Kommst du diese Woche noch mal vorbei?«

»Was für eine Frage, du verdammter Idiot«, zischelte sie. »Glaubst du, ich halte es bis zum Wochenende ohne dich aus?«

»Schön. Ich freu mich.« Er schloss die Augen.

Der Besuch strengte Ole sichtlich an.

Molly stand auf. »Es wird Zeit, dass ich nach Hause gehe. Du brauchst deine Ruhe.«

Sie wandte sich zur Tür.

»Molly?«

»Ja?« Sie blickte ihn über die Schulter an.

»Wenn ich hier raus bin – was meinst du, versuchen wir es noch mal miteinander?«

Molly schluckte. Hatte sie richtig gehört? Sie machte einen Schritt auf Ole zu.

»Ja, natürlich. Das machen wir.«

»Molly?«

»Ja?«

»Du darfst mich jetzt küssen.«

27

Donnerstagmorgen in Mollys Büro

Alle drei Minuten guckte Molly auf die Armbanduhr, obwohl die Zeitanzeige am unteren Bildschirmrand ihr laufend sagte, wie früh am Tag es noch war.

»Nervös?«, fragte Malte. Er setzte sich auf die Kante ihres Schreibtischs und ließ ein Bein vor und zurück baumeln.

»Du etwa nicht?«, fragte Molly zurück.

Sie verharrte noch einige Augenblicke auf ihrem Bürostuhl, dann versetzte sie ihren Computer resolut in den Ruhemodus. »Ich werde nicht warten, bis Madame uns anruft.«

»Wen meinst du jetzt mit ›Madame‹?«, fragte Malte, der von Molly wusste, dass Janna die von ihr hochverehrte Frederika von Rosien so zu nennen pflegte.

»Die Bernstorf natürlich«, gab Molly pampig zur Antwort. Sie nahm ihre Jacke vom Haken und hängte sich ihre Tasche um. »Lass uns zu ihr fahren.«

Sie stapfte die Treppe hinunter und informierte Ben über ihr Vorhaben. »Falls Frau Bernstorf anruft, während wir unterwegs sind, sag ihr bitte nicht, dass wir bereits auf dem Weg zu ihr sind.«

»Ihr wollt sie überraschen?«, fragte Ben.

»Überraschung ist der beste Angriff«, dozierte Malte.

»Wenn sie anruft«, überlegte Ben, »sage ich ihr am besten, ihr habt einen Außentermin.«

»Geschickt«, sagte Malte. »Wäre nicht mal gelogen.«

Auf dem Weg nach Travemünde fragte Molly sich, ob es nicht doch besser gewesen wäre, die Soko Mysterious in einem Bürohaus in der Hansestadt unterzubringen statt in der alten Villa in Timmendorfer Strand.

»Immer diese Fahrerei«, raunte Malte, als hätten ihre Gedanken sich auf ihn übertragen.

Als sie seine Worte hörte, fand sie es auf einmal doch wieder angenehm, im Normalfall an ihrem Wohnort eingesetzt zu sein und mit dem Rad oder zu Fuß von ihrer Wohnung aus zum Arbeitsplatz gelangen zu können.

»Unser Dienstsitz hat aber doch was«, sagte sie. »Wer darf seinen Berufsalltag schon in so exklusiver Lage verbringen? Und außerdem: Die Villa passt zu dem Adjektiv im Namen unserer Kommission. Sie hat was Geheimnisvolles, das kannst du nicht abstreiten.«

Malte erwiderte nichts darauf. In leicht überhöhtem Tempo segelte er über die Straßen, die in weiten Kurven verliefen, und bremste schließlich elegant vor dem Eingang des Hauses ab, in dem Cora Bernstorf wohnte.

Mehrere Wagen parkten vor dem Grundstück, und Molly wunderte sich über die offen stehende Eingangstür und die Geschäftigkeit im Flur des Hauses.

Ein Mann im schnieken Anzug erklärte einem Paar in den Vierzigern, das der Kleidung, dem Schmuck und dem edlen Duft nach gut situiert sein musste, wo es zu den Kellerräumen ging und wie weit der Kindergarten, die Grundschule und das Gymnasium vom Haus entfernt waren. Ein weiteres Paar, deutlich älter als das andere, betrat kurz nach Molly und Malte den Flur. Während die Ermittler die Treppe hinaufgingen, begrüßte der Mann im Anzug sie überschwänglich freundlich und verabschiedete das erste Paar.

Cora Bernstorf huschte gerade an der weit geöffneten Wohnungstür vorbei, als die Ermittler oben ankamen. Sie nahm sie aus dem Augenwinkel wahr, blieb stehen und konnte nicht verbergen, dass sie anderen Besuch erwartet hatte.

»Ich habe gerade gar keine Zeit«, sagte sie. »Ich hab doch gesagt, ich rufe an, wenn es passt.«

Die roten Flecken an ihrem Hals unterstrichen Mollys Eindruck, dass Cora nicht vorgehabt hatte, sie anzurufen und zu einem Kaffeeplausch einzuladen.

»Tut mir leid, Frau Bernstorf«, sagte Molly bestimmt. »Wir konnten nicht länger warten.«

Cora stellte sich in den Türrahmen, stemmte eine Hand in die Hüfte und versperrte ihnen so den Zugang zur Wohnung. »Ich muss aber doch nicht meinen gesamten Tagesplan umwerfen, nur weil Sie das Bedürfnis haben, mit mir zu reden?«

»Wir können es auch anders handhaben«, erwiderte Malte. »Wir sind hier, weil wir Sie im Verdacht haben, in den Mord an Hubertus Thalmann involviert zu sein. Wir können hier mit Ihnen reden oder Sie auf die Polizeistation mitnehmen. Sie können gerne Ihren Anwalt anrufen, damit er Ihnen Rechtsbeistand leistet.«

Coras blutrot geschminkte Lippen fingen an, zu zittern. Sie trat zurück und gab den Eingang frei. »Kommen Sie rein. Ich muss mich mal setzen.«

Kaum waren die Ermittler eingetreten, ging Cora auf den Flur. Malte wäre fast auf sie zu gesprungen. Doch Cora blieb am Treppenabsatz stehen und rief dem Makler zu, dass sie im Moment niemanden hereinlassen könne. Er möge sich mit den Interessenten auf ihre Kosten in ein Café setzen und in einer Stunde wiederkommen.

Molly fragte sich, wie Cora so sicher sein konnte, in einer Stunde noch hier zu sein.

Cora führte sie in ihr Wohnzimmer und ließ sich erschöpft in einen Sessel fallen. »Mir wird das alles zu viel«, brachte sie keuchend hervor. »Ich hätte schon viel eher wegziehen und ein neues Leben anfangen sollen.«

»Sie sind dabei, Ihre Wohnung zu verkaufen«, konstatierte Molly.

»Nicht nur das«, sagte Cora. »Ich bin dabei, mein ganzes Leben neu zu gestalten. Ich ...« Sie rückte sich im Sessel zurecht und schien neue Kraft zu schöpfen. »Ich werde meine Zusammenarbeit mit Frederika von Rosien in diesen Tagen beenden. Sie weiß es allerdings noch nicht. Niemand weiß es. Daher bitte ich Sie um absolutes Stillschweigen. Wenn das bekannt wird – das wird ein Schlag ins Kontor für Frederika.«

»Was haben Sie für berufliche Pläne?«, fragte Molly. »Wir wissen, welchen Ruf Frederika von Rosien in der Branche hat, und wir wissen, dass Sie eng mit ihr in Verbindung gebracht werden. Es dürfte nicht so leicht für Sie sein, neue Auftraggeber zu finden.«

Cora nahm eine Packung Zigaretten zur Hand, legte sie aber sofort wieder hin. »Ich gehe weg aus Norddeutschland und fange woanders ganz neu an. In anderen Regionen kann ich mit meiner Erfahrung, meiner Kompetenz und mit meinen Beziehungen zur Presse durchaus wieder einen Job finden. Ich habe lange Zeit den Fehler gemacht, mich an eine einzige Auftraggeberin zu binden. Das werde ich nie wieder tun. In Zukunft werde ich für mehrere Verlage und Literaturagenturen tätig sein. Da sehe ich für mich eine große Chance. Ich muss nur erst einmal weg von Frederika.«

Diese Erläuterungen erschienen Molly plausibel. Malte nickte ihr kurz zu. Auch für ihn schien das, was Cora gesagt hatte, nachvollziehbar zu sein.

»Ich denke«, sagte Molly, »wir haben Ihre Situation verstanden. Dennoch gibt es einen Punkt, den wir überprüfen müssen. Als Sie am Samstagabend bei Ihrer Freundin in Timmendorf waren, haben Sie einen Anruf getätigt.«

Cora spielte mit dem Anhänger ihrer Kette. »Hat Ilona mit Ihnen geredet?«

»Woher wir das wissen, tut nichts zur Sache. Wir müssen Sie bitten, uns zu verraten, wen Sie angerufen haben.«

»Muss ich das tun?«

»Wie gesagt«, warf Malte ein, »Sie können gern einen Anwalt dazurufen.«

Cora überlegte einen Augenblick. »Ich habe keinen Anwalt. Ich brauche auch keinen, denn ich habe nichts verbrochen.«

»Ihre Entscheidung«, sagte Malte.

Cora rutschte tiefer in den Sessel hinein und sah an den Ermittlern vorbei, als sie weitersprach.

»Ich musste dringend noch eine andere Freundin anrufen, habe aber die verkehrte Nummer erwischt. Diese Freundin hat mir kürzlich ihre neue Handy-Nummer gegeben. Ich muss sie falsch notiert haben, oder ich habe mich bei der Eingabe in den Kontaktspeicher vertippt. Jedenfalls bin ich ganz woanders gelandet.«

»Haben Sie es nicht übers Festnetz versucht?«, fragte Molly. »Jeder hat doch heutzutage mehrere Nummern.«

»Nein. Die Zeit drängte, und ich musste zu Frederika ins Lesecafé. Ich wollte mich nicht verspäten.«

Molly nahm erneut Anlauf. »Wir müssen Sie bitten, uns die Kontaktdaten dieser Freundin zu nennen.«

Cora zögerte einen Moment. »Warten Sie, ich hole mein Handy.«

Sie stand auf, ging in den Flur und kehrte wieder zurück. Nach einem längeren Blick auf das Display nannte sie den Ermittlern den Namen und die Festnetznummer der Freundin. »Die korrekte Handy-Nummer habe ich leider immer noch nicht gespeichert«, fügte sie hinzu und legte das Mobiltelefon auf den Beistelltisch neben ihrem Sessel.

»Wir brauchen die Nummer, die Sie am Samstag versehentlich angerufen haben«, betete Molly ihr noch einmal vor.

Hastig griff Cora nach ihrem Smartphone und drückte es an sich. »Die ist aber doch irrelevant.«

Malte stand so ruckartig auf, dass er den Sessel dabei verschob. »Es reicht uns, Frau Bernstorf. Den Termin mit dem Makler und den Kaufinteressenten müssen Sie bitte auf unbestimmte Zeit verschieben. Wir nehmen Sie und Ihr Handy jetzt mit auf die Polizeistation und besorgen Ihnen einen Anwalt.«

»Halt. Stopp.« Hektisch gab Cora ihm mit der Hand ein Zeichen, sich wieder zu setzen. »Wenn es so wichtig für Sie ist – ich gebe Ihnen die Nummer.«

Sie wischte auf dem Smartphone herum und spulte die Ziffern herunter.

Molly notierte eifrig mit. Dann streckte sie die Hand aus. »Darf ich bitte mal sehen?«

Wieder wollte Cora sich weigern, doch Malte stand noch immer mit entschlossener Miene da. Cora gab sich geschlagen und überreichte Molly das Telefon.

Molly öffnete das Anrufprotokoll und verglich die von Cora genannte Nummer mit der, die mit Datum und Uhrzeit vom Samstagabend gespeichert war.

»Sie haben eine andere Nummer gewählt als die, die Sie mir genannt haben. Es sind zwei Zahlendreher drin.«

»Das tut mir leid. In der Aufregung muss ich mich verhaspelt haben. Ich bin noch nie in einer Situation gewesen, in der ich verdächtigt wurde, an einem Mord beteiligt gewesen zu sein.«

Molly überlegte, was sie davon halten sollte. Cora erschien ihr nach wie vor verdächtig. Doch ihre Aufgelöstheit, die weinerliche Stimme und die Heftigkeit, mit der sie sich verteidigte, ließen sie daran zweifeln, dass diese Frau einen Mord beauftragt haben konnte.

»Sie haben die falsche Person im Verdacht«, gab Cora in einem Ton von sich, als würden ihre Kräfte sie verlassen. »Es ist richtig, wenn Sie in Frederikas Umgebung suchen. Aber ich gehöre nicht mehr dazu.«

»Wer dann?«, fragte Molly. »Was denken Sie, wen sollen wir uns ansehen?«

Cora starrte auf den Boden. »Frederika ist eine Menschenfischerin. Tag für Tag wirft sie ihr Fischernetz aus, fängt ihre Beute und saugt sie aus. Was am Ende davon übrig bleibt, wirft sie wieder über Bord.« Sie hob den Kopf und sah Molly an. »Mit den Jahren ist das Fischernetz marode geworden, es ist gerissen. Nur Bastian Mohnhausen hängt noch drin. Bastian und ...«

Sie verstummte abrupt.

»Fine Ebers?«, fragte Molly.

Cora wich ihren Blicken aus. »Zu Fine mag ich mich nicht äußern. Sie wirkt so scheu und völlig harmlos, aber in ihr steckt mehr, als man glaubt, und sie wird auch ihre

Pläne haben.« Sie unterbrach sich, sah Molly an, und ihre Lider zuckten nervös. »Haben Sie Fine gefragt, was sie am Samstagabend gemacht hat? Hat sie ein Alibi?«

Malte war dem restlichen Gespräch neben seinem Sessel stehend gefolgt. Molly erhob sich und stellte sich neben ihn. Sie sah auf Cora hinab.

»Wir müssen Sie bitten, in den nächsten Tagen die Stadt nicht zu verlassen, ohne uns zu informieren, wohin Sie gehen.«

Cora stand auf und geleitete die Ermittler zur Tür. Sie drückte die Klinke herunter. »Ich höre von Ihnen?«

»Auf Wiedersehen, Frau Bernstorf«, sagte Molly.

Schweigend gingen die Ermittler zu ihrem Wagen.

»Ich möchte noch einmal zu Frederika«, sagte Molly, als sie im Auto saß.

»Wen willst du sprechen?«, fragte Malte. »Den Mohnhausen, die Ebers oder die Rosien?«

»Fine Ebers. Ich will wissen, was für Pläne sie hat.«

Malte guckte sie fragend an. »Okay?«

Ohne weiter nachzuhaken, tat er Molly den Gefallen und kutschierte sie zur Adresse von Frederika von Rosien.

Ein schwarzer Golf stand vor dem Grundstück. Molly erkannte gerade noch, wie eine Person sich auf dem Beifahrersitz niederließ und die Tür schloss.

Eine Frau – der Frisur und der Figur nach war es nicht Frederika – machte sich am Kofferraum zu schaffen, klappte den Deckel zu und stieg ebenfalls ein. Der Wagen fuhr los, als die Ermittler anhielten.

Es war ein Automatismus, ihrem Beruf geschuldet, der Molly zu einem Blick auf das amtliche Kennzeichen verleitete. Der Wagen war in Lübeck gemeldet.

Molly und Malte stiegen aus und klingelten an der Gartenpforte. Niemand öffnete. Anders als am vergangenen Montag zeigte Fine Ebers sich nicht am Fenster, und auch Bastian Mohnhausen war nicht zugegen. Das Haus schien wie ausgestorben zu sein.

»Pech gehabt«, beschied Molly. »Dann müssen wir später noch mal wiederkommen.«

28

Angespannt bis in die letzte Nervenfaser kaute Molly wieder hektisch an ihrem Daumennagel herum. Sie hatte Ben die Telefonnummer gegeben, die Cora Bernstorf angeblich versehentlich angerufen hatte. Malte und sie warteten darauf, dass Ben ihnen das Ergebnis seiner Recherchen mitteilte.

Wem gehörte diese Handy-Nummer?

Seit der Rückkehr von Cora Bernstorf hing Molly dem Blick in die imaginäre Glaskugel auf ihrem Schreibtisch nach. Das Klingeln ihres Smartphones lenkte sie davon ab.

»Das ist die Rosien«, rief sie Malte zu, der das Signal gehört hatte und aus seinem Büro zu ihr hinüberrannte.

Molly nahm das Gespräch entgegen und meldete sich mit Dienstgrad und Namen, als wäre es ein völlig unbekannter Mensch, der sie anrief.

»Von Rosien. Fine ist weg.«

Die Anruferin wirkte ebenso verärgert wie konfus.

»Guten Tag, Frau von Rosien«, erwiderte Molly. Sie zwang sich mit aller Kraft, gelassen zu wirken. »Sie sprechen von Fine Ebers, nehme ich an. Was heißt, sie ist weg?«

»Weg ist weg. Ist das so schwer zu verstehen? Sie hat ihre Sachen gepackt und ist verschwunden. Fragen Sie mich bitte nicht, wohin.«

»Wann haben Sie ihr Verschwinden bemerkt?«

Malte konnte ihren Fragen an die Anruferin entnehmen, was geschehen war. Leise setzte er sich ihr gegenüber an den Schreibtisch.

»Ich habe mich mit einem Kulturredakteur in Haffkrug getroffen, wo die Protagonistin meines nächsten Romans lebt. Als ich zurückkam, stand Fine nicht wie sonst im Flur. Ich habe sie gerufen, sie hat nicht geantwortet. Da bin ich in ihre Wohnung unterm Dach gegangen. Ich dachte, ihr muss was passiert sein, dass sie nicht reagiert. Aber da war sie auch nicht. Und als ich in ihren Kleiderschrank guckte, musste ich feststellen, dass er leergeräumt war. Ihr Koffer steht auch nicht mehr hier.« Frederika machte eine kurze Pause. »Frau Bleck?«

»Ja?«

»Fine Ebers hat Hubertus Thalmann ermordet. Anders kann ich mir ihre Flucht nicht erklären.«

Frederikas Stimme klang felsenfest überzeugt.

Molly sah auf die See hinaus, ohne jedoch das Wasser, die Boote darauf und die Möwen zu registrieren. Vor ihrem inneren Auge sah sie den schwarzen Golf, der vorhin vor dem Grundstück der Rosien gestanden hatte. Die Person, die sich auf den Beifahrersitz gesetzt hatte. Die Frau am Kofferraum.

Das amtliche Kennzeichen ... Wie lautete das noch?

»Frau Rosien, wir haben Ihre Meldung zur Kenntnis genommen. Wir kümmern uns drum.«

In ihrer Aufregung vergaß die berühmte Autorin, das Adelsprädikat in ihrem Namen anzumahnen.

»Werden Sie nach ihr fahnden?«, fragte sie. »Sie müssen verhindern, dass sie sich ins Ausland absetzt.«

»Wir melden uns. Das ist alles, was ich im Moment dazu sagen kann.«

Wenig überzeugt, verabschiedete Frederika sich.

»Der schwarze Golf«, rief Malte aus. »Das Kennzeichen, ich hab's vergessen. Hast du es dir gemerkt?«

»Hab ich«, sagte Molly zerknirscht, »aber ich hab es gerade nicht parat. HL für Lübeck, weiter weiß ich nicht mehr.« Sie donnerte ihre Faust auf den Schreibtisch.

»Denk nicht dran. Es wird dir wieder einfallen, ganz bestimmt, aber nur in einem Augenblick, in dem du nicht dran denkst. Du musst da jetzt völlig loslassen.«

»Wie soll das gehen?«, keifte Molly zurück.

Malte schnaufte. Dann hatte er eine Idee. »Wir gehen eine Runde spazieren.« Er breitete die Arme aus. »Wir müssen mal raus aus diesem Loch. Frische Luft tanken, den Wind durchs Hirn wehen lassen. Andere Eindrücke gewinnen.«

Er ging zum Garderobenständer, nahm ihre Jacke und half ihr hinein. Er selbst zog den dicken Pulli über, den er sich über die Schultern geworfen hatte.

Sie verabschiedeten sich für einen Arbeitsspaziergang von Ben und marschierten auf die Strandpromenade hinaus.

Gerade wollten sie die Seebrücke betreten, an deren Ende das Restaurant und Teehaus lag, das inzwischen zu einem Wahrzeichen des Ortes geworden war, da begegneten sie einer Nachbarin von Janna.

»Es gibt ein kleines Problem«, sagte die Dame und stellte sich dicht an Mollys Seite. »Es ist mir ein bisschen unangenehm, aber Jannas Hecke zu unserem Garten, die wächst so hoch und wirft viel Schatten. Mein Mann wollte schon längst mit Janna reden, aber ich hab ihm gesagt, lass das sein, das gibt nur Ärger. Ich weiß, wie empfindlich Janna auf so etwas reagiert.«

»Es steckt sicher keine Absicht dahinter, dass die Hecke so hoch gewachsen ist«, sagte Molly. »Janna ist zu klein, sie kommt da oben mit dem Heckenschneider nicht dran. Ich werde sie in einer ruhigen Minute fragen, ob Ihr Mann die Hecke herunterschneiden darf. Sobald ich das geklärt habe, sag ich Ihnen Bescheid.«

»Ach, das ist aber furchtbar lieb von Ihnen. Da sag ich dann schon mal vielen Dank. Auf Wiedersehen.«

»Keine Ursache. Tschüs und einen schönen Tag.«

Malte zog Molly ein Stück zur Seite. Ein Wagen, der das Laub einsammelte, fuhr an ihnen vorbei.

Mollys Blicke erfassten das Nummernschild, und mit einem Mal klickte es in ihrem Hirn.

»Ich hab's«, rief sie aus, hakte sich bei Malte unter und marschierte mit ihm in die Dienstvilla zurück.

Sie eilte in Bens Büro und schrieb das Kennzeichen auf seinen Block. »Kannst du bitte herausfinden, wem der Wagen gehört?«

»Könnte ich dir eine Bitte ausschlagen?« Sofort loggte er sich in das System ein, das ihm den Halter des Wagens verriet. »Juliane Horten«, sagte er. »Sie wohnt auf dem Priwall, Pötenitzer Weg.« Er notierte den Namen und die vollständige Adresse auf dem Blatt, das Molly verwendet hatte, und überreichte es ihr.

Erneut machten die Ermittler sich auf den Weg nach Travemünde, diesmal zum Anleger der Priwallfähre.

Während eine der beiden Fähren, die von morgens bis abends im Einsatz waren, am gegenüberliegenden Ufer einige Wagen absetzte, zog Molly am Fährhaus ein Ticket. Ungeduldig warteten Malte und sie darauf, dass die andere Fähre mit ihnen über die Trave tuckerte und sie auf der Halbinsel herunterließ.

Malte fuhr die Mecklenburger Landstraße entlang, die sich über den Priwall erstreckte.

»Gleich sind wir da«. Er bog rechts ab und hielt vor dem Haus, das Ben ihnen als Adresse der Halterin des Wagens genannt hatte.

Der schwarze Golf stand auf der Auffahrt. Eine Frau holte zwei große Papiertüten eines Bekleidungshauses aus dem Kofferraum, trug sie ins Haus und schloss die Tür hinter sich.

»Das ist die Frau, die wir vorhin gesehen haben«, sagte Molly. Sie öffnete die Wagentür und stieg aus.

Malte folgte ihr.

Beide hielten ihre Blicke starr auf die Tür gerichtet und näherten sich ihr vorsichtig.

Das aufgeregte Bellen eines Hundes drang nach außen. Ebenso die Stimme einer Frau, die versuchte, ihn zu beruhigen.

Molly musterte das Türschild. ›Juliane Horten. Literaturagentur‹ stand darauf geschrieben. Sie stieß Malte mit dem Ellenbogen an und wies mit dem Kopf auf das Schild. Dann drückte sie auf den Klingelknopf.

Die Fahrerin des Golfs, noch im Mantel, öffnete die Tür und sah sie verwundert an.

»Kriminalpolizei Travemünde«, sagte Molly. Malte und sie zeigten ihre Dienstausweise vor. »Wir möchten mit Fine Ebers sprechen.«

»Die wohnt hier nicht«, sagte die Frau verwundert.

Ein durchtrainierter, aufgeweckter Labrador Retriever drückte die Tür eines der Räume des Hauses auf und sprang laut bellend in den Flur.

Die Halterin wandte sich um und versuchte, den Hund davon abzuhalten, die Ermittler anzuspringen.

Der Hund entwischte ihr, sprang nach rechts und links und stieß dabei einen altmodischen braunen Lederkoffer um. Die Schnappverschlüsse sprangen auf.

Endlich bekam die Frau den Hund am Halsband zu fassen. Gebückt zog sie ihn mit sich und führte ihn in den Raum, aus dem er gekommen war.

Molly nahm ihr Smartphone hervor und fotografierte eilig das Kleidungsstück, das zusammen mit einem Gegenstand aus dem Koffer gefallen war. Sie meinte, das Shirt mit dem filigranen Blumenmuster zu erkennen, das Fine in Frederikas Haus getragen hatte.

Die Hundehalterin ging durch das große Zimmer auf eine Terrassentür zu, öffnete sie und schob den Hund hinaus. Dann kehrte sie zur Haustür zurück.

Noch immer bellte das aufgeregte Tier im Garten.

»Darf ich fragen, was Sie hier fotografieren?«, fragte die Hausbesitzerin in sachlichem Ton.

»Ich fotografiere nichts«, erwiderte Molly. »Ich halte die Kamera nur in der Hand für den Fall, dass der Hund zurückkommt und uns bedroht.«

»Er ist jetzt im Garten. Sie können das Handy ruhig wieder wegstecken. Und wie gesagt, eine Frau Ebers finden Sie hier nicht.«

»Wir haben anderslautende Informationen«, erwiderte Molly frech. »Fine Ebers soll sich bei Ihnen im Haus aufhalten.«

»Tut mir leid, ich kann Ihnen wirklich nicht weiterhelfen.« Die Frau schickte sich an, die Tür zu schließen.

Malte hielt sie in der Bewegung auf, indem er einen Schritt nach vorne machte und den Fuß gegen die Tür drückte. »Was haben Sie heute Mittag vor dem Haus von Frederika von Rosien gemacht?«

»Ich weiß nicht, ob ich vor dem Haus der Dame gestanden habe. Aber auf öffentlichem Grund darf ich, soweit ich weiß, mit meinem Wagen anhalten, wo immer
ich will, solange ich nicht im Halteverbot stehe.«

»Wir ermitteln in einem Mordfall, Frau Horten«, sagte
Molly. »Es wäre gut, wenn Sie unsere Fragen konkreter
beantworten würden. Wir stellen sie nicht ohne Grund.«

Juliane Horten gab ihre starre Körperhaltung auf. Sie
ließ die Türklinke los und knetete ihre Hände, als wäre
sie nachdenklich geworden. »Besteht aus Ihrer Sicht ein
Zusammenhang zwischen mir und Ihrem Fall?«

Sie schien ernsthaft eine Antwort auf die Frage zu erwarten.

»Wir suchen Fine Ebers als Zeugin. Wir müssen sie
dringend sprechen.«

Die Literaturagentin schüttelte den Kopf. »Es tut mir
leid, da sind Sie bei mir an der falschen Adresse.«

Sie wartete ab, wie die ungebetenen Besucher weiter
verfahren würden.

»Wenn es so ist«, sagte Malte kleinlaut, »entschuldigen
Sie bitte die Störung. Auf Wiedersehen.«

Frustriert gingen die Ermittler zu ihrem Wagen zurück. Kaum hatten sie sich von dem Haus entfernt, rief
Molly Frederika an.

»Der Name Juliane Horten, sagt Ihnen der was?«

»Ooooh, ja«, erwiderte Frederika. »Das ist eine Literaturagentin. Eine, die sich für eine Expertin hält. Am Anfang meiner schriftstellerischen Karriere habe ich mal
Kontakt zu ihr aufgenommen. Sie hat auf eine Weise reagiert, die – nun, sagen wir: die nicht sehr wertschätzend
klang. Wir sind dadurch keine Freundinnen geworden.«

»Hat Fine Ebers jemals Kontakt zu ihr gehabt?«

»Fine?« Frederika lachte laut. »Nein, das glaube ich nun wirklich nicht. Es sei denn, Fine träumt heimlich davon, mir Konkurrenz zu machen. Aber dazu hat sie nicht das Zeug. Nein, wirklich nicht. Aber wie kommen Sie jetzt auf Juliane Horten?«

»Nur so«, wich Molly aus. Sie wollte Frederika nicht in ihre Beobachtungen einweihen. Irgendeine geheimnisvolle Geschichte spielte sich ab zwischen diesen drei Frauen – Frederika, Juliane und Fine.

Sie verabschiedete sich von Frederika und versprach ihr, sie zu informieren, wenn sie herausgefunden hatten, was mit Fine geschehen war.

Während Malte sie nach Timmendorf zurückfuhr, betrachte sie das Bild, das sie von dem offenen Koffer aufgenommen hatte. Sie vergrößerte das Foto und versuchte, den Gegenstand zu identifizieren, der auf dem Boden lag. Er sah aus wie eine Trophäe. Eine Skulptur, die einem aufgeschlagenen Buch nachempfunden schien, war auf einem hölzernen Sockel befestigt. Auf der Vorderseite des Sockels war ein silbernes Schild mit einer Aufschrift zu sehen.

Sie sandte Ben das Foto zu und bat ihn, herauszufinden, was die Prägung auf dem Schild besagte.

»Mach ich«, schrieb Ben zurück. »Beeilt euch. Ich hab zwei große Überraschungen für euch.«

29

Feierlich breitete Ben seine Notizen vor Molly und Malte aus. »Bevor ich euch die Überraschungen präsentiere – zuerst zu der Liste der Namen, die Cora Bernstorf euch gegeben hat.«

»Die Namen der Leute«, fragte Molly nach, »die über den Titel der Autobiografie informiert sind?«

»Genau die. Einige davon kennt ihr: Cora Bernstorf selbst, Fine Ebers, Bastian Mohnhausen ...«

»Der auch?«, fragte Malte.

»Natürlich auch er«, wies Molly ihn zurecht. »So eng, wie er mit der Rosien verbandelt ist, ist es kein Wunder, dass er weiß, wie die Autobiografie heißt. Ich schätze, er kommt persönlich darin vor.«

»Zu den weiteren Namen«, fuhr Ben fort. »Es sind alles Mitarbeiter des Verlags. Ich hab mit der Lektorin telefoniert und bin die Liste mit ihr durchgegangen. Der Verlag sitzt in München, die Leute sind fest angestellt, und keiner war in den letzten Tagen verreist. Sprich: Niemand war am Tag der Tat in unserer Gegend.«

Molly musste nicht lange nachdenken. »Dann kann es nur eine der uns bekannten Personen gewesen sein, die uns den Zettel unter den Scheibenwischer geklemmt hat.«

Malte kraulte sich am Kinn. »Was wiederum bedeutet, dass im Hause Rosien eine Krähe einer anderen ein Auge auszuhacken versucht.«

»Ist wohl so«, meinte Ben achselzuckend. Er reichte Molly einige Blätter, die er zusammengeheftet hatte. »Das ist die Szene mit der Bogenschützin. Ich hab sie mir schon durchgelesen. Das Kapitel ist sehr emotional geschrieben, aber ich glaube nicht, dass es euch beim Lösen des Falles weiterhelfen wird. Ist eben Literatur. Fiktion. Eine erfundene Geschichte.«

»Es soll ja nicht als Beweismittel dienen«, sagte Molly. »Ich dachte nur, es könnte einen Hinweis auf eine wahre Begebenheit geben.«

Ben schüttelte den Kopf. »Das glaub ich nicht. Aber überzeugt euch selbst. Literaturkritiken hat meine Mutter auch gefunden.« Er legte noch einige Ausdrucke dazu. »Ist aber alles sehr hochtrabend formuliert. Pseudo-intellektuell, würde ich sagen. Da wird über die Rolle der Frau in der Gesellschaft philosophiert. Über Unterdrückung, sexuelle Gewalt und Ausbeutung und was weiß ich. Aber bitte, wenn ihr meint, dass euch das hilft.«

»Wir gucken es uns einfach an.« Molly überflog die Blätter und steckte sie ein. »Schaden kann es nicht.«

»Nun aber zu Überraschung Nummer eins.« Ben hob einen vergrößerten Ausdruck des Bildes hoch, das Molly ihm geschickt hatte. »Wenn du bessere Augen hättest, Molly, hättest du entziffern können, was hier steht.«

»Was steht denn drauf?«, fragte Malte, der ebenfalls Schwierigkeiten hatte, die Schrift zu erkennen.

»Dem Gewinner des Literaturwettbewerbs der Stadt Lampertheim 2012«, trug Ben feierlich vor. »Und damit habe ich ein großes Geheimnis für euch aufgetan. Ihr werdet staunen.«

»Der Reihe nach«, sagte Molly, die sich langsam überfordert fühlte. »Was hat es mit dieser Trophäe auf sich?«

»Diesen Preis hat eine gewisse Dorothee Kugler aus Lampertheim in Südhessen gewonnen. Wie ich vom Kulturdezernenten der Stadt erfuhr, hat sie eine dramatische Geschichte erlebt. Sie wurde von mehreren Männern vergewaltigt. Die Täter wurden zu langjährigen Haftstrafen verurteilt. Nach ihrer Entlassung aus dem Gefängnis haben sie ihr Opfer verfolgt und bedroht.«

Gebannt lauschte Molly dem, was Ben berichtete. Sie ahnte bereits, was kommen würde.

»Sie war aktives Mitglied eines Bogenschützenvereins. Einmal hat einer der aus der Haft entlassenen Täter sie auf dem Übungsplatz massiv bedroht. Er hatte ein Messer dabei und wollte sich damit auf sie stürzen. Sie hat ihm in Notwehr einen Pfeil ins Bein geschossen und ist weggelaufen. Tragischerweise hat der Pfeil die Hauptschlagader des Beins verletzt, der junge Mann ist verblutet, bevor der Notarzt eintraf. Da es sich aber nachweislich um Notwehr handelte, für die es sogar einen Zeugen gab, wurde keine Anklage gegen die Frau erhoben.«

Molly schloss die Augen. Erfahrungsgemäß gab es in solchen Fällen nur eine Lösung. »Sie ist in ein Zeugenschutzprogramm gegangen und hat sich umbenannt. Aus Dorothee Kugler wurde Fine Ebers.«

»Genau darauf laufen meine Recherchen hinaus«, sagte Ben. »Dorothee Kugler wurde nun auch von den Freunden und Angehörigen des Toten bedroht. Offiziell hat sie aus Verzweiflung Selbstmord begangen. Die Behörde hat allem Anschein nach einen Suizid vorgetäuscht – inklusive Todesanzeige mit einem herzergreifenden Spruch der Eltern, Großeltern und des Bruders.«

»Meine Güte, dann hat sie nicht nur ihr Leben, sondern auch ihre ganze Familie verloren.«

Molly lief eine Gänsehaut über den Rücken.

»Nur das hier«, Ben hob noch einmal das Bild in die Höhe, »das hat sie aus ihrem ersten Leben mitgenommen. So was ist ja eigentlich verboten. Sie muss es an den Personenschützern vorbeigeschmuggelt haben.«

»Oder«, meinte Molly, »unter den Kollegen war jemand, der Erbarmen hatte.«

»Oder das.« Ben zuckte lapidar mit den Schultern. Er schien einfach noch zu jung zu sein, um sich vorstellen zu können, was das Zeugenschutzprogramm für einen Menschen wie Dorothee alias Fine bedeutete.

Malte räusperte sich, ergriffen von dem Schicksal der jungen Frau. »Und Überraschung Nummer zwei«, fragte er heiser, »worin besteht die?«

»Ich hab die Freundin gesprochen, die Cora Bernstorf angeblich anrufen wollte, als sie bei Frau Loscher war. Sie hat mir ihre Handy-Nummer genannt. Die hat nicht die geringste Ähnlichkeit mit der Nummer, die Frau Bernstorf angeblich irrtümlich gewählt hat.«

»Hab ich mir schon gedacht«, sagte Molly.

»Ich hab weiter recherchiert«, fuhr Ben fort, »und herausgefunden, wer sich hinter der Nummer verbirgt, die Cora Bernstorf angerufen hat. Es ist eine Artistin aus Berlin, die als Bogenschützin auf Firmenfeiern und privaten Events auftritt.«

»Das ist doch mal ein heißer Job«, rief Malte aus. »Wäre womöglich auch was für Bastian Mohnhausen.«

»Als ich den Namen der Frau hatte, habe ich im Internet nach ihr gesucht. Sie ist bei einer Künstleragentur gemeldet, über die man sie buchen kann. Ich habe auch schon mit der Inhaberin der Agentur gesprochen und gefragt, ob der Name Cora Bernstorf ihr was sagt.«

»Pah«, machte Malte. »Darauf hat sie Nein gesagt.«

»Das hat sie. Aber ich habe ihr klargemacht, dass es sich um einen Mordfall handelt, in dem ich recherchiere. Ich habe ihr gesagt, dass die Artistin dringend als Zeugin gebraucht wird und dass auch sie selbst als Agenturinhaberin verpflichtet ist, die Polizei in solchen Angelegenheiten zu unterstützen, wenn sie das kann. Sonst ...« Ben machte eine Geste, die Unheil signalisierte.

Malte guckte ungläubig. »Da ist sie weich geworden?«

»Erst, als ich sie darauf hingewiesen habe, dass es für sie bedrohlich werden kann, wenn sie uns nicht unterstützt und sich am Ende herausstellt, dass es eine Verbindung zwischen ihr oder einem ihrer Künstler und dem Mordfall gibt. Da hat sie mir sofort anvertraut, dass Cora Bernstorf eine Kundin der Agentur ist und sich vor wenigen Wochen erstmals mit ihr in Verbindung gesetzt hat.«

»Wie ist Frau Bernstorf überhaupt auf diese Agentur gekommen?«, fragte Molly.

»Sie hat gezielt nach einer Bogenschützin gefahndet und auf der Website der Agentur genau das gefunden, was sie suchte.«

»Dann hat sie ganz bewusst die Szene aus der ›Rache der Bogenschützin‹ als Muster für die Tat ausgewählt, um den Verdacht auf Fine Ebers zu lenken.«

»Wahrscheinlich kennt sie sogar die Geschichte vom ersten Leben der Fine Ebers«, sagte Malte.

»Das glaube ich nicht«, sagte Molly. »Ich kann mir nicht vorstellen, dass Fine mit ihr darüber geredet hat. Dann wäre ihr Zeugenschutzprogramm und damit ihr Leben in Gefahr gewesen. Aber Fine dürfte sie beeindruckt haben, als sie ihr diese Szene geschildert hat. So was bleibt einem in Erinnerung. Cora wird Fine gedanklich immer damit verbunden haben. Und sie konnte damit rechnen, dass wir bei gründlicher Recherche die Verbindung zwischen dem Mord an Thalmann und dem Roman von Frederika von Rosien mit dem einschlägigen Titel herstellen werden, ganz besonders mit dieser Szene, die Fine geliefert hat.«

»Raffiniert ausgedacht«, sagte Malte. »Damit verdient sie fast, selbst Mittelpunkt eines Romans zu werden.«

Ben hob den Finger. »Bevor ich's vergesse: Die Szene mit der Bogenschützin wird in der Autobiografie besonders herausgestellt. Ich hab den Text nur oberflächlich durchgeflöht, zu mehr reichte die Zeit nicht. Aber die Szene, in der die Frau den Mann mit Pfeil und Bogen tötet, und das weitere Schicksal der Protagonistin, sind mitreißend geschrieben. Das war der Beginn des Aufstiegs der Rosien. Das hat auch meine Mutter bestätigt.«

»Na, wenn die das sagt.« Malte schmunzelte.

»Die Inhaberin der Agentur«, schloss Ben, »hat mir am Ende unseres Telefonats gesagt, sie hoffe, dass alles zur Zufriedenheit der Kundin abgelaufen sei und dass sie sich wieder bei ihr melde. Dafür konnte ich ihr natürlich keine Zusage geben. Aber ich habe sofort die Kollegen in Berlin eingeschaltet und sie auf die Suche nach dieser Künstlerin geschickt. Sie haben sie schon vorläufig festgenommen.« Er schob den Ärmel seines Pullovers zurück und sah auf die Armbanduhr. »Wenn sie nicht irgendwo im Stau steckenbleiben, dürften sie bald mit ihr in Travemünde eintreffen.«

Malte stand auf. »Dann machen wir uns mal wieder auf den Weg. Komm, Chefin.«

30

Als Künstlerin nannte sie sich Lilly Arrow, wie Molly von den Kollegen erfuhr. Ihr wahrer Name war Gaby Scholz. Die Verdächtige wurde in den Verhörraum gebracht, wo Molly und Malte sie erwarteten.

Molly musterte die Frau von oben bis unten. Sie war ungefähr eins fünfundsechzig groß, schlank, aber durchaus nicht hager. Sie hatte einen durchtrainierten Körper und kurzes, naturblondes Haar. Das Haar, das am Tatort gefunden wurde, stammte sicher nicht von ihr. Doch das bedeutete wenig, denn laut Maren Eggertsen waren außer Thalmann zwei Personen am Tatort gewesen.

Nach Erledigung der üblichen Formalitäten fragte Molly die Verdächtige unvermittelt nach ihrem ersten Gespräch mit Cora Bernstorf.

»Cora wie?«

Gaby Scholz verzog das Gesicht wie eine Frau, die sich alle Mühe gab, sich dumm zu stellen, die sich dazu allerdings nicht groß verstellen musste.

»Lassen Sie diesen Zirkus. Wir haben mit Ihrer Agenturchefin gesprochen. Wir wissen, dass Sie einen Auftrag von Frau Bernstorf angenommen haben.«

»Ach, die meinen Sie. Ja, sie hat mich für ihre Betriebsfeier engagiert.«

»Sie hat aber leider gar keinen Betrieb«, sagte Malte.

Die Befragte brauste auf. »Das hat sie mir aber so erzählt. Sie hat eine Firma und große Räume.«

Malte rieb sich die Hände. »Tja, dann hat sie Sie reingelegt. Was aber egal ist. Frau Bernstorf hat Sie für einen privaten Job engagiert, für einen Auftrag, der ihr persönlich sehr am Herzen lag.«

Gaby machte einen Schmollmund, den sie sicher lange vorm Spiegel einstudiert hatte. »Dann sag ich jetzt nichts mehr.«

»Das ist Ihr gutes Recht«, erwiderte Molly. »Sie bleiben über Nacht bei uns. Wir besorgen Ihnen einen Anwalt, und morgen oder übermorgen reden wir weiter. Eine DNA-Probe brauche ich aber noch von Ihnen.«

Gaby wollte protestieren, doch Malte zeigte ihr die richterliche Anordnung, die ihnen vorlag.

Molly entnahm die Probe und gab sie weiter an das kriminaltechnische Labor. Unter Protest, der ihr nichts nützte, wurde Gaby Scholz in eine Zelle gebracht.

Mit dem Haftbefehl, den die Ermittler zwischenzeitlich beantragt hatten, fuhren sie zur Adresse von Cora Bernstorf.

Von Weitem erkannte Molly bereits, dass wieder kein Licht in den Räumen brannte. Sie wunderte sich daher nicht, dass die Tür auf ihr Klingeln hin nicht geöffnet wurde.

Sie versuchte es bei der Nachbarin auf derselben Etage. Die Frau, eine ältere Dame, betätigte sofort den Türdrücker und stand bereits im Flur, als die Ermittler die Treppen hinaufstiegen.

»Wir möchten zu Frau Bernstorf«, erklärte Molly.

»Da kommen Sie vergebens«, erwiderte die Nachbarin. »Frau Bernstorf musste Hals über Kopf verreisen. Ihre Schwester hatte einen schweren Autounfall, sie schwebt in akuter Lebensgefahr.«

»Das tut mir leid«, sagte Molly. »Wo lebt denn die Schwester?«

»Das weiß ich nicht. Bis vorhin wusste ich nicht einmal, dass Frau Bernstorf eine Schwester hat. So eng sind wir beide nämlich normalerweise nicht. Aber wir sind im Flur zusammengerumpelt, als sie mit Sack und Pack runtergelaufen ist. Ich kam gerade vom Einkaufen und da ...«

Molly unterbrach die Dame. »Ist sie mit dem Auto unterwegs?«

»Nein«, sagte die Nachbarin. »Sie hat gar kein eigenes Auto mehr. Sie hat sich mit dem Taxi abholen lassen.«

»Wie lang ist das her?«

»Ungefähr zwei Stunden.« Die Dame schlug sich mit der Hand vor die Stirn. »Ich weiß nicht einmal, wohin das Taxi sie bringen sollte. Ich glaube aber, die Schwester wohnt nicht in der Nähe. Frau Bernstorf wird sich zum Bahnhof bringen lassen haben. Oder zu einem Flughafen. Ich konnte sie nicht mehr danach fragen. Es ging alles so wahnsinnig schnell.«

Molly und Malte machten auf dem Absatz kehrt und rannten die Treppe hinunter.

»Wer sind Sie denn überhaupt?«, hörte Molly die Nachbarin rufen. »Soll ich Frau Bernstorf was ausrichten, wenn sie sich meldet?«

»Danke, nein«, rief Molly hinauf, bevor sie die Tür hinter sich ins Schloss fallen ließ.

Als sie sich auf den Beifahrersitz warf, hatte Malte schon den Motor angelassen. Er legte einen Kavalierstart hin und brauste davon.

Molly rief Frederika an. »Wissen Sie, wo die Schwester von Cora Bernstorf lebt?«

»Coras Schwester?« Frederika lachte hysterisch. »Cora hat keine Geschwister. Wovon reden Sie?«

»Sie soll gerade zu ihrer Schwester gefahren sein, die einen schweren Unfall hatte.«

»Nein«, sagte Frederika. »Da muss ein Irrtum vorliegen. In Deutschland hat Cora keine Familie mehr. Ihre Eltern sind früh gestorben. Sie hat aber eine Tante, mit der sie sich bestens versteht. Ich habe sie letztes Jahr kennengelernt, als sie auf Heimatbesuch war.«

Heimatbesuch – das hatte Molly gerade noch gefehlt. »Wo lebt die Tante?«, fragte sie, von einer bösen Ahnung befallen.

»In Australien, in Sidney. Eine wunderschöne Stadt übrigens. Ich war selbst mal da.«

Beinahe hätte Molly vergessen, sich von Frederika zu verabschieden. Kaum hatte sie das Telefonat beendet, veranlasste sie, dass sämtliche Flughäfen in der Umgebung informiert wurden, damit man Cora Bernstorf an der Weiterreise hinderte. Anschließend ließ sie bei den Taxiunternehmen der Umgebung nach der Gesuchten fragen.

Zurück in Timmendorf, setzten sie sich mit Ben zusammen und tranken eine Cola, um sich zu beleben.

»Es ist längst Feierabend«, maulte Malte. »Da dürfte es auch mal ein Drink mit Schuss ein, selbst wenn wir noch in unserer Dienstvilla sitzen.«

Gemeinsam resümierten sie, wie der Fall bisher gelaufen war, wer wann wen im Verdacht gehabt hatte und wie sie auf Cora Bernstorf gekommen waren.

Beim Schrillen des zentralen Telefons zuckten sie alle drei zusammen.

»Sollen wir würfeln, wer drangeht?«, fragte Malte.

Ben stand auf und nahm das Gespräch entgegen. Er lauschte gebannt. »Nach Frankfurt?«, sagte er. »Aha. – Um einundzwanzig Uhr fünfundvierzig? – Gut, das geb ich weiter. Danke und einen schönen Abend.«

Er legte auf und strahlte Molly und Malte an. »Cora Bernstorf ist mit einem Taxi nach Frankfurt gefahren. Sie will nach Sidney reisen. Der Flieger geht ...«

»... um einundzwanzig Uhr fünfundvierzig«, grummelte Malte zufrieden vor sich hin. »Das passt. Dann haben wir noch eine Stunde Zeit, die Dame unserer Wahl verhaften zu lassen.«

31

Molly und Malte saßen in ihren Büros, die Notizen aus all den Gesprächen vor sich, die sie in den letzten Tagen geführt hatten. Sie tippten eifrig Protokolle, in Gedanken immer halb bei Cora Bernstorf. Am Vorabend war die mutmaßliche Täterin beim Einchecken ins Flugzeug festgenommen worden. Nun brachten die hessischen Kollegen sie von Frankfurt nach Travemünde.

Im Erdgeschoss kam Unruhe auf. Ben begrüßte jemanden im Flur. Molly hörte genauer hin. Wenn sie nicht irrte, war es Juliane Horten, die da sprach.

Sie stand auf, ging ins Treppenhaus und sah hinunter. Mit ihrer Vermutung lag sie richtig. Und neben Frau Horten stand – Fine Ebers.

Auch Malte war auf die Stimmen aufmerksam geworden. Er begleitete Molly nach unten.

»Frau Horten hat mir gesagt, dass Sie mich suchen«, sagte Fine zur Begrüßung. »Ich möchte mich nicht länger verstecken. Deshalb sind wir hergekommen.«

»Das war sicher eine gute Entscheidung«, sagte Molly und führte die Besucher in den Besprechungsraum. Sie verdrängte die Frage, die in ihr aufkam: Ob sie nun mit einem völlig unerwarteten Geständnis rechnen müsse?

In überlegtem Ton begann Fine, zu reden. »Im August habe ich ein Telefonat zwischen Frederika von Rosien und Hubertus Thalmann mitbekommen. Frederika wollte mit ihm und seiner Agentur zusammenarbeiten, um zu noch mehr Ruhm zu gelangen und international bekannt zu werden. Sie ist auf ihre Weise unersättlich.«

Molly lächelte. »Den Eindruck hat sie auch auf mich gemacht.«

»Mir war sofort klar«, berichtete Fine, »wenn Frederika diese Pläne umsetzt, werden Cora und ich nicht mehr gebraucht. Wir hatten uns jahrelang für Frederika aufgerieben, und auf einmal stand uns dasselbe Schicksal bevor wie vielen anderen Menschen, die vorher in irgendeiner Weise mit ihr zu tun hatten.«

»Sie hat nicht den allerbesten Ruf«, sagte Malte.

Fine stimmte ihm zu. »Ich wollte nicht schon wieder Opfer sein«, sagte sie mit verzweifelter Stimme. »Ich war mal eins, in einem früheren Leben.«

Molly hob die Hand, um ihr zu bedeuten, dass sie dazu nichts erklären müsse. »Ich habe den Preis fotografiert, den Sie in Ihrem Koffer hatten. Wir haben daraufhin recherchiert ...«

Juliane guckte sie böse an. »Also haben Sie doch in mein Haus hinein fotografiert.«

»Nur diesen einen Gegenstand«, sagte Molly und bat um Entschuldigung. »Sie sehen, es hatte seinen Sinn. So braucht Frau Ebers uns jetzt nicht ihre Geschichte zu erzählen.« Sie wandte sich an Fine. »Ich denke, darüber sind Sie nicht böse.«

»Nein. Ich habe außer mit Juliane mit niemandem darüber geredet, und ich will es auch nie wieder tun.«

Juliane nahm Fines Hand und drückte sie. Dann forderte sie ihren Schützling mit einem ermutigenden Nicken auf, weiterzureden.

»Ich schreibe seit Jahren.« Fines Miene wurde träumerisch. »Kurzgeschichten, Fantasy, Liebesromane.«

»Sie ist sehr talentiert«, warf Juliane Horten ein. »Viel mehr als Frederika von Rosien.«

Fine senkte verlegen den Blick. »Als ich von Frederikas Plänen erfuhr, hab ich Juliane Horten geschrieben. Ich wollte nicht tatenlos zusehen, wie ich erneut ein Leben verliere, das ich mir aufgebaut hatte. Ich wollte mir eine Existenz als Autorin schaffen und so unabhängig wie möglich sein. Mir war bekannt, dass Julianes Agentur hoch angesehen ist, und ich wusste, dass Frederika bei ihr abgeblitzt war. Ich brauchte also nicht zu befürchten, dass ich jemanden anschreibe, der in gutem Kontakt zu Frederika steht.«

Juliane meldete sich wieder zu Wort. »Ich habe keine Sekunde gezögert, Fine als Autorin bei mir aufzunehmen. Ich habe auch schon einen Verlag gefunden, der ihren ersten Roman veröffentlichen will. Unter einem Pseudonym natürlich.«

»Gratulation«, sagte Molly. »Das freut mich für Sie.«

»Ich habe auch für Frederika geschrieben«, erzählte Fine weiter. »Ihre Autobiografie habe ich verfasst. Frederikas Lektorin hat meinen Stil dann lediglich an den von Frederika angepasst.«

»Das darf in der Öffentlichkeit sicher niemand erfahren«, meinte Molly.

»Auf keinen Fall. Ich wäre allerdings nie bei Frederika gelandet, wenn ich nicht bereit gewesen wäre, als Ghostwriterin für sie tätig zu werden.«

»Darf ich fragen, welchen Beruf Sie erlernt haben?«

»Reiseverkehrskauffrau. Aber das Schreiben war seit Langem mein Hobby. Nach meiner Flucht habe ich in Lübeck in einem Café gekellnert. In meiner Freizeit habe ich Bücher verschlungen, auch die von Frederika von

Rosien. Auf einmal dachte ich: Frauenromane – das kannst du auch.«

»Eines Tages hatte Fine eine tolle Idee«, sagte Juliane.

»Ich habe den Plot meiner eigenen Lebensgeschichte in abgewandelter Form aufgeschrieben und Frederika als Ideenvorlage geschickt. Sie hat mir angeboten, konzeptionell für sie tätig zu werden und nebenbei ihre Manuskripte abzutippen.«

»Frederika hat das weidlich ausgenutzt«, sagte Juliane vorwurfsvoll. »Fine hatte darauf gehofft, an den Einnahmen aus den Büchern, an denen sie mitgewirkt hat, beteiligt zu werden. Aber das hat Frederika rigoros abgelehnt. Sie hat von Fines Talent profitiert und sie gleichzeitig existenziell von sich abhängig gemacht. Es macht mich unglaublich wütend, wenn ich nur daran denke.«

»Immerhin«, wandte Fine ein, »war das Leben bei ihr eine gute Alternative zu dem Kämmerchen, in dem ich in Lübeck gehaust habe, und zu dem Job als Kellnerin.«

»Lübeck ist zum Glück passé«, sagte Juliane. »Und auch die Zeit, in der du nur ausgenutzt wurdest. Du hast jetzt die Chance auf deinen eigenen Weg.«

Molly lenkte zurück auf die Pläne, die Frederika mit Hubertus Thalmann hatte. »Sie und Frau Bernstorf sollten also überflüssig werden. Wie hat Cora Bernstorf davon erfahren, und was hat sich dann genau abgespielt?«

»Ich denke, Frederika hat es mit Cora genauso gemacht wie mit mir. Sie hat zufällig mit Hubertus Thalmann telefoniert, als Cora in ihrer Nähe war.«

»Ah, ganz zufällig«, warf Molly ein, um Fine zu signalisieren, dass sie die Ironie verstanden hatte.

»Cora ist eines Tages zu mir gekommen, als Frederika nicht im Haus war, und hat mit mir über ihre Existenzängste gesprochen. Da hab ich sie zum ersten Mal bedauert.«

»Warum das?«, fragte Malte.

»Bis dahin hatte ich sie immer beneidet. Sie war ein freier Mensch, sie musste sich vor niemandem verstecken und konnte ihr eigenes Leben führen. Sie hätte so viel aus sich machen können. Aber sie hat sich einfangen lassen. Sie hat Frederika niemals kritisch betrachtet, sie hat sich immer an sie gehängt.«

»Sie hat sich von ihr fressen lassen«, meinte Juliane verächtlich.

»Auf einmal wurde mir klar«, fuhr Fine fort, »wie viele Möglichkeiten ich selbst hatte, obwohl ich nicht mehr die sein durfte, die ich eigentlich war. Ich konnte andere Wege gehen. Mir wurde plötzlich bewusst, wie losgelöst ich von Frederika war. Den Zustand hätte ich wohl nie erreicht, wenn ich nicht gezwungen gewesen wäre, mich ganz von meinem früheren Leben zu trennen.«

»So ganz gelöst haben Sie sich ja nicht davon«, sagte Molly und erinnerte Fine an den Preis, den sie bei dem Literaturwettbewerb gewonnen hatte.

»Stimmt«, sagte Fine. »Diese Trophäe ist der rote Faden in meinem Leben. An dem halte ich mich fest. Aber so ein roter Faden fehlt Cora. Sie hat sich von Frederikas Netz einfangen lassen, und das hat nun auf einmal ein Loch, durch das sie durchzufallen droht.«

»Ich mag es kaum laut aussprechen«, sagte Molly. »Aber so hatte selbst Ihr großes Unglück etwas Gutes.«

»Das ist sicher so«, sagte Fine, und ihre Augen leuchteten von innen. »Ich habe gelernt, die schlimmen Erfahrungen hinter mir zu lassen. Ich habe ein zweites Leben angefangen, und jetzt fange ich noch ein drittes an.«

Molly sah Fine schon in Jannas Café, wie sie ihre erste Lesung unter ihrem Pseudonym hielt.

Sie schob den Gedanken beiseite. Es gab noch eine Frage zu klären. »Hat Cora Bernstorf Ihnen gegenüber Andeutungen gemacht, dass sie Hubertus Thalmann ausschalten wollte?«

»Nicht direkt«, gestand Fine. »Aber einmal hat sie gesagt, den Tod von Hubertus Thalmann betrachte sie als einzige Lösung zur Rettung ihrer beruflichen Existenz. Dabei hat sie mich merkwürdig fragend angesehen.«

»Was haben Sie sich gedacht, als sie so redete?«, wollte Molly wissen.

Fine zuckte mit den Schultern. »Ich hab nicht verstanden, worauf sie hinauswollte. Ich war davon ausgegangen, dass sie auf seinen natürlichen Tod spekuliert, und dachte, vielleicht ist er ernsthaft krank und sie weiß davon.«

Malte sah sie skeptisch an. »Als sie erfahren haben, dass Thalmann auf dem Weg nach Timmendorf auf merkwürdige Weise ums Leben gekommen ist, ist Ihnen in dem Augenblick nicht ein Verdacht gekommen?«

»Nein«, erwiderte Fine. »Ich hätte es nie für möglich gehalten, dass Cora so eine Tat durchziehen könnte.«

»Es wird zurzeit viel geredet«, sagte Juliane. »Stimmt es, dass Cora den Mord beauftragt hat und dass sie verhaftet wurde?«

»Dazu können wir uns im Moment nicht äußern«, erwiderte Molly. »Lassen Sie uns noch etwas Zeit.«

32

Nach dem Besuch von Fine und Juliane

Molly und Malte geleiteten die Besucherinnen hinaus und gingen in Bens Büro. Seiner Haltung nach hatte ihr junger Kollege, der beste Rechercheur von allen, wieder eine Erfolgsmeldung für sie.

»Die KTU hat uns das Ergebnis der DNA-Analyse geschickt«, berichtete er. »Die DNA des Haars von Lilly Arrow ...«

»Gaby Scholz«, korrigierte Malte ihn.

Ben ließ sich nicht aus dem Konzept bringen. »Den Künstlernamen finde ich origineller. Die DNA der Artistin stimmt nicht mit der des Haares überein, das die Spurensicherung am Tatort gefunden hat.«

Malte setzte sich und schlug ein Bein übers andere. »Was mich nicht wundert«, kommentierte er, »wenn ich das gefundene Haar mit dem der Scholz vergleiche.«

»Nun lass ihn doch mal zu Ende reden«, schimpfte Molly. Auch sie setzte sich hin und nickte dem jüngeren Kollegen zu.

»Die DNA stimmt aber überein mit der DNA, die Maren und ihre Leute an dem Pfeil gefunden haben, der in Thalmanns Brust steckte.«

Das verschlug Malte im ersten Moment die Sprache.

Molly klatschte freudig in die Hände. »Diese Erkenntnis wird das Verhör mit der Dame erheblich verkürzen.«

»Dann lass uns mal wieder nach Travemünde fahren«, stöhnte Malte und trottete zum Dienstwagen.

Molly nahm den Bericht der KTU von Ben entgegen, schob ihn in ihre Tasche und folgte ihm.

Kurz nachdem sie losgefahren waren, rief sie die Kollegen in Travemünde an und informierte sie, dass sie nun auf dem Weg seien, um Gaby Scholz zu verhören.

»Ich bin gespannt«, sagte Malte, »was für eine Ausrede sie uns auftischen wird.«

»Du Pessimist. Wenn du mit der Haltung an das Gespräch herangehst, wirst du ihr jede Ausrede glauben.«

Malte wurde nachdenklich. »Du hältst das für eine selbsterfüllende Prophezeiung?«

»Zumindest nimmst du innerlich die Haltung ein, die der Frau, wenn sie eine Antenne dafür hat, signalisieren wird, dass Du eine Ausrede erwartest. Und das wiederum würde suggerieren, dass du selbst nicht hundertprozentig überzeugt bist, dass die DNA-Analyse in diesem Fall stichhaltig ist.«

»Jetzt unterstellst du mir aber was«, jammerte Malte.

Er stellte den Wagen auf dem Parkplatz der Polizeistation ab und sah an dem Gebäude hoch. »Ob sie schon auf uns wartet?«

Die Kollegin, die sie an der Rezeption empfing, gab ihm ungefragt die Antwort.

»Frau Scholz sitzt bereits im Verhörraum. Sie wird sich freuen, dass ihr kommt. Ich glaube, sie fühlt sich nicht wohl in dem kargen Kämmerchen.«

»Wir machen es kurz«, erwiderte Molly. »Aber ob sie sich in ihrer Zelle wohler fühlt?«

Im Verhörzimmer angekommen, begrüßte sie Gaby Scholz, sprach Datum, Uhrzeit und die Namen der Anwesenden ins Mikrofon und eröffnete der Verdächtigen ohne weitere Vorrede das Ergebnis der DNA-Analyse.

»Kann gar nicht sein, dass Spuren von mir auf dem Pfeil sind«, protestierte die Artistin. »Ich hatte nämlich Handschuhe an.«

Malte fasste sich an den Kopf.

Molly lächelte mitleidig. »Während der Tat mögen Sie Handschuhe getragen haben. Aber wie oft hatten Sie den Pfeil vorher in der Hand?«

Gaby begriff wohl in diesem Moment, dass sie mit ihrer unbedachten Äußerung ein Geständnis abgelegt hatte. Sie biss sich auf die Lippe, dass es Molly beim Zusehen schmerzte, und ihre Augen füllten sich mit Tränen.

»Nach den Indizien sind Sie der Tat überführt«, sagte Molly. »Vor Gericht würde es Ihnen zugutekommen, wenn Sie jetzt ein vollumfängliches Geständnis ablegen würden. So etwas bringt immer Pluspunkte ein.«

»Und der Anwalt, den Sie mir versprochen haben?«, fragte sie und schniefte. »Wo bleibt der?«

»Der ist so gut wie auf dem Weg«, sagte Malte. »Wollen Sie auf ihn warten?«

Gaby sah sich in dem trostlosen Raum um. Dann zuckte sie mit den Schultern. »Ist jetzt auch egal.« Sie schluckte die Tränen hinunter und sammelte sich. »Cora Bernstorf hat mich über die Agentur kontaktiert, bei der ich gemeldet bin. Sie suchte eine Bogenschützin, die treffsicher ist. Und das bin ich, aber hallo.« Sie lächelte schüchtern.

»Das haben Sie am Samstag tatkräftig unter Beweis gestellt«, bestätigte Malte mit einem ironischen Unterton, den die Geständige nicht zu bemerken schien.

Sie nickte ihm dankbar zu. »Das war in diesem Fall gar nicht so einfach. Der Mann hat sich bewegt, und ich wusste nicht, ob er sich gleich wegdreht und flieht.«

»Was hätten Sie dann gemacht?«, fragte Malte, den diese Überlegung offensichtlich beschäftigte.

Molly stoppte den Dialog mit einer Geste. »Bleiben wir bei der Sache. Frau Bernstorf hat über die Agentur Kontakt mit Ihnen aufgenommen. Wie ging es weiter?«

»Sie hat mir erzählt, dass es um ein Event für die Betriebsfeier ihrer Firma geht und dass es kein kleines Unternehmen ist. Konkreter wollte sie nicht werden, aber sie hat mir gutes Geld geboten.«

»Lief das alles am Telefon ab?«, fragte Molly. »Oder schriftlich, per Mail?«

»Zuerst am Telefon. Kurz darauf haben wir uns an einem Wochenende getroffen. In einem kleinen Waldrestaurant bei Waren an der Müritz. Wir haben draußen gesessen, mit etwas Abstand zu den anderen Gästen, und wir haben leise geredet. Sehr leise. Das hat mich zuerst gewundert. Cora, Frau Bernstorf, tat so geheimnisvoll. Aber dann habe ich langsam begriffen, worum es ging.«

»Worum ging es genau?«, fragte Molly. »Wie lautete der Auftrag von Frau Bernstorf?«

Gaby zögerte. »Na ja, ich sollte ... einen Mann treffen. Mit dem Pfeil mitten in die Brust, ins Herz. Einen lebenden Menschen, hat sie gesagt.«

»Wie haben Sie darauf reagiert?«

»Ich hab mich erschreckt. Das war schon sehr speziell, was die Kundin wollte. So etwas hab ich noch nie gemacht.«

»Das wollen wir hoffen«, warf Malte ein, »dass es Ihr erster Mord war.«

Gaby schluchzte laut auf. Einen Moment lang schien sie die Fassung zu verlieren. »Zuerst habe ich nicht auf das Angebot reagiert«, fuhr sie nach einer Weile fort.

»Cora hat dann die Summe erhöht. Ich stand finanziell wirklich auf dem Schlauch. Meine Miete vom letzten Monat konnte ich schon nicht mehr bezahlen. Die Vermieterin hat sie von der Kaution genommen. Aber sie hat mir gesagt, das ginge nur ein einziges Mal, und ich müsse die Summe innerhalb von vier Wochen wieder ausgleichen, sonst würde sie mir kündigen. Ich hatte solche Angst, auf der Straße zu landen.«

»Cora Bernstorf«, folgerte Molly, »hat Ihre desolate finanzielle Situation geschickt als Mittel genutzt, um Sie für ihren mörderischen Plan zu gewinnen.«

Gaby nickte. »So kann man das ausdrücken. Wir haben uns bei dem Gespräch gegenseitig hochgeschaukelt. Sie hat immer wieder von dem vielen Geld gesprochen, und ich habe eine Perspektive gesehen, denn von der Summe hätte ich eine ganze Zeit auch ohne Aufträge leben können. Es ist ja nicht so, dass man als Bogenschützin zu den Großverdienern im Lande gehört.«

»Wie viel Geld hat Frau Bernstorf Ihnen geboten?«

»Fünfzigtausend.« Gaby senkte den Blick.

»Fünfzigtausend für ein Menschenleben. Die Summe haben Sie sich mit jemandem geteilt?«

»Wie kommen Sie darauf?«, fragte Gaby und versuchte sich an einem Blick, der Unschuld signalisieren wollte.

»Sie waren zu zweit«, sagte Molly resolut. »Sie haben Spuren hinterlassen, die eindeutig darauf hinweisen, dass Sie nicht alleine am Tatort waren.«

»Ich habe eine Freundin«, flüsterte Gaby. »Sie ist auch bei der Agentur gemeldet, und sie hat auch kein Geld. Ich hab mich mitten auf dem Feld auf den Boden gelegt und einen Notfall gemimt, während sie zur Straße gelaufen ist und den Wagen angehalten hat.«

»Sie hat Hubertus Thalmann aufs Feld gelockt?«

»Wir haben einen Notfall simuliert«, hauchte Gaby.

»Hatten Sie keine Angst, später von anderen Autofahrern wiedererkannt zu werden?«

»Nein. Cora hat uns gesagt, für den Fall, dass uns jemand auf der Straße sieht, sollten wir uns so zurechtmachen, dass unsere Gesichter anders wirken, als sie in der Realität aussehen. Wir haben eine Freundin, die ist Maskenbildnerin. Die macht uns immer für größere Auftritte zurecht. Wir haben uns so geschminkt, wie sie es immer macht, und ich habe noch eine Perücke getragen.«

»Sie haben sich wirklich professionell auf die Tat vorbereitet«, kommentierte Molly.

»Trotzdem«, sagte Gaby. »Es war ein Abenteuer. Wir kannten den Mann nicht. Wir kannten nur sein Kfz-Kennzeichen. Bis zum letzten Moment wusste meine Freundin nicht, ob er anhalten oder einfach weiterfahren würde. Ich selbst war furchtbar aufgeregt. Dabei musste ich eine Punktlandung schaffen, sonst hätte ich die zweite Hälfte des Geldes nicht bekommen.«

»Wann und wo haben Sie das Geld erhalten?«

»Die erste Hälfte am vorletzten Freitag, die zweite habe ich in der Nacht nach der Tat bekommen. Wir haben uns immer in Timmendorf auf einem Parkplatz getroffen. Am Höppnerweg, hinter dem Supermarkt. Da war um die Zeit kein Mensch, da hatten wir Ruhe.«

»Ihre Freundin hat langes braunes Haar«, sagte Malte.

»Woher wissen Sie das?«

Er schmunzelte. »Wir sind schlau. Jetzt brauchen wir nur noch den Namen und die Anschrift der Mittäterin.«

»Wozu? Wenn Sie so schlau sind, muss ich Ihnen die nicht verraten.«

»Frau Scholz«, mahnte Molly sie. »Das ist kein Spiel. Wir finden die Daten auch ohne Sie heraus, aber denken Sie an Ihre Pluspunkte vor Gericht.«

»Das ist ja, als ob Sie Rabattmarken verteilen. Gibt es auch ein Heftchen zum Einkleben dazu?« Mürrisch notierte Gaby den Namen und die Kontaktdaten ihrer Freundin.

Molly sah die Geständige lange an. Sie hatte noch eine entscheidende Frage zu klären. »Woher wussten Sie, wann Herr Thalmann die Stelle passieren würde, an der Sie auf ihn warteten?«

»Cora hat mich darüber informiert. Sie hat mich an dem Abend angerufen, das Kennzeichen durchgegeben und mir Bescheid gegeben, dass es bald soweit wäre. Aber das wissen Sie doch. Sie haben schließlich meine Telefonnummer auf ihrem Handy gefunden.«

»Ja«, sagte Molly. »Das haben wir.«

Sie beendete das Verhör, ließ Gaby Scholz abführen und verließ an Maltes Seite den Raum.

»Satan, die ist blonder als ihr Haar«, flüsterte Malte.

»Diesen Spruch kann aber auch nur ein Kerl von sich geben«, wies Molly ihn zurecht. »Sag mal, ist dir gar nichts aufgefallen bei dem Gespräch?«

»Mir? Was denn?«

»Hast du dich bei den letzten Ausführungen von Frau Scholz nicht gefragt, woher Cora Bernstorf wusste, mit welchem Wagen Hubertus Thalmann unterwegs war, und warum sie so genau sagen konnte, auf welcher Höhe der Strecke er sich gerade befand?«

Malte blieb stehen und schlug sich vor die Stirn. »Verdammt, du hast aber gut aufgepasst.«

33

Molly und Malte hatten sich in ein Büro zurückgezogen, das ihnen von den Travemünder Kollegen zur Verfügung gestellt wurde.

Einer der Polizisten, die Cora Bernstorf von Frankfurt nach Travemünde brachten, rief Molly an und verkündete, dass sie in wenigen Minuten eintreffen würden.

»Bringt ihr uns bitte auch das Handy von Frau Bernstorf mit?«

»Machen wir«, antwortete der Kollege.

Die Ermittler begaben sich wieder in den Verhörraum, in dem sie kurz darauf die Verhaftete begrüßten. Eine Beamtin übergab Molly das Mobiltelefon von Cora Bernstorf. Molly legte es neben sich auf den Tisch.

»Frau Bernstorf«, begann sie nach dem Abspulen aller Formalitäten. »Wir wünschen uns ein umfassendes Geständnis von Ihnen.«

»Wünschen kann man sich bekanntlich viel«, erwiderte Cora hochnäsig. »Was davon in Erfüllung geht, steht auf einem anderen Blatt.«

»Sie wissen aber«, sagte Malte in schneidend scharfem Ton, »wie schnell das Blatt sich wenden kann.«

Die Bemerkung verunsicherte Cora. Sie fingerte ein Taschentuch aus ihrer Tasche hervor und tupfte sich Stirn und Nase damit ab. »Was wollen Sie damit sagen?«

»Frau Scholz hat gestanden«, platzte es aus Molly heraus. »Wir raten Ihnen, ebenfalls auszupacken.«

»Diese dumme Kuh«, schimpfte Cora. »Sie hat es also vergurkt.«

»Frau Scholz hat den Auftrag sauber erfüllt«, konterte Molly. »Sie haben sie für den Mord bezahlt. Dass sie uns bei einer Festnahme ein Geständnis verweigert, gehörte nicht zu der Vereinbarung, die Sie getroffen haben.«

»Mit anderen Worten«, ergänzte Malte. »Frau Scholz hat es vorgezogen, auf ein milderes Strafmaß zu setzen. Es steht Ihnen frei, wofür Sie sich entscheiden.« Er guckte auf die Uhr. »Nehmen Sie aber bitte zur Kenntnis, dass wir einen eng gesteckten Zeitrahmen haben.«

Cora dachte einige Augenblicke nach. »Wenn Gaby aber doch schon alles gesagt hat ...«

»Wir möchten Ihre Version hören«, sagte Molly.

Cora rang sich dazu durch, die Geschichte aus ihrer Sicht zu erzählen. »Alles fing mit Frederika an. Sie wollte einen großen Schritt weiterkommen. Mehr Ruhm, internationale Bekanntheit. Alle Welt sollte sich um sie drehen. Für dieses Ziel reichten meine Möglichkeiten nicht aus. Meine Kontakte genügten ihr nicht.«

Sie hörte auf, zu reden. Ihre Miene spiegelte die Bitterkeit wider, die sie bei dem Gedanken verspürte.

»Darum hat sie sich an Hubertus Thalmann erinnert«, sagte Molly.

»Den hat sie eine Ewigkeit links liegen lassen«, ereiferte Cora sich. »Zuletzt hat sie aber wieder oft mit ihm telefoniert, und bald war klar, dass sich eine Zusammenarbeit anbahnte. Es war abzusehen, dass ich spätestens zum Jahresende überflüssig werde. Dabei hatte ich mich jahrelang nur auf sie konzentriert. Keinen anderen Kunden habe ich angenommen. Was habe ich nicht alles für sie getan. Und das war nun der Dank dafür.«

»Wann kam Ihnen die Idee, Thalmann aus dem Weg zu räumen?«

»Vor vier Wochen, als Frederika die Einladungen zur Lesung versandte. Da dachte ich: Wenn er herkommt — er wird nicht wieder zurück nach Hamburg fahren. Er wird den Besuch nicht überleben. Dafür sorge ich.«

»Wie sind Sie auf die Idee mit der Bogenschützin gekommen?«, fragte Molly.

»Ich hab mich von der Szene in Frederikas Roman ›Die Rache der Bogenschützin‹ inspirieren lassen.«

»Um sicherzugehen, dass wir von dieser Szene erfahren«, sagte Malte, »haben Sie uns den Hinweis auf die Autobiografie unter den Scheibenwischer geklemmt.«

»Damit wollten Sie den Verdacht auf Fine Ebers lenken«, sagte Molly ihr auf den Kopf zu. »Sie haben uns gegenüber so getan, als hielten Sie Herrn Mohnhausen für verdächtig. Aber Sie wussten, dass wir beim Lesen dieser Szene weiter recherchieren und mit der Zeit erfahren würden, dass die Idee von Fine Ebers stammt.«

»Ich musste Ihnen doch zwei Täter präsentieren«, gestand Cora leise. »Aus der Zeitung wusste ich, dass sie Spuren von zwei Personen gefunden hatten. Und ich dachte, wenn Sie Bastian nichts nachweisen können, dann wenigstens Fine. Sie ist zu schwach, um sich gegen den Verdacht zu wehren.«

»Das glauben Sie!«, rief Molly aus. »Warum musste ausgerechnet Fine Ebers herhalten?«

»Ich war sauer auf sie«, brach es aus Cora hervor. »Sie ist anders als andere Menschen. Irgendwas stimmt nicht mit ihr. Für mich war sie nie greifbar. Ich habe ihr nicht vertraut. Und ich war eifersüchtig.«

»Eifersüchtig?«, fragte Molly. »Worauf?«

»Dass sie so nah bei Frederika sitzt. Dass sie ihre Manuskripte tippt. Dass sie immer die Erste ist, die die Romane zu Gesicht bekommt und weiß, worum es in Frederikas neuestem Opus geht. Sie sitzt immer an der Quelle, ist mir immer einen Schritt voraus. Ich hinke ständig hinterher, muss die Geschichten dann aber verkaufen, muss Publicity machen.«

Malte räusperte sich. »Entschuldigung, Frau Bernstorf, Sie haben sich den Job selbst ausgesucht.«

»Das stimmt. Aber ich habe lange nicht gemerkt, wie sehr Frederika mich zu ihrer Beute machte. Das war ein schleichender Prozess, und auf einmal war es zu spät, daran etwas zu ändern.«

Skeptisch taxierte Molly die Frau, die dasaß wie eine seltsame Mischung aus einem Häufchen Elend und einer Bombe, die jeden Moment explodieren konnte. Cora hatte ihre Zusammenarbeit mit Frederika von Rosien offenbar nie kritisch betrachtet, nie überdacht, nie infrage gestellt. Sie hatte sich voll hineinfallen lassen.

Erschöpft lehnte Cora sich auf ihrem Stuhl zurück. »Wenn es eine rein private Angelegenheit gewesen wäre, wenn Frederika nicht geplant hätte, mit Thalmann zusammenzuarbeiten, wäre das alles nicht passiert.«

Molly musterte sie lange. »Sie wollen Frau von Rosien aber nicht die Schuld daran geben, dass Sie Hubertus Thalmann umbringen lassen haben?«

»Wem denn sonst?«, erwiderte Cora patzig.

Molly ließ sich nicht provozieren. »Wie kam es«, fragte sie nüchtern weiter, »dass Sie Gaby Scholz so genau sagen konnten, wann Hubertus Thalmann sich dem Feld näherte, das ihm zum Verhängnis werden sollte?«

Cora stierte schweigend vor sich auf den Tisch.

In aller Ruhe nahm Molly das Smartphone auf, das neben ihr lag.

»Das ist meins«, sagte Cora. »Was wollen Sie schon wieder mit meinem Telefon?«

Molly öffnete die Anwendung für SMS-Nachrichten. Es erstaunte sie nicht, dass keine einzige Meldung darin gespeichert war.

Sie schloss die Anwendung und öffnete die Liste der Kontakte. Unter P fand sie, was sie erwartet hatte: die Handy-Nummer, die Patrizia Thalmann gehörte, dazu das Kürzel Pat.

»Patrizia Thalmann«, sagte sie bedächtig, »hat die Fahrt ihres Mannes von Beginn an verfolgt. Sie wusste schon lange, dass er an dem Samstag nicht zu seinem Freund nach Grünendeich fahren wollte, sondern zur Lesung von Frau von Rosien. Sie hat Sie in Abständen per SMS über den Fortschritt der Fahrt informiert.«

Cora hob das Kinn. »Beweisen Sie mir das.«

»Das werden wir. Wir werden die Kommunikationsprotokolle von Ihrem Provider anfordern. Besser wäre es aber für Sie, wenn Sie gestehen.«

Wieder dachte Cora über ihre Situation nach. »Sie brauchen die Protokolle nicht anzufordern. Gucken Sie bei Patrizia nach. Ich wette, sie war zu blöd, die Nachrichten auf ihrem Smartphone zu löschen.«

»Moment«, sagte Molly. »Bin gleich wieder zurück.«

Sie stand auf, verließ den Raum und telefonierte mit dem Staatsanwalt. Dann bat sie zwei Kollegen, zu dem Hotel zu fahren, in dem Patrizia Thalmann abgestiegen war, und sie vorläufig festzunehmen.

Sie kehrte in den Verhörraum zurück, in dem Cora und Malte sich schweigend gegenübersaßen.

»Hat Frau Thalmann Sie dafür bezahlt?«, fragte Molly, als sie sich wieder hinsetzte. »Hatten Sie die fünfzigtausend Euro von ihr?«

Cora guckte beschämt zu Boden. »Ich hätte das Geld nicht auftreiben können. Patrizia hat die Telefonate ihres Mannes mit Frederika belauscht. Dann hat sie mich angerufen und mit mir den Plan geschmiedet. Ich habe ihr gesagt, das kostet aber was. Sie wollte zuerst keine große Summe ausgeben. Ich habe aber mit ihr verhandelt. Bei fünfzigtausend sind wir uns einig geworden.«

»Es ging um mehr als nur eine Kooperation von Frau von Rosien mit Thalmanns Agentur?«, fragte Molly.

»Um viel mehr als das.« Cora lachte verächtlich. »Sie kennen Frederika nicht. Wen sie einmal in ihrem Netz hat, den lässt sie so bald nicht wieder frei, den will sie ganz. Patrizia war außer sich, als sie erfuhr, dass Hubertus dabei war, Frederika gegenüber wieder schwach zu werden. Sie hatte Angst vor einer Scheidung. Gesellschaftlich wäre das für sie das Aus gewesen.«

»Ja«, sagte Malte. »Davon hab ich schon gehört. In manchen Kreisen ist es besser, verwitwet als geschieden zu sein. Notfalls mit Gewalt.«

Molly kam zum Schluss des Verhörs. »Frau Bernstorf, gibt es noch etwas, das Sie uns im Zusammenhang mit der Tat mitteilen möchten? Etwas, das Ihnen strafmildernd ausgelegt werden könnte?«

Cora schüttelte den Kopf. »Frederika hat ihr Fischernetz gesponnen«, sagte sie leise, »und ich meins. Das von Frederika ist mit der Zeit gerissen. Das ist alles, was ich dazu zu sagen habe.«

Molly runzelte die Stirn. »Ich würde sagen, beide Netze haben nicht gehalten.«

Cora wich ihren Blicken aus.

Die Ermittler ließen sie abführen. Bevor sie dazu kamen, sich über Coras Geständnis auszutauschen, wurde Patrizia Thalmann zu ihnen hereingeführt.

Die Witwe nahm Platz wie auf einem Thron. Lange sah sie Molly und Malte mit verbitterter Miene an.

Molly fragte sich, was nun folgen würde.

Endlich öffnete Patrizia den Mund.

»Hubertus«, stieß sie hervor und schüttelte energisch den Kopf. »Er hat es nicht anders verdient.«

Bücher der Autorin

Reihe ›Ein Fall für Molly Bleck‹
1. Der Herzmuschelmörder
2. Der Strandhexenmord
3. Das Todesboot
4. Das Fischernetz

Reihe ›Kripo Wattenmeer ermittelt‹
1. Flaschenpost vom Mörder
2. Mord auf der Hallig
3. Countdown in Westerland
4. Die Tote im Dünenhaus
5. Der Stalker von List
6. Der Seenebelmord
7. Das Camp beim Leuchtturm

Reihe ›Ein Fall für die Kripo Wattenmeer‹
(Vorläufer von ›Kripo Wattenmeer ermittelt‹)
1. Der Pfauenfedernmord
2. Jaspers letzter Flirt

Reihe ›Anders und Stern ermitteln‹
1. Mordsrevanche
2. Mordsverrat
3. Mordsherz
4. Mordsblues
5. Mordssand
6. Mordsabend

Reihe ›Kripo Greetsiel ermittelt‹
(Vorläufer von ›Anders und Stern ermitteln‹)
1. Tod am Deich
2. Mordskuss
3. Mordsleben
4. Mordsschwestern
5. Mordsfinale

Weitere Bücher
- Himmelhochjauchzendhellblau
- Leichte Mädchen haben's schwer
- Der Blaue Stern
- Tod auf Juist

Nachwort der Autorin

Liebe Leserin, lieber Leser,

schön, dass Sie mir bis hierhin gefolgt sind! Wenn Sie über meine Neuerscheinungen informiert werden möchten, bestellen Sie doch meinen Newsletter. Die Anmeldung dazu finden Sie auf meiner Website:

https://ulrike-busch.de/

Sobald ein neuer Titel erschienen ist, erhalten Sie eine Mail mit Informationen dazu.

Auf meiner Website finden Sie zudem Informationen über mich und meine bisher erschienenen Titel.

Gelegentlich begegnen Sie mir auch auf Facebook (Ulrike Busch, Autorin) und auf Instagram (ulrikebuschautorin). Am liebsten halte ich mich jedoch in der analogen Welt auf.

Wer weiß, vielleicht begegnen wir uns einmal an einem meiner Lieblingsorte an der Nord- oder Ostsee?

Bis dahin, Ihre
Ulrike Busch